Mundo real

FÓSFORO

BRANDON TAYLOR

Mundo real

tradução
ALEXANDRE VIDAL PORTO

*Assim me deram meses de ilusão, e noites de
desgraça me foram destinadas.*

Jó, 7:3

1

ERA UMA NOITE FRESCA, no fim do verão, quando Wallace, depois de transcorridas várias semanas da morte do pai, decidiu que finalmente encontraria seus amigos no píer. O lago estava salpicado de ondas brancas. As pessoas cobiçavam esses últimos dias frescos de verão antes que o tempo se tornasse frio e imprevisível. O ar estava carregado de diversão, enquanto pessoas brancas espalhadas nos diferentes níveis do terraço abriam a boca e projetavam risadas no rosto dos outros. Acima, gaivotas pairavam tranquilamente.

Wallace estava numa plataforma superior olhando para o povo abaixo, tentando achar o seu próprio grupo de gente branca, também pensando que ainda era possível voltar para casa e seguir com a sua noite. Fazia alguns anos desde que ele havia ido ao lago com os amigos pela última vez, um intervalo de tempo que o envergonhava, porque parecia exigir uma desculpa que ele não tinha para dar. Podia ter algo a ver com multidões, com a insistência dos corpos das outras pessoas, com a maneira como os pássaros davam voltas no céu e depois mergulhavam sobre as mesas para pegar comida ou ciscar em volta de seus pés, como se estivessem mesmo socializando. Ameaças por todo lado. Também tinha a questão do barulho, o zurro desesperado de todo mundo falando ao mesmo tempo, a música ruim, as crianças e os cachorros, os rádios dos alunos das fraternidades na beira do lago, as caixas de som dos carros na rua, uma massa gritante de centenas de vidas em discordância.

O barulho exigia de Wallace coisas vagas e estranhas.

Ali, entre as mesas de madeira cor de vinho mais próximas do lago, ele viu os quatro. Ou, mais especificamente, viu Miller, que era muito alto e o mais fácil de achar. Depois, Yngve e Cole, que eram apenas altos, e então Vincent, que chegava perto de ter altura mediana. Miller, Yngve e Cole pareciam um trio de cervos eretos, pálidos, como se pertencessem a uma espécie própria, e você seria perdoado se, na pressa, achasse que eles eram aparentados. Como Wallace e seus outros amigos, todos haviam vindo àquela cidade do Meio-Oeste para realizar estudos de pós-graduação em bioquímica. A turma deles tinha sido a primeira turma pequena em muito tempo, e a primeira em mais de três décadas a incluir uma pessoa negra. Em seus momentos menos generosos, Wallace achava que essas duas coisas tinham a ver: que um estreitamento, uma redução no número de candidatos tinha possibilitado sua admissão.

Wallace estava a ponto de virar as costas — não estava seguro se a companhia de outras pessoas, o que até pouco tempo parecia necessário de certa forma, era algo que conseguiria aguentar — quando Cole olhou para cima e o viu. Cole começou a balançar os braços como se estivesse tentando ficar mais alto para garantir que Wallace conseguisse vê-lo, mesmo que fosse óbvio que Wallace olhava diretamente para eles. Afinal, não havia mais volta. Acenou para eles.

Era sexta-feira.

Wallace desceu a escada semiapodrecida e se aproximou do fedor pesado das algas do lago. Seguiu o muro curvo, passou

pelos cascos dos barcos, passou por onde as pedras escuras despontam para fora da água, passou pelo longo píer que se projetava para dentro do lago, também com gente rindo, e, enquanto andava, avistava as vastas águas verdes do próprio lago, barcos cruzando sua superfície, com velas brancas e firmes contra o vento e o céu baixo e amplo.
Era perfeito.
Era lindo.
Era apenas mais uma noite de fim de verão.

Uma hora antes, Wallace estivera no laboratório. Durante todo o verão, tinha feito o cruzamento de nematoides, o que achava ao mesmo tempo chato e difícil. Nematoides são vermes microscópicos autônomos que vivem na terra, e chegam a cerca de um milímetro quando adultos. Seu projeto era a geração de quatro linhagens de nematoides, que depois tinham de ser cruzadas entre si com todo o cuidado. Isso envolvia, primeiro, a indução de uma lesão genética a ser reparada de tal maneira a produzir a modificação desejada — a supressão ou a amplificação da expressão gênica, a marcação de uma proteína, a excisão ou adição de um segmento de material genético —, a qual seria transmitida de geração em geração, passada adiante como um defeito, ou como sardas, ou como ser canhoto. Depois, tinha o cálculo simples, mas minucioso, requerido para combinar aquela modificação com outras modificações em outras linhagens, mudanças que, às vezes, exigiam um marcador ou um estabilizador: um impulso no sistema nervoso que dava à criatura um movimento circular, em vez de sinuoso, ou uma mutação na cutícula que tornava os nematoides grossos como minibarrinhas de caramelo. Também havia a incerta possibilidade de gerar machos, o que sempre parecia redundar em animais que eram muito frágeis ou totalmente desinteressados em cruzar. E aí, como sempre, vinha a dissolução dos vermes e a extração de seu material genético, que revelaria, depois de semanas de cruzamento e controle rigoroso de múltiplas gerações, que as modificações tinham se perdido. Isso gerava uma batalha insana, dias ou semanas de verificação de placas antigas na tentativa de localizar a modificação entre milhares de descendentes, o alívio louco e febril de localizar, no último momento possível, o nematoide dourado na massa de animais se contorcendo, e aí a retomada do lento e contínuo processo de cruzamento, agrupando cromossomos desejáveis e descartando os indesejáveis, até que a linhagem procurada finalmente emergisse.

Wallace passara os belos dias do verão tentando, sem conseguir, reproduzir uma linhagem específica. Uma hora antes, ele estava no laboratório, retirando suas caixas de placas de ágar da incubadora. Tinha esperado três dias para essa geração se manifestar na seguinte, e meses por esse resultado. Ele reuniria os bebês, os finos e quase invisíveis filhotes, e os separaria até que encontrasse seu mutante triplo. Contudo, quando verificou o estado dos seus nematoides, a tranquila superfície verde-azul do ágar, estranhamente parecida com a pele humana em sua firmeza macia, não se encontrava tão tranquila.

Parecia perturbada, ele achou.

Não, perturbada não. Ele sabia a palavra para aquilo.

Contaminada.

Mofo e poeira, como uma terrível recriação de um evento vulcânico — civilizações inteiras presas em cinzas, fuligem e pedra branca áspera. Uma capa macia de esporos verdes cobria o ágar e parecia esconder o vazamento de uma colônia de bactérias. Parecia que a gelatina tinha sido esfregada com a ponta de um pincel duro. Wallace checou todas as placas, em todas as caixas plásticas, e encontrou traços de terror em todas elas.

A contaminação bacteriana tinha sido tão grave que vazou pelas tampas em suas mãos como o pus de uma ferida. Não era a primeira vez que as placas tinham se contaminado ou mofado. Isso costumava acontecer no primeiro ano, até que sua técnica e assepsia melhoraram. Antes, ele tinha que tomar cuidado, ter cautela. Agora já era diferente. Sabia o bastante para manter as linhagens seguras.

Não, aquele nível de carnificina parecia ultrapassar o escopo da mera falta de cuidado. Parecia inteiramente provocada. Como a vingança de um deus mesquinho. Wallace permaneceu no laboratório, balançando a cabeça e rindo em silêncio para si mesmo.

Rindo porque aquilo era engraçado de uma maneira difícil de explicar. Como uma piada que brota inesperadamente de uma combinação de circunstâncias completamente aleatórias. Nos últimos meses, pela primeira vez nos seus quatro anos de pós-graduação, tinha começado a sentir que podia estar perto de algo. Havia chegado aos contornos de uma ideia, sentia os limites dos problemas dela, a profundidade e a amplitude de suas implicações. Ele acordava com uma ideia cada vez mais definida na cabeça, e era essa ideia que o fazia sobreviver a todas as horas banais, à dor monótona de acordar às nove para voltar ao trabalho tendo ido dormir às cinco. A coisa que se movia no ar contra a luz brilhante das janelas altas do laboratório, como um grão ou uma partícula de poeira, tinha sido a esperança, a perspectiva de um breve momento de clareza.

E, disso tudo, o que ele tinha para mostrar? Um monte de nematoides moribundos. Ele tinha verificado fazia apenas três dias, e eles estavam lindos, perfeitos. Ele os colocara para repousar tranquilamente por três dias na escuridão fria da incubadora. Talvez se tivesse checado um dia antes. Mas não, mesmo assim teria sido tarde demais.

Este verão ele tinha se sentido esperançoso. Pensava que finalmente estava realizando algo.

Então, na sua caixa de entrada, a mesma coisa de toda sexta-feira: *Vamos ao píer, a gente pega uma mesa.* Para ele, pareceu a melhor decisão que podia tomar naquele momento. Não havia mais nada a fazer no laboratório. Nada podia ser feito pelas placas contaminadas ou pelos nematoides moribundos. Nada podia ser feito a não ser recomeçar, e ele não tinha forças para retirar as placas novas de seu lugar na prateleira, espalhá-las como quem dá as cartas em uma rodada de baralho. Não tinha forças para ligar o microscópio e iniciar o delicado trabalho necessário para salvar a linhagem, se ainda fosse possível, e não estava preparado para saber se já era tarde demais.

Não tinha forças.

E foi para o lago.

Os cinco estavam sentados em um silêncio estranho e tenso. Wallace sentiu que tinha interrompido algo ao aparecer inesperadamente, como se sua presença de alguma forma tivesse desviado o curso habitual das coisas. Ele e Miller estavam sentados um diante do outro, perto do muro de contenção. Acima dos ombros de Miller, um véu de delicadas raízes se aferrava ao concreto, cheio de insetos escuros pelas frestas. A tinta cor de vinho da mesa estava descascada e caía como os pelos soltos de um cão sarnento. Yngve arrancou umas lascas de madeira cinzenta de uma parte descascada e as jogou em Miller, que ou não percebeu ou não ligou. Havia sempre um ar vagamente irritado na expressão de Miller: um sutil rosnado, uma mirada vaga, olhos apertados. Wallace achava isso ao mesmo tempo cansativo e um pouco cativante. Mas, nesta noite, descansando o queixo sobre a mão, Miller parecia apenas cansado e entediado. Ele e Yngve tinham velejado e ainda estavam com os coletes salva-vidas abertos sobre suas camisas. As tiras do colete de Miller balançavam como se se sentissem mal a respeito de algo. Seu cabelo era um emaranhado de cachos molhados. Yngve era mais largo e mais atlético que Miller, com uma cabeça triangular e dentes levemente pontudos. Andava com uma permanente inclinação para a frente. Wallace observava os músculos do antebraço dele contraírem enquanto extraía mais lascas da madeira podre, juntava-as em montinhos e as atirava longe com a ponta do polegar. Uma a uma as farpas pousavam no colete ou no cabelo de Miller, mas ele nem se mexia. Yngve e Wallace olharam um para o outro e Yngve piscou para ele, como se sua brincadeira fosse uma piada particular dos dois.

Ao lado de Wallace, Cole e Vincent estavam grudados, juntinhos, como se estivessem em um naufrágio rezando para serem salvos. Cole acariciava os nós dos dedos de Vincent. Vincent tinha empurrado os óculos escuros de volta para a testa, o que fazia com que seu rosto parecesse pequeno, como o de um animal de estimação carente. Fazia algumas semanas desde a última vez que Wallace vira Vincent, talvez desde o churrasco de Cole e Vincent no Quatro de Julho. Com um fio de ansiedade, ele percebeu que isso já fazia mais de um mês. Vincent trabalhava em finanças, cuidando de blocos de riqueza suspeita da mesma maneira que cientistas do clima acompanhavam a progressão das geleiras. No Meio-Oeste, riqueza quer dizer vacas, milho ou biotecnologia; depois de ter passado gerações provendo o país com trigo e leite e aves, o solo do Meio-Oeste tinha dado origem a uma indústria que construía scanners e aparelhos, uma safra de órgãos, soros e tecidos derivados de concentrado genético. Era um tipo diferente de agricultura, assim como o que Wallace praticava era um tipo diferente de pecuária, mas, no final, eles faziam o que as pessoas sempre tinham feito, e as únicas coisas que pareciam diferentes eram detalhes sem importância.

"Estou com fome", disse Miller, deslizando os braços abertos sobre a mesa. O gesto brusco, as mãos passando perto dos cotovelos de Wallace, fizeram Wallace recuar.

"Você estava aqui quando eu pedi as bebidas, Miller", Yngve disse. "Você podia ter falado antes. Entendi que não estava com fome."

"Eu *não estava* com fome. Não fome de sorvete, pelo menos. Eu queria comida de verdade. Principalmente se a gente está bebendo. A gente ficou no sol o dia todo."

"Comida de verdade", disse Yngve, balançando a cabeça. "Olha só. O que você quer, aspargos? Brotos? Comida de verdade. O que é isso, mesmo?"

"Você sabe o que eu quero dizer."

Vincent e Cole abafaram o tossido. A mesa se inclinou um pouco com o deslocamento do peso de seus corpos. Será que os aguentaria? Será que resistiria? Wallace pressionava as ripas de madeira do tampo da mesa, observando enquanto elas deslizavam sobre pregos finos e escuros.

"Será que eu sei?", entoou Yngve. Miller soltou um gemido e revirou os olhos. A rajada de insultos fáceis entristeceu um pouco Wallace, o tipo de tristeza íntima que dá para ocultar de si mesmo, até que um dia você chega e a encontra à espera.

"Eu só quero comida, só isso. Você não precisa ser tão desagradável", Miller disse rindo, mas com firmeza na voz. *Comida de verdade*. Wallace tinha comida de verdade em casa. Ele morava perto. Pensou em sugerir a Miller que fosse até sua casa, e então o alimentaria como a um animal perdido. *Olha, tenho umas costeletas de porco que sobraram do jantar*. Ele podia caramelizar cebolas, requentar as costeletas, pegar umas fatias do pão da padaria da esquina, aquele duro, de casca grossa, passá-lo na gordura ou num creme e fritar. Wallace vislumbrou tudo na cabeça: a refeição feita com as sobras transformadas em algo farto, rápido e quente. Era um daqueles momentos em que qualquer coisa parecia possível. Mas aí o momento passou, a sombra se moveu sobre a mesa.

"Eu posso ir até a barraca de comida. Se você quiser. Posso comprar alguma coisa", disse Wallace.

"Não. Tudo bem. Não preciso de nada."

"Tem certeza?", perguntou Wallace.

Miller arqueou as sobrancelhas, um ceticismo que doeu como um tapa.

Os dois nunca haviam sido amigos do tipo que trocam gentilezas, mas se encontravam constantemente. Na máquina de gelo; na cozinha onde tiravam das prateleiras pratos e tigelas esquecidos para comer seus almoços melancólicos e breves; na câmara fria, onde os reagentes sensíveis eram mantidos; nos horrorosos banheiros roxos — eles eram jogados juntos como primos infelizes e desagradáveis e se alfinetavam amigavelmente, como inimigos com preguiça de agir com violência e má-fé. Dezembro passado, na festa do departamento, Wallace tinha feito um comentário inusitado sobre a roupa de Miller, chamando-a de algo como traje típico dos estacionamentos de trailer do Meio-Oeste. As pessoas riram, inclusive Miller, mas, nos meses seguintes, Miller passou a levantar o assunto todas as vezes que se encontravam: *Ah, aqui está Wallace, o fashionista deve ter algum comentário para fazer*; e então um olhar rápido e um sorriso frio e forçado.

Em abril, Miller deu o troco. Wallace tinha chegado atrasado ao seminário do departamento e tivera de ficar de pé, quase no fundo da sala. Miller também estava lá. Ambos eram monitores em um curso antes do seminário, mas a aula tinha se alongado; Miller saíra antes, enquanto Wallace ficara para trás respondendo às dúvidas dos alunos de graduação. Eles estavam apoiados nos painéis de madeira assistindo à projeção dos slides. O cientista convidado era famoso no campo da proteômica. Nenhum assento disponível. O lado mesquinho de Wallace sentiu prazer ao ver que Miller também estava de pé. Mas então Miller chegou perto da orelha de Wallace, com seu hálito úmido e quente, e falou: *Achei que vocês não ficassem mais no fundo.* Wallace, que tinha sentido um arrepio frio, ainda que relutante, quando Miller se aproximara, naquele momento sentiu outra coisa. O lado direito do corpo de Wallace ficou dormente e esquentou. Quando Miller olhou para ele, deve ter notado na cara de Wallace: que eles não eram assim tão amigos, que a lista de coisas sobre as quais eles podiam fazer piada não incluía sua raça. Depois da palestra, no meio da confusão da fila para o café de graça e os cookies vencidos, Miller tentou se desculpar, mas Wallace se recusou a ouvir. Por semanas depois disso, evitou Miller. E caíram naquele silêncio gélido que se estabelece entre duas pessoas que deveriam ser próximas, mas não o são por causa de um erro de cálculo prematuro e grave. Wallace passou a lamentar esse impasse porque impedia que eles compartilhassem coisas que tinham em comum: ambos eram os primeiros de suas famílias a chegar à universidade; ambos haviam se assustado com o tamanho daquela cidade do Meio-Oeste em particular; e entre seus amigos eles eram os dois que não tinham tido uma vida fácil. Mas aqui estavam.

O silêncio surpreso de Miller, a cautela sombria em seu rosto, revelava a Wallace tudo o que ele precisava saber sobre sua oferta.

"Ah, tudo bem, então", Wallace disse baixo. Miller pousou a cabeça na mesa e gemeu, queixando-se exageradamente.

Cole, que era mais gentil que o restante deles e poderia, por isso, se permitir atos desse tipo, veio e bagunçou todo o cabelo de Miller. "Deixa disso, vai", disse, e Miller deu um grunhido, arrastou as pernas de debaixo da mesa e se levantou. Cole beijou o rosto e o ombro de Vincent e outro estilhaço gelado de inveja atingiu Wallace em cheio.

A mesa atrás de Yngve estava ocupada por um time de futebol vestido com uns shorts de nylon vagabundo e camisetas brancas, nas quais eles mesmos haviam desenhado seus números, discutindo alto sobre algo que a Wallace pareceu ser tênis feminino. Todos eram malhados e bronzeados e estavam sujos de terra e grama. Um deles usava uma bandana de arco-íris e apontava agressivamente para outro homem, gritando com ele em espanhol ou talvez português. Wallace tentou entender o que estavam falando, mas seus sete anos de francês não lhe davam propriedade sobre aquela chuva de ditongos e consoantes fragmentados.

Yngve falava ao telefone, o rosto iluminado pelo brilho do aparelho, mais pronunciado agora que anoitecia. A escuridão penetrava no céu como uma mancha que se espalha devagar. O lago tornara-se metálico e sinistro. Era a parte da noite de verão logo após o pôr do sol, quando tudo começa a refrescar e a se acomodar. Tinha algo salgado no vento, uma espécie de carga.

"A gente te viu pouco neste verão", disse Vincent. "Onde você estava escondido?"

"Em casa, eu acho. Mas não sabia que estava me escondendo."

"Roman e Klaus passaram lá em casa uma noite dessas, Cole te contou?"

"Acho que é a primeira vez na semana que consigo ver os caras. As coisas têm sido bem infernais."

"Bom, também não foi nada de especial. Só jantamos. Você não perdeu muito."

Se não tinha sido nada de especial, Wallace pensou, por que levantar o assunto? Ele tinha ido ao churrasco deles, não tinha? Mas mesmo lá, ele lembrava, Vincent tinha dito como era bom ver Wallace, como ultimamente eles nunca mais o viam, ele nunca saía com eles ou perguntava por eles. É como se você não existisse, Vincent tinha dito com uma risada, e Wallace percebera a veia grossa no centro da testa dele saltar, desejando com tranquila crueldade que ela se rompesse. Wallace via Cole, Yngve, Miller e Emma quase todos os dias no prédio das biociências. Eles se cumprimentavam com a cabeça, acenavam, reconheciam a presença de cada um numa dúzia de pequenos gestos. Ele não saía com eles, isso era verdade, não ia aos seus bares favoritos, não saiu naquela vez em que todos eles se meteram em dois carros e foram colher maçãs, ou naquela outra vez em que foram fazer trilha em Devil's Lake. Ele não saía com eles porque nunca sentiu de verdade que sua presença era desejada. Ficava sempre à margem, conversando com qualquer um que por pena lançasse a ele alguma conversa fiada. E agora Vincent vinha falando como se ele fosse o único responsável por não se encontrarem, como se eles também não fossem culpados.

Wallace abriu o melhor sorriso que conseguiu. "Parece que vocês se divertiram muito."

"E Emma e Thom vieram na semana passada. A gente fez um almoço na piscina e fomos para o parque dos cachorros. Scout está ficando *imensa*." A veia na testa de Vincent voltou a saltar e Wallace se imaginou colocando o dedo sobre ela, apertando firme. Wallace emitiu um som de concordância do fundo da garganta como se dissesse *Ora, vejam só*.

"Onde estão Emma e Thom? Achei que eles vinham", disse Yngve.

"Dando banho na Scout."

"Quanto tempo leva para dar banho num cachorro?", Yngve perguntou, exagerando na indignação.

"Depende", disse Vincent rindo, olhando para Wallace, que não se rebaixaria a ponto de fazer piadas sobre cocô de cachorro e que, então, simplesmente limpou a garganta. Vincent batia os dedos na mesa. "O.k., mas de verdade, Wallace, o que você *tem feito*? Você se acha importante demais para sair com os amigos?"

Foi um comentário idiota. Até Yngve arregalou os olhos. Wallace murmurou como se estivesse concentrado, esperando aquela onda de irritação e humilhação arrefecer. A expressão de Vincent era de paciência e expectativa. Wallace notou um movimento grande na mesa ao lado. Os jogadores de futebol tinham começado a se empurrar, as camisetas brancas brilhando, tantos retângulos luminosos caindo uns sobre os outros como numa pintura do pós-guerra.

"Trabalhando mesmo", ele disse. "Só isso."

"A gente adora um mártir", disse Vincent. "Imagino que este será o assunto da noite. Nossa Senhora do Laboratório Perpétuo."

"A gente não fala só de laboratório", disse Yngve, mas Wallace só conseguia rir, mesmo que a piada fosse à sua custa. Era verdade: O laboratório *era* a única coisa de que eles falavam. Não importava o assunto, a conversa sempre dava um jeito de voltar ao tema: *outro dia eu estava purificando amostras em uma coluna, e vocês não vão acreditar, sim, eu eluí antes de terminar minha última lavagem. Alguém deixou de completar a caixa das ponteiras, então adivinhem quem teve que ficar quatro horas na autoclave? Será que é tão difícil colocar a minha pipeta de volta no lugar? Eles vêm, pegam e nunca devolvem.* Wallace entendia o incômodo de Vincent. Vincent tinha se mudado para a cidade no meio do segundo ano para ficar com Cole, e, durante a semana em que eles todos aguardavam a nota dos exames finais, deu uma festa de fim de ano e de inauguração da nova casa. Em vez de ficarem bebendo cerveja barata e admirarem o elegante sofá de couro e metal, eles se amontoaram num canto para cochichar sobre a prova da 610, com a sua inesperada última pergunta sobre hélices, e a prova da 508, que tinha incluído uma pergunta sobre trocas de energia livre em diferentes condições osmóticas que fizera Wallace usar cinco folhas de papel e cálculos em que ele nem sequer tinha pensado desde a graduação. Vincent passou a noite decorando a árvore de Natal sozinho, enquanto eles se queixavam e ficavam preocupados, e Wallace ficou com pena dele. Mas era automático esse reflexo de voltar ao assunto do laboratório, porque enquanto falavam sobre ciência não tinham que se preocupar com outros problemas. Era como se a pós-graduação tivesse apagado as pessoas que eles eram antes de chegarem lá.

Pelo menos para Wallace, era essa exatamente a ideia. E mesmo assim ele tinha começado a sentir neste verão em particular algo que nunca tinha sentido antes: que queria alguma coisa a mais. Ele estava infeliz e, pela primeira vez na vida, aquela infelicidade não parecia inteiramente necessária. Às vezes, ele desejava confiar nesse impulso de cair fora de sua vida e se jogar no vasto e incalculável vazio do mundo.

"Eu também trabalho, mas vocês não me veem falando de trabalho o tempo todo. Porque eu sei que é chato para vocês", disse Vincent.

"Porque é um *emprego*. O nosso, não, o que a gente faz é diferente", disse Yngve.

"Vocês falam disso o tempo todo porque não têm outra coisa de que se orgulhar", devolveu Vincent. Wallace assobiava. As vozes na outra mesa aumentaram em tom e volume. De vez em quando, davam um grito de festejo ou de raiva. Agora, Wallace conseguia ver, estavam todos juntos em volta de um celular, assistindo a algum tipo de jogo. Aqui e ali corpos se separavam e ele via a luminosidade da tela por apenas um segundo, até ser novamente coberta pelo grupo.

"A vida é maior que programas de estudo e empregos", disse Vincent. Barulho vindo do lago, mais gritos animados. Wallace olhou na direção da água, onde as formas escuras das pedras se misturavam com a profundidade das sombras nela. Tinha música vindo de alguns dos barcos que se aproximavam das margens, mas tudo aquilo se resumia a uma crepitação, como a estática no início de um sinal de rádio.

"Eu não sei se isso é verdade, Vincent", Wallace disse. Yngve concordou com um grunhido. Wallace não achava, porém, que ele e Yngve estivessem em total sintonia sobre esse tema. Como poderiam? O pai de Yngve era cirurgião; a mãe dava aula de história em uma faculdade. Yngve tinha passado a vida toda nesse mundo de programas de estudos e empregos. Para Wallace, afirmar que não havia nada além disso significava simplesmente que, se ele perdesse isso, talvez sua vida acabasse. Wallace se perguntava se teria sido incisivo demais, e se virou para ele para se desculpar, mas, naquele exato momento, Cole e Miller estavam voltando. A pálida parte de dentro das coxas de Miller estava visível. A pele parecia lisa e casta em relação ao resto do seu corpo. Seus shorts eram curtos demais. As tiras do seu colete salva-vidas balançavam. Cole tinha pé chato, um andar arrastado e um entusiasmo meio canino. Ele e Miller traziam sacos brancos de pipoca e algo em um grande recipiente plástico: nachos encharcados com um queijo mole e gosmento, generosamente coberto com jalapeños. Miller soltou um *ufa* enquanto se sentava. Eles também tinham comprado tacos, que Yngve atacou, vibrando de prazer.

"Aí, sim", disse Yngve. "Sim, sim, sim. É isso aí, pessoal."

"Achei que você não estava com fome", disse Miller.

"Eu nunca disse isso."

Cole passou a Vincent um copinho com sorvete de baunilha. Eles se beijaram de novo. Wallace olhou para o outro lado, porque achou que era íntimo demais ficar observando.

"Quer um pouco?", Cole perguntou, oferecendo nachos, oferecendo pipoca, oferecendo comida a Wallace da mesma maneira que Wallace queria ter oferecido comida para Miller.

Wallace balançou a cabeça lentamente, distanciando-se da calidez que sentiu. "Não, obrigado."

"Você que sabe", Miller disse, mas Wallace podia sentir o peso de seu olhar, seu calor. Ele sabia que estava sendo observado, como se por um animal predador.

"Ainda está tudo de pé para amanhã?", Cole perguntou, desdobrando um guardanapo branco sobre a mesa.

"Sim", disse Wallace.

A gordura dos nachos encharcou o guardanapo até suas folhas finas e translúcidas deixarem visível a madeira da mesa. Cole fez uma careta, pôs outro guardanapo e mais outro. O cheiro da comida contrastava com a doce podridão do lago. Plantas morrendo.

"O que está de pé?", perguntou Vincent.

"Tênis", os dois responderam em uníssono.

Vincent grunhiu. "Nem sei por que pergunto."

Cole beijou Vincent no nariz. Miller abriu o recipiente dos nachos. Wallace apertou as mãos tão forte embaixo da mesa que elas até estalaram.

"Pode ser que eu me atrase um pouco", disse Cole.

"Sem problemas. De toda forma, eu tenho um pouco de trabalho para fazer." Mas não era *um pouco* de trabalho. Dava enjoo só de pensar. Todo aquele esforço para nada. Todo o esforço que levaria para reparar o prejuízo, que podia acabar servindo para nada, também. Wallace tinha feito bem em não pensar nisso, tirar da cabeça por enquanto. Uma onda de náusea o oprimiu. Fechou os olhos. O mundo girava lentamente em círculos escuros e escorregadios. Moleque idiota, pensou. Moleque idiota, idiota. Esperar que as coisas fossem dar certo, que finalmente seria sua vez e que as coisas dariam certo. Ele se detestava por ser tão ingênuo.

"É *por isso* que eu vou me atrasar", disse Cole, rindo. Wallace arregalou os olhos. Sentia um gosto metálico na boca, não como cobre ou sangue — outra coisa, gosto de prata.

"Vocês vão trabalhar amanhã?", perguntou Vincent. "Estamos combinando de sair, e vocês vão trabalhar?"

"Só um pouco."

"Amanhã é sábado."

"E hoje é sexta e ontem foi quinta. É só mais um dia. Tem trabalho."

"Eu não trabalho em fins de semana."

"Quer ganhar uma medalha por isso?", perguntou Cole, um fio úmido de desprezo escorrendo por sua voz.

"Não, não quero medalha. Mas queria um fim de semana com o meu namorado, para variar, ainda mais no verão. Pode ser?"

"A gente está aqui agora, não está? Eu estou aqui. Você está aqui. Estamos todos aqui. A gente está aqui."

"Que puta capacidade de observação."

"A gente não pode só aproveitar o finalzinho do verão?"

"Uau, claro, sobretudo *porque está terminando*. Brilhante."

"Vai começar um novo ano", Yngve disse, com hesitação. "Vocês sabem o que isso quer dizer."

"Ano novo, dados novos", Cole e Yngve falaram juntos, com os olhos cheios de um otimismo fulgurante e desesperado. Wallace riu um pouco daquilo. Por um momento, deixou-se levar pela calidez deles, pela crença no que seria possível. Novo ano.

Novos dados. Ele mesmo não acreditava nisso. Era só algo que as pessoas às vezes falavam. Uma maneira de seguir em frente. Com os nós dos dedos, bateu no tampo da mesa.

"Bate na madeira."

"Ah meu Deus", disse Vincent.

"Ei." Cole colocou o braço sobre os ombros de Vincent, mas Vincent o afastou. Pousou o copinho sobre a mesa e um pouco de sorvete escorreu pela borda, manchando o tampo. Uma gota branca — morna como cuspe — caiu no pulso de Wallace.

"O que vocês fariam se não tivessem isto aqui? Se tivessem de se virar de verdade?", disse Vincent. Ele olhou para cada um deles. Miller levantou as sobrancelhas. Yngve enrubesceu um pouco. Wallace usou um pedaço do guardanapo de Cole para limpar o pulso.

"Se a gente tivesse de se virar de verdade? Você vai me desculpar, mas você trabalha no *sistema financeiro*. Não é como se você estivesse ralando", disse Cole.

"Eu não disse que estava ralando. Só perguntei: e se vocês tivessem de se virar de verdade, sozinhos? Decidir sozinhos. Planejar a própria vida. Vocês estariam perdidos."

"Eu não planejo minha vida? Meu projeto? Meus experimentos? Você está dizendo que a gente não planejou nossa vida a dois? A gente tem *móveis*, Vincent."

"Porque *eu* comprei os móveis. Quando eu cheguei aqui, você estava vivendo basicamente numa república com esses dois", disse Vincent, gesticulando ostensivamente na direção de Yngve e Miller, que observavam estoicos. "A mesinha de canto era um pedaço de compensado apoiado num balde. Meu Deus. Você não sabe nada de móveis, da mesma maneira que você não teria ideia de como conseguir um emprego real, um plano de saúde real, impostos. A gente não pode nem tirar férias de verdade. Cinco dias em Indiana, que delícia. Uma maravilha."

"A gente passou o último verão com os seus pais no Mississippi, não passou?"

"Passou. Mas sua família *detesta* gays, Cole. Tem uma diferença."

Wallace riu, mas depois decidiu calar a boca. De novo, sentiu uma ponta de vergonha ao ver algo privado tornando-se horrivelmente público, ali na sua frente. Ainda assim, não conseguia desviar o olhar. Eles tinham começado a discussão com sorrisinhos e espetadelas levemente agressivas, mas agora estavam rosnando um para o outro. Cole tinha se afastado de Vincent, e Vincent de Cole, o que desequilibrava o banco em que estavam sentados. A comida escorregou da mesa inclinada. Miller conseguiu pegar os nachos antes que eles caíssem no chão.

Cole deu um sorriso para Wallace. "Me ajuda. É o Mississippi."

"Eu sou do Alabama", disse Wallace, mas Cole fechou os olhos.

"Você sabe o que eu quero dizer. É a mesma coisa."

"Eu sou de Indiana e até eu acho horrível", disse Miller. "Vincent tem razão."

"Você é praticamente de Chicago", disse Cole. "Não é isso... É que o Vincent odeia a minha família."

"Eu não odeio sua família. Sua família é maravilhosa. Ela só é profundamente racista e extremamente homofóbica."

"Minha tia é racista", comentou Cole, olhando para Wallace.

"A mãe dele disse que a igreja estava passando por *dificuldades*. Fala para ele qual é a dificuldade, Cole."

"Uma família negra entrou na congregação. Ou tentou entrar. Ou está tentando", disse Cole, cobrindo o rosto com as mãos. Seu pescoço estava muito avermelhado.

"Então não venha me dizer que eles não são..."

"Não tinha nenhum negro na minha igreja quando eu era criança", disse Miller. "Pelo menos até eu parar de ir. Indiana é assim."

"Quer dizer, minha família não frequentava igrejas", disse Yngve. "E, tipo, na minha cidade também não tinha negros. Mas meus avós adoram negros. Eles dizem que os suecos são os negros da Escandinávia."

Wallace engasgou um pouco na própria saliva. Yngve se contorceu e voltou ao seu taco.

"De qualquer maneira, a vida é mais que as pipetas e tubos de ensaio de vocês", disse Vincent calmamente. "Vocês todos estão só brincando de adulto com seus brinquedinhos de plástico."

Cole estava quase respondendo quando Wallace abriu a boca, para a própria surpresa. "É bobo, não é? Ainda estar estudando como a gente. Eu me pergunto às vezes o que eu estou fazendo aqui. Acho que talvez essa pergunta não seja tão boba. Um monte de gente pensa isso. Mas, ainda assim, eu imagino como seria ir embora. Fazer outra coisa. Algo *real*, como você diz, Vincent." Ele ria enquanto falava. Passou a olhar para o time de futebol, que tinha se acalmado, se juntado e agora estava tão transfixado pelo que quer que assistisse que ninguém cogitava falar, se mexer ou beber cerveja. Wallace apertou o polegar sobre o joelho até doer. "Eu acho que às vezes eu meio que odeio isso, eu acho. Eu odeio isso aqui."

As palavras saíam dele como emanação de um espaço quente e denso em seu íntimo, e, quando acabou de falar, levantou os olhos, achando que ninguém estava realmente prestando atenção. Era assim. Ele falava e as pessoas não prestavam muita atenção. Mas, quando levantou os olhos, Wallace percebeu que todos olhavam para ele, levemente chocados.

"Ah", Wallace disse, um pouco assustado. Miller continuou comendo nachos, mas Cole e Yngve apertaram os olhos. As sombras deles deslizaram pela mesa. Eles pareciam próximos.

"Você pode ir embora, você sabe", disse Vincent. Sua voz morna no pescoço de Wallace. "Se está infeliz, pode ir embora. Você não tem que ficar."

"Espera aí, espera, para um pouco, espera, não vai dizendo isso para ele", disse Cole. "Se você for embora, não dá para voltar atrás."

"O mundo real é justamente fazer coisas e não poder voltar atrás, amor."

"Olha isso. De repente virou um *coach*? Você parece um vendedor de telemarketing."

"Você é tão pretensioso", chiou Vincent. "Tipo, em um nível assustador, às vezes."

Cole se curvou sobre Vincent para olhar para Wallace. "Ir embora não vai fazer você se sentir melhor. Ir embora é desistir."

"Você não pode chegar e decidir o que é difícil demais para alguém", disse Vincent, animadamente. Wallace estendeu o braço e pôs a palma da mão nas costas de Vincent. Sua camisa estava molhada de suor. Seu corpo vibrava como a corda de um instrumento musical.

"Ei, tá tudo bem", disse Wallace, mas Vincent não o escutava. "Não o pressione", disse para Cole. "O que é isso, uma seita?"

"Onde será que o Lukas está?", Yngve disse, alto o suficiente para o time de futebol escutá-lo. "Você sabe, Cole?"

"Acho que ele está com o Nate", disse Cole, ainda com os olhos em Vincent. Yngve recuou. Lukas e Yngve eram meio apaixonados desde o primeiro ano, mas Yngve era hétero e Lukas finalmente cansou de sofrer e arranjou um namorado na faculdade de veterinária. Wallace achava que a escolha tinha sido inesperada, mas acertada. Às vezes, nas festas, quando Yngve ficava muito bêbado, ele dizia coisas do tipo *Dormir com um veterinário é uma forma de zoofilia. Sabe, nem sequer é uma ciência de verdade.* Lukas só encolhia os ombros e ignorava. De todo modo, Yngve tinha uma namorada. Wallace sentia pena deles. Parecia mais triste do que precisaria ser.

"Eles estão vindo?"

"Se eles forem espertos, não", disse Vincent.

O sorvete tinha virado uma espécie de lama branca. Mosquitos tinham abandonado as heras no muro para avançar na escuridão em direção à comida. Wallace espantou-os com a mão.

"Você não precisava ter vindo. Podia ter ficado em casa", disse Cole.

"Eles também são meus amigos."

"Agora, eles são. Agora eles são seus amigos."

"O que foi que você disse?"

Wallace olhou para Yngve, que parecia assustado, e para Miller, que parecia impassível, como se estivesse sentado em outra mesa completamente diferente. Wallace balançou a cabeça para Cole e Vincent, mas Miller só encolheu os ombros. Nenhuma surpresa. Na verdade, Wallace sabia que não devia se envolver nesse tipo de rusga, mas ele se sentia mal, como se fosse o culpado. Yngve cutucou Miller com o ombro, mas sua apatia suprema era imperturbável. Vincent respirava fundo e rápido. A água batia no casco dos barcos amarrados perto da praia.

"Ninguém está desistindo. Ninguém está indo embora. Estamos nos divertindo demais", disse Wallace.

"Ah, claro", foi a resposta de Vincent, mas Cole abriu um sorriso. "Deixa de ser chorão."

"Eu não sou chorão. Ninguém aqui está choramingando", disse Cole, limpando os olhos com a base da palma da mão.

"Coitadinho, coitadinho", disse Yngve, estendendo o braço e passando a mão nos cabelos de Cole. "Será que você consegue superar isso?"

"Para", disse Cole. Ele parecia extremamente envergonhado. Ria e chorava ao mesmo tempo. Todos ali faziam o possível para ignorar, o possível para fingir que a umidade em seus olhos fosse outra coisa qualquer. Pobre Cole, pensou, sempre tão à flor da pele. Vê-lo limpando os olhos fez a garganta de Wallace arder.

"Bem, parece que ele vai sair dessa", disse Wallace. Aqueles eram os seus amigos, as pessoas que o conheciam melhor e que mais gostavam dele no mundo. Uma vez mais, estavam sentados naquele silêncio terrível, só que Wallace sabia que tinha sido sua culpa. Ele tinha causado a discussão, ele e sua boca grande. Mas o engraçado disso tudo, a piada que ele próprio só agora começava a entender, era que ele havia dito apenas parte da verdade. Sim, havia pensado em ir embora e detestava ali às vezes. Mas o cerne daquela sensação era outra coisa: não era que ele quisesse abandonar a pós-graduação; ele queria abandonar sua vida. A verdade daquele sentimento penetrava sob sua pele como um ser novo e incômodo, e ele não podia livrar-se dele agora que o tinha reconhecido. Era sempre a mesma espera incerta, um medo de não ser capaz de se livrar do sentimento.

"Parece que você viu um fantasma, Wallace", disse Yngve, e Wallace tentou dar um sorriso. Ele tinha perdido o fôlego com a consciência daquilo tudo. Yngve não sorriu de volta. Cole se inclinou para a frente a fim de olhar para ele. Vincent, também. Até mesmo Miller olhou discretamente, desviando-se da comida, com a boca cheia de jalapeños.

"Eu estou bem", ele disse. "De verdade." Sentia um aperto na garganta. Não havia ar suficiente. Parecia que ia desmaiar.

"Você quer um copo d'água ou alguma coisa?", Vincent perguntou.

"Não, não. Sim. Eu vou pegar", disse Wallace, abatido. Levantou-se. Apoiou-se com as mãos, enquanto o mundo girava.

Fechou os olhos. Sentiu uma mão no antebraço. Era Cole com o braço esticado, mas Wallace se desvencilhou. "Não precisa se preocupar. Estou bem."

"Eu vou com você", disse Cole.

"Fica aqui. Relaxa." Wallace deu um sorriso forçado, suas gengivas ardiam. Seus dentes doíam. Ele saiu da mesa, mas sabia que ainda o observavam. Foi caminhando em direção ao lago. Iria se recompor um pouco, até que pudesse apresentar a seus amigos uma razoável aparência de felicidade de novo.

Na beira da água, degraus de pedra desciam para o fundo turvo do lago. Eram feitos de um tipo de pedra bruta e áspera, que tinha sido alisada pela água e pelo tráfego de pessoas. A dois ou três metros de Wallace havia mais pessoas sentadas, assistindo ao nascer da Lua. E na outra margem, onde a península forrada de pinheiros e abetos se inclinava para dentro do lago como se fossem dedos, havia casas construídas sobre grandes palafitas, as luzes nas janelas como os olhos de grandes pássaros. Às vezes, quando Wallace caminhava em volta do lago à noite olhando através do emaranhado das árvores, imaginava que aquelas casas todas pareciam um bando de aves enormes agachadas no outro lado. Ele mesmo nunca havia estado lá, nunca tinha tido qualquer razão para cruzar o lago até aquela parte exclusiva e isolada da cidade.

Os barcos pequenos já tinham voltado e estavam armazenados em seus suportes, cobertos para a noite. Os barcos maiores tinham sido levados mais para baixo, perto da casa dos barcos, onde Wallace às vezes fazia caminhadas até o outro lado, onde o mato crescia solto e as árvores eram mais densas e pesadas. Havia uma ponte coberta, e uma família de gansos vivia lá. Às vezes, ele via suas grandes asas se abrindo, enquanto eles deslizavam sobre a água. Outras vezes, ele os via avançando pela sombra, preguiçosa e confiantemente, na direção dos campos de futebol e da área de piquenique, como guardas florestais sisudos. Mas, àquela hora da noite, os gansos não estavam lá, e as gaivotas tinham voltado para seus ninhos, e Wallace tinha a beira do lago só para si, a não ser pelos outros observadores anônimos por ali. Deu uma olhada rápida e imaginou como seria a vida deles, se estavam contentes, se estavam com raiva ou decepcionados. Pareciam pessoas comuns, de nenhum lugar específico: brancos, vestindo roupas feias e folgadas, queimados de sol, descascando e sorrindo com bocas grandes e elásticas. Os jovens eram altos e bronzeados e davam risadas enquanto empurravam uns aos outros. Mais para trás, a grande massa de gente espalhada pelo píer, como musgo. A água logo abaixo dele espirrava um pouco, molhando a barra de sua bermuda. A pedra estava gelada e escorregadia. Uma banda começava a tocar atrás dele. Os instrumentos zunindo, pulsando para a vida.

Wallace abraçou os joelhos e apoiou o queixo nos braços. Tirou os sapatos de lona e deixou a água subir até os tornozelos. Estava fria, embora não tanto quanto ele esperava ou gostaria. Havia algo viscoso naquela água, algo além da própria água, como uma segunda pele movendo-se solta sob a superfície. Houve dias em que os lagos foram interditados por causa das algas, que podiam secretar neurotoxinas potencialmente fatais. Ou abrigar parasitas que se agarravam aos nadadores, sugando-os ou transmitindo-lhes doenças que faziam seus corpos se carcomerem por dentro. A água aqui podia ser perigosa, mesmo sem você se dar conta. Ainda assim, não havia placas de aviso. O que quer que houvesse nela, ainda não era considerado perigoso para as pessoas. Agora que ele estava próximo, a água fedia mais, como álcool, extremamente químico e adstringente.

Isso o fez se lembrar da água preta que o encarava no ralo da pia de seus pais tantos anos atrás. Preta e redonda, como uma pupila perfeita olhando para ele, cheirando a azedo, como algo estragado. Seu pai também juntava baldes de água parada. *Estou guardando*, ele dizia quando Wallace tentava despejá-los. Guardando como se guardasse roupas velhas, garrafas, canetas sem tinta ou lápis quebrados. Porque nunca se sabe, um dia o lixo guardado pode valer a pena. A água nos baldes era escura como alcatrão, porque dentro deles caíam folhas do telhado que se decompunham. Às vezes, ele identificava os restos marrons e frágeis dos caules, depois que todo o verde tinha se degradado. Do ângulo correto, era possível ver as formas das larvas dos mosquitos se contorcendo, flutuando ao longo da superfície. Seu pai havia lhe dito uma vez que eram girinos. Wallace havia acreditado nele. Colocara as mãos em concha na água viscosa e olhara bem de perto, tentando identificar os girinos. Mas, é claro, eram apenas mosquitos.

Água escura.

Havia um nó de tensão em seu peito, algo duro, apertado. Parecia que ele tinha uma bola preta presa nos pulmões. Seu estômago também doía. Ele só tinha se alimentado de sopa o dia todo. A superfície de sua fome era áspera, como a língua de um gato. A pressão se acumulava no fundo de seus olhos.

Ah, pensou, quando se deu conta do que era: lágrimas.

Naquele momento, havia alguém ao lado dele. Wallace se virou, esperando por um instante ver o rosto do pai, materializado da memória, mas, em vez disso, era Emma, que tinha finalmente chegado com o noivo, Thom, e a cachorra, Scout, uma coisa alegre e felpuda.

Ela colocou um braço em volta dos ombros dele e riu. "O que você está fazendo aqui?"

"Olhando a vista, eu acho", disse, tentando corresponder à risada dela. Fazia uma semana ou mais que ele não via Emma. Ela trabalhava dois andares abaixo, em um laboratório no final de um longo corredor sombrio. Toda vez que Wallace a visitava — para ir almoçar ou deixar algo —, ele se sentia como se estivesse saindo do prédio de biociências e entrando em um lugar proibido, como se tivesse se perdido e adentrado em uma curiosa dimensão paralela. Não havia nada nas paredes, exceto um quadro de avisos, no qual folhetos e pôsteres amarelados da década de 1980 ainda estavam pendurados, como se as oportunidades que ofereciam ainda valessem. Emma e Wallace tinham ficado amigos pelo fato de nenhum dos dois ser um homem branco no curso. Foram quatro anos de olhares cúmplices por sobre as cabeças de garotos altos, de confiança empertigada e inabalável, vozes altas e opiniões veementes. Foram quatro anos de conversas tranquilas naquele longo corredor sombrio, momentos em que parecia que as coisas melhorariam para eles. Ela afastou o cabelo escuro e encaracolado do rosto e olhou para ele. Naquele momento ele se sentiu tão transparente quanto os guardanapos de Cole.

"Wallace, o que foi?", perguntou ela. A palma macia de sua mão estava pousada no pulso dele. Ele pigarreou.

"Nada, nada", disse. Seus olhos ardiam.

"Wallace, o que aconteceu?" Emma tinha um rosto pequeno, com traços amplos e uma compleição morena que às vezes levava as pessoas a pensarem, dependendo da iluminação, que ela não fosse branca. Mas ela era branca, ainda que de uma variedade étnica. Seus avós, de um lado, eram boêmios, ou tchecos, como se dizia agora. Pelo outro lado, eram sicilianos. Seu queixo era pontudo como o de Yngve, mas sem covinha. Sua mão era pequena para o punho de Wallace, mas, mesmo assim, ela o segurava com firmeza.

"Não é nada", disse ele de novo, desta vez com convicção, porque não sabia o que de fato o incomodava. O que poderia dizer, exceto que não era nada?

"Não parece, meu caro."

"Meu pai morreu", disse ele, porque era a pura verdade, mas, quando disse isso, não sentiu alívio. Ao contrário, aquilo o sobressaltou, como um grito repentino em uma sala silenciosa.

"Porra", ela disse. "Porra." Então, se recompondo e balançando a cabeça, disse: "Sinto muito, Wallace. Sinto muito pela sua perda."

Ele sorriu porque não sabia como lidar com a empatia dos outros por ele. Sempre lhe parecera que, quando as pessoas se entristeciam por alguém, entristeciam-se, na verdade, por elas mesmas, como se aquele infortúnio fosse apenas uma desculpa para que elas sentissem o que quer que quisessem sentir. Empatia era uma espécie de ventriloquismo. Seu pai morrera a centenas de quilômetros de distância. Wallace não tinha contado a ninguém. Seu irmão havia ligado. Depois vieram as postagens nas redes sociais dos familiares, dos conhecidos e dos que só queriam informação, aquele espetáculo feio e inútil de luto público. Era estranho, pensou Wallace enquanto sorria para Emma, porque ele não tinha a sensação de perda arrasadora; não, quando pensava na morte do pai, sentia a mesma coisa que quando alguém faltava no laboratório pela manhã. Mas talvez essa tampouco fosse a verdade. Ele não sabia o que sentir, então tentava não sentir nada. Parecia mais honesto assim. Um sentimento real.

"Obrigado", disse, pois o que é que se pode dizer quando se percebe objeto da empatia de alguém?

"Espera", disse ela, olhando por cima do ombro para a mesa onde os outros estavam sentados, agora ocupados com Scout, que apreciava as carícias. "Eles não sabem?"

"Ninguém sabe."

"Caralho", disse ela. "Por quê?"

"Porque era mais fácil, acho. Sabe?"

"Não, Wallace. Não sei. Quando é o enterro?"

"Foi semanas atrás", ele disse, e ela pareceu realmente surpresa. "O quê?"

"Você foi?", ela perguntou.

"Não, não fui. Eu tinha que trabalhar", disse ele.

"Jesus. A demônia não deixou?"

Wallace riu, e sua voz se projetou sobre a água à frente deles. Que ideia. Que ele poderia ter contado a sua orientadora e ela poderia ter lhe dito para não ir. Era tentador deixar Emma acreditar nisso, porque era algo que Simone poderia ter feito. Mas isso provavelmente chegaria a Simone, e ele teria de esclarecer a confusão.

"Não foi isso", disse. "Ela não é tão ruim assim, sabia? Nem estava na cidade." Simone era alta e chamava a atenção, uma mulher de inteligência assustadora. Ela não era particularmente demoníaca. Era mais como uma brisa quente constante que, depois de um tempo, começava a enfraquecer Wallace.

"Não a proteja", disse Emma, estreitando os olhos. "É sério que ela disse que você não podia ir ao enterro do seu próprio pai? Isso é doentio."

"Não", disse ele, ainda rindo, dobrando-se e segurando a barriga. "Não foi assim. Eu simplesmente não tinha tempo."

"É o seu *pai*, Wallace", disse Emma. A risada dele morreu. Ele se sentiu cobrado. Sim, era o pai dele. Ele sabia disso. Mas o problema com essas pessoas, com seus amigos, com o mundo, era que eles achavam que as coisas com a família tinham que ser só de um jeito. Achavam que você tinha que sentir por eles a mesma coisa que todo mundo sentia, ou então você estava errado. Como é que ele poderia rir da ideia de não ir ao enterro do pai?

Tem coisa mais estranha? Wallace não se achava estranho. Ele tampouco se achava errado ou mau por ter rido, mas transformou seu rosto numa máscara de placidez, triste e imóvel.

"Puta que pariu", disse ela. Emma estava com raiva por ele. Deu um chute na água, espirrando-a pela noite, gotas de prata desbotando para o preto. Então colocou o outro braço em volta dele e o abraçou. Ele fechou os olhos e deu um suspiro. Emma começou a chorar um pouco e ele colocou os braços em volta das costas dela e a abraçou.

"Está tudo bem, está tudo bem", disse ele, mas o choro dela só aumentava, enquanto ela balançava a cabeça. Ela lhe deu um beijo no rosto e o abraçou ainda mais forte.

"Sinto muito mesmo, Wallace. Meu Deus. Eu queria poder mudar isso. Juro que queria", disse.

O grau e a extensão da tristeza dela o alarmaram. Parecia impossível que tal demonstração de pesar pudesse ser totalmente sincera, que o corpo dela tremesse em seus braços por causa de uma perda que ele tinha sofrido. Ele queria chorar por ela, se não por ele mesmo, mas não conseguiu. As pessoas nas mesas ao lado começaram a assobiar e gritar para eles, batendo palma e mandando beijos.

Emma vociferou, mas eles não tinham como ouvir. Apenas Thom mantinha as costas eretas, como se pressentisse algo errado. Quando Wallace olhou para ele, Thom, de cara fechada, os encarava. Ele sabia que Wallace era gay. Sabia que não existia nada entre ele e Emma. Então, por que encarar tão fixamente? Era como se alguém tivesse contado uma piada e Thom não tivesse entendido. Ele podia ser estupidamente literal, em nível caricatural. Tinha o cabelo assanhado e usava botas de trilha o ano inteiro, embora morassem na parte plana do estado e ele fosse natural da parte central de Oklahoma. Thom era cheio de afetação o tempo todo. Fazia um doutorado em estudos literários e estava amarrado à sufocante empreitada da academia. Mesmo assim, Wallace gostava mais de Thom do que admitia. Ele fazia recomendações de leitura a Wallace. Falava com Wallace sobre livros da mesma maneira que os outros falavam sobre futebol americano ou hóquei. Mas podia acontecer, às vezes, em situações como aquela, de ele ser pego encarando Wallace e Emma como se quisesse decapitar os dois.

"Bem, chega de show", disse Wallace.

"Não, ainda não." Emma deu-lhe um beijo na boca. Seu hálito era morno, mas doce, como se ela tivesse chupado uma bala. Seus lábios eram macios e pegajosos. O beijo foi breve, mas o barulho que ele causou nas mesas próximas foi ensurdecedor. Alguém apontou o facho de uma lanterna para eles e lá estavam os dois, beijando-se perto da água, como algo saído de um filme. Emma, naturalmente dramática, jogou o braço para trás e caiu sobre o colo dele.

Wallace nunca tinha sido beijado antes, por ninguém, de verdade. Sentiu vagamente que algo lhe havia sido roubado. Emma ria apoiada nos joelhos. Thom desceu até a beira da água segurando firmemente a coleira de Scout.

"Que porra foi essa?", perguntou a Wallace, áspero e direto. "Você sai por aí beijando pessoas que namoram?"

"Foi ela que me beijou", disse Wallace.

"Fui eu que beijei ele", disse Emma, como se isso explicasse tudo. Wallace deu um suspiro.

"Emma, nós já falamos sobre isso."

"Ele é gay", disse ela, sentando-se. "Não conta. É como beijar outra garota."

"Bem, eu fico agradecido", disse Wallace.

"Viu?"

"Não, Em. Isso não está certo. Não interessa se ele é gay — sem ofensa, Wallace."

"Mas eu *sou* gay."

"Mesmo assim, você não pode sair por aí beijando outras pessoas", prosseguiu Thom. "Isso não é correto."

"Não seja tão puritano", disse Emma. "De repente você virou batista?"

"Não ria da minha cara", disse Thom.

"O pai dele morreu. Eu estava sendo uma boa amiga!" Agora ela tinha se levantado. A barra de sua saia — alguma estampa floral, provavelmente resgatada do armário de alguém e vendida por centavos — estava úmida. Wallace prendeu a respiração. Thom olhou para ele.

"Seu pai morreu?"

"Morreu", disse Wallace, numa toada fraca.

"Cara, eu sinto muito." Thom o puxou para um abraço. Sua pele estava quente e vermelha. Sua barba escura arranhou o pescoço de Wallace. Ele tinha olhos cor de mel que, na luz da noite, pareciam marrons. "Eu não fazia ideia. Sinto muito. Isso é bem difícil."

"Está tudo bem", disse Wallace.

"Não, não está. E é normal que não esteja", disse Thom, dando tapinhas nas costas de Wallace no que, para ele, pareceu autocomplacência. Scout lambeu a mão de Wallace, passando a língua sobre a palma e entre os dedos. Ele se agachou para acariciar-lhe as orelhas. A cachorra deu um pulo e pôs as patas em seus ombros. Ela tinha cheiro de mato, parecido com a fragrância do limoeiro. Emma e Thom deram um beijo de reconciliação enquanto Scout lambia o interior das orelhas de Wallace.

Os três voltaram para a mesa, que estava lotada de coisas e cheia de bebidas. As canecas de cerveja tinham chegado, além de uma cidra para Wallace.

"Eu pedi para você", disse Miller.

"Que atencioso", disse Wallace, mais secamente do que gostaria, mas Miller apenas acenou com a cabeça.

Vespas gordas circulavam devagar sobre eles. Vinham de vez em quando, atraídas pelo doce da cerveja e da cidra, mas Yngve, um ecologista de coração, as prendia com um copo e as levava até a beira do píer para soltá-las. Quando voltava, novas vespas zumbiam perto da mesa.

"Eu odeio abelhas", disse Wallace.

"Na verdade, não são abelhas", Yngve quis interromper.

"Sou alérgico a marimbondos", disse Wallace.

"Abelhas e marimbondos não são..."

"Eu também", disse Miller. Ele deu um bocejo e se espreguiçou. Esfregou os olhos com a mão, que estava toda suja e salgada da pipoca e dos nachos. Levantou-se num sobressalto, quase derrubando a mesa. Wallace viu a bandeja de nachos vazia e se deu conta imediatamente do que havia acontecido.

"Merda", disse Miller.

"Ah, não."

"Você está bem?"

"Não, Yngve. Eu não estou bem", Miller disse e foi embora, subindo o caminho de pedra para longe deles.

"Deixa que eu vou", disse Wallace, antes que Cole pudesse dizer qualquer coisa.

Entre os grupos de pessoas brancas, Wallace viu: um homem grande e ruivo, cujos pelos do corpo, dourados, se iluminavam com as lâmpadas de alta voltagem nas barracas de comida; dois meninos pequenos com carrinhos de brinquedo que deslizavam por toda a superfície lisa da mesa e faziam subir pelos braços dos pais, atléticos, vagamente cansados, cujos rostos traziam aquela mesma tensão mesquinha das pessoas em boa forma física; várias mesas de garotos de fraternidades, todos de regata, suas peles tão saudáveis na luz leitosa do crepúsculo sob as árvores que quase irradiavam possibilidade; e grupos, aqui e ali, de pessoas mais velhas, seus corpos e vidas flácidos, ali para recapturar um pouco do passado, como se tentassem guardar vagalumes em um pote. A banda no palco, com o lago inteiro atrás de si, tocava algo que a Wallace parecia um ritmo caribenho, mas fora do tempo, com delay. Todos vestiam camisa havaiana e pareciam ter a idade de Wallace, com cabelos loiros assanhados e narizes afilados, cada um tão parecido com o outro que poderiam ser irmãos. Várias tochas haviam sido acesas na área das mesas, mas as barraquinhas de comida tinham luzes potentes de alta voltagem instaladas na frente delas, e era como passar da noite para o dia quando alguém ia lá comprar cerveja cara, ou *pretzels* macios bem aceitáveis, ou salsichas. Wallace esperou na fila atrás do homem de cabelos loiros nos ombros e, quando chegou sua vez na barraca de comida, pediu uma garrafinha de leite. Custou 3,50 dólares, e o atendente, um garoto de barba desgrenhada e nariz achatado, olhou para ele desconfiado, enquanto vasculhava o refrigerador sob o balcão, em busca da garrafa.

Wallace olhou em volta procurando Miller. Ele não tinha ficado muito atrás quando deixaram a escada que subia do caminho de concreto. Os corredores do clube eram visíveis para Wallace, porque eram revestidos de vidro e irradiavam uma luz amarela suave. Os pisos eram de um tipo de mármore que Wallace costumava associar a bancos. Sob a larga cobertura escura do carvalho no centro do pavilhão, algumas pessoas começavam a dançar. Ele observava enquanto elas requebravam e balançavam os quadris em uma dancinha amarrada e ridícula. Dois velhos faziam o possível para convencer as mulheres a dançar, mas tudo o que elas faziam era balançar a cabeça e sorrir envergonhadas. Na mesa ao lado, estavam algumas mulheres mais jovens, estudantes. Tinham a musculatura compacta de atletas e grandes cabeças quadradas. A risada delas era grave e serena. Duas delas se levantaram para dançar com os velhos, e as amigas batiam palmas; e foi como uma onda: de repente, todos em todas as mesas se virando para olhar e batendo palmas, e a banda começou a tocar com mais vigor, a música rasgando o ar, como uma pá contra o cascalho. Não era boa. Quase nem dava para chamar de música, Wallace pensou, mas os pares continuavam dançando e logo outros se juntaram a eles, e dois garotos de fraternidade se levantaram e fizeram uma imitação da dança, mas depois pareceram ter ficado com vergonha e se afastaram um do outro, deixando os braços grossos caírem ao lado do corpo. Então Wallace voltou a si. Uma sombra atravessou o vidro e ele viu Miller caminhando pelo corredor, em direção ao banheiro. Eles se cruzaram em lados opostos do vidro, ele por fora, Miller por dentro, mas Miller ou não o viu, ou fingiu não o ver, como se estivesse em um sonho.

Wallace encontrou Miller na pia, jogando água no olho, molhando toda a camisa e o queixo no processo. Enquanto isso, fazia careta e xingava baixinho. Eles estavam sozinhos.

"Ei, deixa eu te ajudar", disse Wallace.

"Eu sou um idiota", disse ele. "Esqueci completamente que não tinha lavado as mãos."

"Acontece", disse Wallace, colocando de lado a garrafa de leite, gelado. Enxaguou as mãos sob a torneira. O banheiro cheirava a cerveja e desinfetante. Não tinha cheiro de mijo. A iluminação era fraca. Parecia limpo demais para um banheiro, o que deixou Wallace incomodado. A bancada era de um tipo de pedra negra barata. A garrafa de leite suava. Miller a observava com olhos semicerrados. O espelho era alto e côncavo. Wallace precisou desviar o olhar do reflexo deles no espelho. "Dá para você se agachar um pouco, se abaixar?"

Miller não se mexeu, a princípio. Wallace pensou que tinha feito a mesma coisa de novo, se exposto. Mas, lentamente, Miller começou a se mover e, como se tivesse tomado uma decisão, dobrou os joelhos e virou-se um pouco, para que seu rosto ficasse sobre a pia. Ele parecia completamente vulnerável. Wallace desenroscou a tampa da garrafa de leite e segurou-a sobre os olhos de Miller. Suas mãos tremiam. Uma gota de leite escorreu da boca da garrafa e pousou na bochecha de Miller, logo abaixo de seus cílios. Wallace engoliu em seco. Observava Miller respirar. Observava Miller molhar o canto da boca. A água pingava da torneira.

"Lá vai", disse Wallace. Derramou um pouquinho do leite nos olhos de Miller e observou o fio branco escorrer pela ponta de seu nariz até a pia. Miller fechou os olhos. "Você não pode fazer isso. Tem que abrir os olhos." Miller resmungou. Abriu os olhos. O leite caía no interior da pia, produzindo um barulho suave. Derramou metade da garrafa nos olhos de Miller e, em seguida, umedeceu completamente duas toalhas de papel. Espremeu a água nos olhos de Miller, que eram castanhos com uma fina borda azul. O branco dos olhos começava a se avermelhar. A água correu para os olhos de Miller, que, instintivamente, voltou a fechá-los, para abri-los um segundo depois. Wallace secava os longos cílios de Miller com as toalhas de papel, umedecia-as, enxaguava-os e os secava novamente.

"Tudo bem", disse Wallace, "calminha."

"Para. Não me zoa."

"Eu não estou te zoando", disse. Tentava ser cuidadoso ao lavar os olhos de Miller, reaplicando água a cada vez, enxaguando, enxugando. "Eu fiz a mesma coisa uma vez. Tinha ido colher pimentas com os meus avós, acabei ficando com sono e esfreguei os olhos", disse Wallace, rindo um pouco de si mesmo, de como tinha se sentido péssimo, com os olhos inchados como laranjas, moles. Olhou para Miller, o cabelo descolorido de sol, os cílios longos. Wallace sentia-se como se tivesse levado um chute no estômago. Miller estava olhando para ele; claro que estava. Mas para onde mais poderia olhar, exceto para cima, e quem estava lá senão Wallace, para interceptar seu olhar? Claro que ele estava olhando. "Pronto", disse Wallace. E jogou a garrafa no lixo, embaixo da pia.

"Obrigado", disse Miller. "Já está melhor. Mas doeu pra caralho."

"É assim mesmo. Sempre dói mais do que a gente espera, mesmo que não cause nenhum dano real."

Eles ficaram parados em frente à pia, a torneira pingando gota a gota. As mãos de Wallace estavam úmidas e frias. Os olhos de Miller estavam inchados e vermelhos, como se ele tivesse chorado. Miller se afastou, apoiando-se contra a parede, o que fazia com que parecesse mais baixo. A música que chegava de fora era suave e não trazia ameaça, como a carícia do vento entre as árvores. Wallace torceu as toalhas de papel com as mãos. Miller buscou as mãos de Wallace, cobrindo os dedos com suas mãos grandes.

"Você está mesmo pensando em ir embora?", Miller perguntou.

"Ah", disse Wallace, dando uma risada nervosa, porque havia se dado conta, naquele momento, do quão bobo, quão ridículo havia soado antes. "Não sei. Acho que eu estava um pouco tenso."

"Acho que sempre estamos um pouco tensos", disse Miller depois de um minuto, apertando os dedos de Wallace. "Acho que sempre ficamos tensos até conseguirmos o que queremos e, às vezes, até mesmo depois de termos conseguido. Sei lá."

"Talvez", disse Wallace.

Miller puxou a mão de Wallace, que se deixou levar. Eles não se beijaram nem nada. Miller apenas ficou abraçando Wallace até que o som da música mudasse. Era hora de voltarem para seus amigos. Caminharam de mãos dadas até chegarem à porta corrediça que se abria para o ar noturno e, então, hesitantemente, relutantemente, voltaram a ser pessoas separadas.

"Até daqui a pouco", disse Miller, levantando as sobrancelhas.

"Até." Wallace voltou pelo meio da multidão, com o corpo flutuando, mas em carne viva. Alguma superfície interior fora agitada. Quando voltou a se sentar, todos perguntaram onde estava Miller, e ele apenas deu de ombros. "Ele disse que voltava."

"Como ele está?", Cole perguntou.

"Melhor. Ele era alto demais para a altura da torneira, então, só para você saber, ser baixo compensou."

"Coitado", disse Emma.

"Ele está bem", disse Wallace, erguendo o copo de cidra. Estava ácida e meio morna. E tinha o gosto amargo e químico do plástico. Todos olhavam para Wallace. Os olhos de Emma estavam úmidos. Cole continuava a espiá-lo furtivamente e Vincent continuava engolindo forte. Yngve olhava para ele por cima da cerveja. Scout se enrolava entre as pernas de Thom. Sua coleira tilintou levemente, como um pequeno sino.

"O quê?", ele perguntou. "Tem algo estranho na minha cara?"

"Não", disse Cole. "É que a gente... A Emma contou pra gente sobre seu pai. Eu sinto muito."

Wallace sabia que isso ia acontecer, mas, mesmo assim, sentiu um impulso momentâneo de raiva em relação a Emma. Era assim que as coisas circulavam no grupo, as informações passando como se por um sistema sanguíneo invisível, levadas por veias feitas de mensagens de texto, e-mails e conversas sussurradas nas festas. Umedeceu os lábios e ainda pôde sentir o gosto de Emma neles. A raiva não diminuiu, mas deu lugar à resignação.

"Obrigado", disse ele, de forma neutra. "Muito obrigado."

"Deve ser difícil", disse Yngve, balançando a cabeça. Seu cabelo castanho-claro brilhava na luz. Sua expressão marcada se suavizou, exceto pela ponta do queixo, que sempre lhe dava um ar juvenil. Yngve havia passado o verão anterior à pós-graduação escalando uma montanha após a morte do avô, um sueco bondoso.

"Sim", disse Wallace. "Mas a vida continua."

"Isso é verdade", disse Thom do final da mesa. "A vida continua. Isso me lembra do meu romance favorito."

"Ah, meu Deus", disse Vincent. "De novo, não."

"'E todas as vidas que algum dia vivemos. E todas as vidas ainda por vir estão cheias de árvores e folhas cambiantes.'"

"Isso é lindo", disse Wallace.

"Não o incentive", disse Emma. "Senão vai ser isso a noite toda."

"*Ao farol*; na verdade, é um verso de um poema tirado de contexto", disse Thom, com orgulho. "É um dos melhores livros que já li. Mudou minha vida no ensino médio."

Vincent, Emma e Cole se entreolharam. Yngve tinha voltado a examinar os veios da madeira através do amarelo claro de sua cerveja.

"Vou dar uma olhada", disse Wallace. Olhou para o alto e Miller estava vindo em direção a eles. Trazia outra jarra de cerveja.

"Pronto", disse Miller. Ele se sentou novamente em frente a Wallace, mas não olhou para ele. Wallace se sentiu um pouco magoado com isso, mas entendia, dava para entender, essas coisas são estranhas.

"Eu preciso ir", disse Wallace. "Foi ótimo."

"Fica mais um pouco", disse Emma. "A gente acabou de chegar."

"Eu sei, meu amor, mas antes disso eu estava aqui preso com esses maus elementos."

"Então quer dizer que você não ama a gente", disse Cole. "Agora estou vendo."

"Você está bem?", Yngve perguntou. "Quer que eu te acompanhe até sua casa?"

"Eu moro do outro lado da rua. É pertinho. Obrigado."

"Acho que também vou indo", disse Miller, causando um silêncio de surpresa entre os presentes. "Que foi?"

"Mas por que você está indo embora?"

"Porque, Yngve, estou cansado. Fiquei no sol o dia todo. Estou um pouco bêbado. Quero ir para casa."

"Então vamos todos juntos."

"Não, vocês ficam", disse Miller. Wallace já estava se levantando da mesa, abraçando Emma, Cole e Vincent. Todos cheiravam a cerveja e sal, suor e bons momentos. Quando apertaram as mãos, Thom olhou em seus olhos por um longo tempo, no que Wallace interpretou como uma tentativa de mostrar solidariedade. "Espere por mim", disse Miller.

"Você mora do outro lado", disse Wallace, apontando.

"Mas temos que sair pela mesma entrada."

"Tudo bem, então", disse Wallace.

Miller repetiu as despedidas de Wallace e eles saíram para a rua juntos. Acima, algumas estrelas brilhavam no céu. A música inundava o ar, ecoando a si mesma, numa mistura confusa de sons indistintos. Pessoas entravam e saíam dos carros, havia certa movimentação. Wallace e Miller estavam sob uma plataforma, meio na sombra.

"Por que você saiu daquele jeito?", perguntou Miller. "Foi por minha causa?"

"Não", disse Wallace. "Eu só estou cansado."

Miller buscava a verdade nos olhos do outro. Franziu o canto da boca. "Desculpa pelo que aconteceu no banheiro."

"Por quê? Está tudo bem."

"Não, não está. Eu não devia ter feito aquilo. Acho que me aproveitei da situação."

"Ah", disse Wallace.

"Não curto caras", disse Miller. "Mas eu vejo o jeito como às vezes você me olha e penso, será que ele me odeia? Será que gosta de mim? E eu odeio a ideia de você me odiar. De verdade."

Wallace ficou em silêncio. Dali, ainda avistava a água, como ela se iluminava à distância e escurecia mais perto das margens.

"Tudo certo."

"Eu não sei lidar com isso", disse Miller, apertando os dedos e fechando as mãos. Ele parecia prestes a chorar, mas era apenas a umidade de antes.

"Não tem nada para lidar."

"De verdade?"

"Está tudo bem", disse Wallace novamente, com convicção, querendo que fosse verdade. "A gente só ficou de mãos dadas. Coisa de escola."

"Eu sei lá. Meu Deus", disse Miller, dando um passo em direção a Wallace e então retrocedendo.

Wallace deu um suspiro. "Você quer ir lá pra casa?"

Miller o olhou com desconfiança. "Não sei se é uma boa ideia."

"Bem, estou cansado e quero ir para casa."

"Eu te acompanho até lá."

"Ótimo", disse Wallace. A vontade de estar em casa e em sua cama era avassaladora. Eles desceram um quarteirão, passando por um grande prédio de apartamentos circular e um barzinho na esquina, que tocava música alta. Alguns brancos estavam do lado de fora, fumando. Sentiu que os olhares deles o seguiam pela rua. Miller andava ao lado, seus cotovelos e depois seus dedos se roçando às vezes, o que fez Miller olhar para ele. Wallace, para seu crédito, não correspondeu ao olhar de Miller. Que vida era aquela, a dele, atualmente? Que lugar estranho era aquele onde ele havia ido parar? Agora ele se arrependia de ter ido até o lago. Agora se arrependia de ter ido com os amigos. Não porque Emma havia contado para todo mundo sobre ele, mas porque agora algo que antes parecia simples havia se tornado confuso, difícil, complicado.

Ele e Miller subiram as escadas até sua quitinete. A janela tinha ficado aberta, então o apartamento cheirava a lago e a noite de verão. Estava fresco por causa do ventilador ligado no quarto. Miller sentou-se ao balcão da cozinha e observou enquanto Wallace preparava café na cafeteira francesa, o que era uma pequena novidade para Miller.

Quando não havia mais como evitar o assunto, Wallace sentou-se no balcão com as pernas cruzadas, o café quente nas mãos. Miller estava mexendo na borda de um pedaço de papel.

"Então, o que está acontecendo, Miller?"

"Eu me sinto mal", disse ele. "Eu me sinto mal pelo que houve no banheiro, por aquela coisa que eu disse em abril, por tudo. Eu me sinto um amigo de merda. Uma pessoa má."

"Você não é."

"Eu só queria deixar claro. Eu não curto caras. Eu não sou gay, ou algo assim. Eu só, eu não sei."

"Está tudo bem. Você só estava sendo um bom amigo."

"Não tenho certeza se estava. Eu estava sendo burro. Eu vi você beijar a Emma e pensei... bem, você sabe."

"É, não sei se estou entendendo o que você quer dizer com isso", disse Wallace. Deu um gole no café. Sua pia estava cheia de pratos sujos. "Você viu Emma me beijar e pensou o quê? Bem, se todo mundo beija gente por quem não se sente atraído, talvez eu possa tentar?"

"Não... sim. Acho que foi algo assim. E então você se levantou para ir embora, e eu pensei, que merda, fiz besteira."

"É muito gentil da sua parte."

"Eu quero."

"Você quer o quê?"

"Beijar você", disse Miller.

"Ah."

"Isso está errado?"

"Não. Não está. Mas, veja bem, você acabou de dizer que não queria."

"Eu quero. Eu quero te beijar. Eu não deveria. Mas quero."

"Tudo bem", disse Wallace.

Miller semicerrou os olhos. O apartamento estava mal iluminado pela luz da cozinha e pelo pouco de luz que entrava pela ampla janela da sala, que dava para uma viela.

"Assim tão fácil?"

"O que posso dizer, sou fácil."

"Você é péssimo com piadas", disse Miller, levantando-se do banquinho e vindo em sua direção. O corpo dele bloqueava a luz da cozinha e Wallace foi completamente coberto pela sombra. Dava para sentir o calor da respiração de Miller em suas bochechas. Miller pôs a ponta dos dedos nos lábios de Wallace, pressionando-os e usando o polegar para abrir espaço entre eles. Miller olhava para ele com determinação, sem nervosismo ou timidez. Ele já tinha feito isso antes, era evidente, já tinha estado nessa posição de poder e controle. Ainda assim, permanecia um resto de reserva, um certo constrangimento. Havia algo de magnético na maneira como ele passava o polegar pelos lábios de Wallace. Wallace fechou a boca em torno do polegar de Miller, sugando o sal de sua borda, lenta e suavemente. "Por que você é assim?", Miller perguntou.

Wallace não respondeu. Puxou a camisa de Miller e se endireitou, para que seus corpos se tocassem. Miller de pé entre suas pernas, ligeiramente curvado, e então seus lábios entrando em contato, a fricção fugaz, o calor, a sensação de umidade. Até agora, Wallace tinha sido beijado apenas duas vezes, mas não conseguia entender por que tinha demorado tanto para conhecer esse nível de intimidade, tão bom que ele tinha medo de perdê-lo.

Miller o beijou de novo, e Wallace, involuntariamente, soltava leves gemidos, o que acabou encorajando Miller a beijá-lo mais. Wallace sentiu como se estivesse sendo revistado em busca de algo, como se cada beijo, pressionando uma parte diferente de sua boca, queixo e face, tivesse o objetivo de obter algum tipo de resposta para uma pergunta que não estava sendo feita. As mãos de Miller estavam em seus quadris e depois em suas costelas, subindo cada vez mais, até chegarem a seu queixo, onde pararam. O iatismo as tinha deixado ásperas, numa textura que excitava a pele de Wallace. Seus beijos tinham gosto de cerveja e gelo, frios e fortes. Deu uma mordida no lábio de Wallace.

"Estou gostando disso", disse Miller. "Mais do que eu imaginava."

"Que bom", disse Wallace. Pareceu que ele não devia ter dito aquilo, porque Miller franziu a testa e então quis se afastar dele. Mas Wallace apertou as pernas em volta da cintura de Miller, imobilizando-o. "Aonde você pensa que vai?"

"Você não pareceu muito interessado", disse ele. "Eu não quero obrigar você a fazer nada que não queira."

"Eu estou bastante interessado", disse Wallace, levando a mão de Miller para entre suas pernas, onde havia uma ereção.

Miller engasgou um pouco, tomado de surpresa, como se tivesse se esquecido de que Wallace era um homem como ele, mas isso não o deteve. Com a mão, envolveu Wallace com força, talvez força demais, e apertou os lábios contra seu pescoço.

"Eu não... Eu não sei como", disse Miller.

"Tudo bem", disse Wallace. "Não é tão difícil."

Miller riu. "Eu não sou virgem. Eu só... Quer dizer... Bem, você sabe." E fez um movimento vago com as mãos.

O quarto de Wallace ainda estava escuro, exceto pela janela aberta, azulada por causa do poste de luz na rua.

Wallace fechou as cortinas e o quarto escureceu mais um pouco, com tons de cinza sobrepostos, mas ainda era o quarto dele. Conhecia perfeitamente suas dimensões e sabia que Miller estava parado na beira da cama. Chegou até ele por trás, pegando-o desprevenido, e o empurrou. O corpo de Miller resistiu um pouco no início, para então pousar no colchão com um suspiro perplexo. Wallace deitou na cama ao lado dele e ficaram assim por um longo tempo, ou pelo que pareceu ser um longo tempo, com as bordas dos corpos mal se tocando.

Wallace não conseguia se lembrar da última vez em que se deitara com alguém assim, daquela forma quase inocente que precede o sexo, quando ambos fingem querer qualquer outra coisa menos aquilo, deixando os corpos chegarem a um ponto de tensão irresistível. Ele procurou Miller primeiro, sua mão contra o peito de Miller, para sentir o ritmo do coração, a batida rápida e forte.

Eles se beijaram de novo, um lento mergulho no desejo. E então abandonaram suas roupas, descartando-as como cascas, para que, quando se tocassem novamente, estivessem desnudos e tremendo como pequenos seres nus recém-chegados ao mundo.

"Entra embaixo dos lençóis", disse ele a Miller, que obedeceu. Quando eles se tocaram, foi tão terno e assustador que Wallace poderia chorar pelo menino que tinha sido aos sete ou oito anos, quando foi tocado pela primeira vez, sem ternura e sem medo de que o toque pudesse lhe fazer mal. Wallace estava determinado a dar a Miller o que ninguém pensara em dar a ele, determinado a garantir que, ao final, fosse o que fosse, Miller não achasse que tinha que temer seu corpo ou o que ele pudesse vir a conter. Os dedos de Miller penetravam seu cabelo, enquanto sua cabeça subia e descia entre as coxas de Miller. Ele engoliu Miller fundo em sua garganta e houve aquele suspiro final abafado.

Adormeceram doloridos, cobertos de pequenos arranhões e hematomas. Adormeceram entrelaçados. Adormeceram, mas Wallace não sonhou. Ele navegava no limiar da consciência, percorrendo um vasto mar prateado de luz, vendo-o de baixo, o mundo passando por ele, passando sobre ele.

O corpo de Miller estava quente e pesava contra ele. Era duro em lugares insólitos, que pareciam desconhecidos para ele. Enquanto Miller dormia, Wallace passeava os dedos pelos ossos de seus quadris, passando pelos ralos pelos pubianos acima do seu pau. O iatismo tinha realmente transformado o corpo de Miller, não que Wallace conhecesse o corpo dele antes. Mas podia sentir um certo tônus, mesmo que as coxas e a barriga ainda estivessem um pouco flácidas. Era um corpo em transição. Os pelos no peito de Miller eram macios e crespos. Adormecido, ele parecia doce, suave, como um menino no corpo de um homem adulto. Notava-se vulnerabilidade na maneira como ele colocava a mão sobre o rosto, uma paz e profundidade em seu sono que pareciam a Wallace indicar um certo nível de conforto, de inocência.

Há quanto tempo Wallace não dormia bem e com facilidade? Quanto tempo fazia desde que ele se sentira a salvo do mundo?

Miller fez um pequeno ruído enquanto dormia e se virou, procurando o calor de Wallace. Wallace deitou-se ao lado dele e deixou-se envolver. O zumbido do ventilador entrava e saía de sua consciência. Será que os outros amigos se perguntariam onde Miller havia passado a noite quando chegassem em casa e descobrissem que não estava lá? Ele dividia um apartamento com Yngve. Seria estranho se não aparecesse. Não era seu costume. Mesmo se ele e Wallace fossem amigos, seria estranho, mas, bem, ele se preocuparia com isso amanhã.

Wallace saiu da cama e foi para a cozinha, onde encheu um copo grande com água bem gelada. Bebeu devagar, deixando que anestesiasse sua língua e garganta, até ter dificuldade de engolir e sentir sua sede ao mesmo tempo satisfeita e insaciável. Seu estômago se expandia. Quase engasgou, mas continuou bebendo. Mandando para dentro, inchando, enchendo de água. Voltou a encher o copo, até a borda. Bebeu. Seus lábios estavam vermelhos. Ele continuou bebendo. Bebeu quatro copos seguidos, foi para o banheiro e vomitou. Vieram a água, o sêmen, os caroços de pipoca, a cidra, a sopa do almoço, tudo misturado e cor de laranja na privada. Sua garganta estava irritada e ardendo com a acidez. Tremia enquanto se segurava no vaso sanitário. O cheiro provocou mais vômito, uma ânsia forte e intensa.

Quando acabou, sentiu-se vazio. Limpou o vômito da boca, escovou os dentes e voltou para a sala. Sentou-se na beirada do sofá, uma perna dobrada embaixo da outra. Lá fora, a lua era um círculo branco, perfeito. O mundo estava quieto e parado. Ele podia ver o interior do prédio em frente, o interior da vida das pessoas que moravam lá. Uma das luzes estava acesa e havia um homem passando roupa na mesa da cozinha.

Os sons dos outros apartamentos do prédio davam uma certa textura ao silêncio na casa de Wallace. Ele ouviu alguém desafinado cantando uma música que tinha feito sucesso naquele verão. E então, mais longe, um som que se repetia, não como um telefone, mas como água batendo em um cano.

Wallace estava nervoso com a possibilidade de seus amigos descobrirem sobre Miller, não porque tivesse vergonha, mas porque temia que Miller tivesse e não fosse querer repetir o encontro.

Um boquete no escuro. Foi isso.

"Onde você está?", uma voz veio do outro cômodo.

"Estou aqui", disse ele, com a garganta ainda ardendo.

Miller saiu se arrastando do quarto, enrolado no edredom de Wallace. Sentou-se a seu lado no sofá. Cheirava a suor azedo, mas ainda assim era um cheiro bom, agradável.

"O que você está fazendo aqui?"

"Eu não queria te acordar."

"Você não conseguiu dormir?"

"Não", disse Wallace, sorrindo um pouco. "Mas isso não é novidade."

"Por quê?"

"Por que o quê?"

"Por que você não consegue dormir?"

"Sei lá. Tenho tido dificuldade desde que meu pai morreu."

"Sinto muito", disse Miller. Ao dizer isso, acenou com a cabeça e beijou o ombro nu de Wallace.

"Obrigado", disse Wallace.

"Vocês dois eram próximos?"

"Não, na verdade, não; isso que é louco. A gente nem se conhecia direito."

"Minha mãe morreu faz dois anos", disse Miller. "Ela teve câncer de mama por muito tempo, depois passou para o fígado e depois para o corpo todo. Morreu em casa."

Wallace colocou a cabeça no ombro de Miller. "Sinto muito", disse ele.

"O que eu sei é que não importa se você não os conhecia muito bem, ou se eles não conheciam você. Minha mãe era uma escrota. Ela era má, amarga e mentirosa e passou a vida inteira me atacando. Mas quando ela morreu, eu realmente... Sei lá, nossos pais não parecem pessoas de verdade, até que estejam sofrendo. Eles não parecem pessoas de verdade, até que tenham partido."

"É", disse Wallace. "É isso. Ou pelo menos um pouco disso."

"Minha mãe morreu e eu pensei, que merda, que merda. Eu tinha passado tanto tempo odiando ela, me ressentindo dela, e, de repente, ela enfrentando essa coisa inesperada que não poderia vencer, e eu, eu realmente senti pena."

"Você conseguiu se despedir de alguma maneira?"

"Eu ia lá todos os dias", disse Miller. "Jogávamos baralho, discutíamos sobre os programas de televisão, ela tirava sarro da música que eu escutava, eu cozinhava para ela e ela dizia que me amava." Os olhos de Miller tinham começado a escurecer, embaçados de lágrimas, mas nenhuma caiu. "E então ela se foi."

"Sinto muito", disse Wallace, banalmente, já que não tinha nada mais significativo a dizer.

"Eu não posso te dizer o que fazer em relação ao seu pai. Eu não posso te dizer o que sentir, Wallace. Mas, se você precisar de mim, estou aqui. Se precisar de mim, sou seu amigo, o.k.?" Ele pegou a mão de Wallace e Wallace consentiu. Eles voltaram a se beijar, terna, fraca e rapidamente. Aquilo pareceu um pouco ridículo e eles riram. Mas então Miller se deitou sobre ele e puxou o cobertor sobre seus corpos, e Wallace, pela primeira vez em muito tempo, deixou alguém penetrá-lo. No começo doeu, como sempre, mas aquela dor junto com a alegria de seu corpo recordando seu prazer mais profundo foi o suficiente para deixá-lo duro novamente, até o fim. Miller foi cuidadoso com ele, mas sabia o que queria e o buscava incansavelmente. Quando acabou, ambos estavam ofegantes.

✳

Limparam-se sob a luz do banheiro. Wallace se sentia como um ovo batido, espumoso e melado. Dentro dele pulsava algo quente, como um pequeno sol particular brilhando. Miller o encarou com olhar claro e tranquilo.

"Não vou mentir para você", disse ele. "Estou muito confuso com tudo isso. Não sei como lidar com essa coisa."

"Isso é normal", disse Wallace, segurando a mágoa. "Tudo bem."

"Não, deixa eu terminar. Eu não sei o que estou fazendo. Provavelmente foi tudo um erro. Mas eu gostei. Foi bom. Não se culpe."

"Vou tentar não levar para o lado pessoal."

"Wallace."

"O.k., obrigado pela franqueza."

"Esquece, esquece."

"Não, me deixa tentar de novo."

Mas Miller já estava saindo do banheiro e entrando na cozinha. Wallace foi atrás dele.

"Ei, aonde você vai, volta, desculpa."

"Posso beber um pouco de água?"

"Claro", disse Wallace, mas sua face e seu pescoço esquentaram quando ele se lembrou de antes, de ter bebido e vomitado. Serviu um copo para Miller, o mesmo que tinha usado. Observou Miller beber, o movimento de sua garganta, o ato de engolir. Pensou na própria boca no vidro do copo, a passagem do gosto dele para os lábios de Miller. Será que ele sentiu o gosto?

"Para de me olhar; eu fico encabulado", Miller murmurou, com o copo na boca.

"Desculpa", disse Wallace, fazendo o gesto de desviar o olhar para o prédio em frente, para o homem que continuava passando roupa contra a pia. Será que ele os tinha visto transando no sofá?

"Mais, por favor", disse Miller. Wallace levantou a garrafa e esvaziou o que sobrava da água fria e transparente no copo. Miller o observava enquanto ele servia e ele observava Miller observá-lo. O nível da água foi subindo até quase transbordar, até quase molhar os dedos dos dois. Mas Wallace parou um pouco antes do ponto em que a água chega à borda do recipiente destinado a contê-la, o ponto de intensidade a que as coisas chegam antes de ceder, o ponto em que algo tem de recuar ou então abrir-se e crescer.

"Pronto", disse Wallace. "Aqui está."

"Obrigado", disse Miller, e bebeu tudo em um grande gole com os olhos fechados, como se estivesse em êxtase.

2

OS OUTROS LABORATÓRIOS no terceiro andar do edifício de biociências estão vazios, como se tivesse havido o juízo final. Curiosamente, parece um pouco com espiar alguém trocar de roupa pensando que está sozinho, a excitação e a vergonha simultâneas do voyeur. O ar traz o cheiro salgado da cultura de fungos. Wallace sente a boca salivar. Abaixo, o átrio se enche de uma luz suave. Trepadeiras amarelas secas se enrolam pelos corrimãos, o chão lustroso por causa do desgaste. Se ele pular, pensa, vai despencar, uma queda lenta pelo espaço vazio, uma forma horrível de morrer. Sente, por um instante, o calor do impacto, o horror de seu crânio se esbagaçando. A ilusão da falta de gravidade chega ao fim. Com uma batida ruidosa, a porta do elevador se fecha.

É um pouco depois das dez da manhã de um sábado.

No final do corredor, a luz escapa do laboratório de Simone. Katie está na mesa de centrifugação. É uma máquina cinza, enorme, que emite um gemido alto, que aumenta de intensidade até invadir os sons mecânicos do laboratório: gaiolas chacoalhando e frascos de vidro tilintando amarrados a agitadores, bobinas miando atrás das incubadoras, o ar-condicionado rugindo acima. Ficar ali é como estar no sistema peristáltico de algum grande animal, em meio aos sons de um corpo que se ajusta. Katie não olha para ele. Ela é loira, com traços bem miúdos, como se alguém tivesse apagado seu rosto original e pintado uma miniatura idêntica no lugar. Ela equilibra um balde verde com gelo no quadril e bate com um par de luvas de nitrilo azul-claro na coxa. Impaciência. Tédio.

Wallace passa por ela rapidamente, como se quisesse passar despercebido, mas ela diz: "Vamos acabar logo essa merda".

"Vamos acabar isso logo", diz ele, com cautela. Mas ele sabe que foi surpreendido. De todo o laboratório — porque, na verdade, são três salas conectadas de uma ponta à outra, duas bancadas por baia e cinco baias por sala — vem um coro de *Vamos acabar isso logo* dirigido a eles. As pessoas entram e saem de sua linha de visão, enquanto caminha em direção a sua bancada. Estão todos aqui neste agrupamento brilhante no meio de um edifício frio e sombrio, por um momento o núcleo vibrante do prédio. Um pequeno consolo.

No laboratório, só há mulheres: Katie, Brigit, Fay, Soo-Yin e Dana.

Katie está quase enlouquecida de desespero para se formar; ela emite uma espécie de energia bruta e escorchante. Todos desviam o olhar dela. É a veterana, logo à frente de Brigit e Fay. Brigit é espontânea, curiosa e dinâmica, mas com uma memória excepcional, que se nutre de bibliografias completas de biólogos do desenvolvimento. Fay é desajeitada e notívaga, baixa e tão pálida que quando ela pipeta, quase dá para ver a sombra de seu sangue subindo pelo antebraço em direção aos músculos. Seus experimentos, ainda que inconclusivos, são planejados com precisão, com margens de erro minúsculas, algo que Wallace admira a ponto de invejá-la. Uma vez, na reunião de laboratório, Simone comentou que Fay estava tentando deduzir fatores tão sutis que nem fariam diferença. Soo-Yin passa a vida no laboratório pequeno, entre os reagentes químicos e o armário de cultura de tecidos. Lá prepara milhares de pequenas culturas, aglomerados de células acinzentadas que crescem e se dividem, ou morrem, em poças brilhantes de cultura vermelha. Wallace uma vez a encontrou lá, e foi como topar com um fantasma. Ela estava enxugando as lágrimas dos olhos com o antebraço nu, enxugando e pipetando ao mesmo tempo, em um movimento ininterrupto. Ela exalava um odor forte, tipo água salgada. A mais nova é Dana, que entrou no ano seguinte ao de Wallace. Faz tempo que a orientadora deles não aceita mais alunos. A cada dois meses, o grupo ouve sussurros de boatos: aposentadoria, transferência para uma universidade da Ivy League, partida para um cargo de assessoria no governo, trabalho de consultoria. Boatos tão infundados como numerosos e passageiros.

Na maior parte do tempo, o laboratório é silencioso. Perguntas isoladas cortam a atmosfera fresca e clara: *Você tem algum buffer 6.8? Você fez um novo TBE? Onde está o DAPI? Por que os bisturis acabaram? Quem se esqueceu de encomendar os dNTPs?*

Dois andares acima, no laboratório de Cole, Wallace ouviu dizer que eles jogam *frisbee* juntos nos fins de semana e, às vezes, se veem fora do laboratório. A maioria deles veio para o churrasco que Cole e Vincent deram, e quando questionado sobre isso, Cole lançou um olhar confuso: *Claro que os convidei! Eles são do meu laboratório!* Quando Katie apareceu com Caroline, recém-formada na pós-graduação, Wallace ficou num canto com elas. Estar perto delas era como uma forma de lealdade, embora a sala estivesse cheia de pessoas que ele conhecia melhor e de quem gostava mais. Caroline e Katie conversavam, mas apenas entre si, não com ele. Caroline deixou escapar um suspiro e disse: "Aqui estamos nós de novo". E Katie bebia vinho, olhando através da taça para o pátio, onde o churrasco acontecia, assistindo a um aluno do quinto ano dar braçadas lânguidas na piscina. Eles ficaram lá por horas, trocando um pouco mais que um punhado de palavras, mas, em vez de inventar uma desculpa e ir embora para procurar um amigo, Wallace ficou lá com elas a noite toda — mesmo depois de Caroline, tendo talvez bebido cerveja demais, fechar a cara ostensivamente. Mesmo depois de Katie ter dito de forma grosseira a Vincent que a carne parecia crua e que ela não ia comer. Ele ficou ao lado delas, porque não sentiu qualquer impulso de sair.

Hoje, a segunda escrivaninha na baia de Wallace está vazia. Não seria assim, pensa ele, se Henrik ainda estivesse aqui. Henrik estaria indo e voltando da escrivaninha para a bancada, começando uma dúzia de tarefas antes de finalmente se decidir por uma. Henrik era um ex-jogador de futebol americano de pescoço grosso que tinha estudado numa faculdade pequena na região central de Minnesota, onde fazia química e também jogava na posição de *tight end*. Fora Henrik quem ensinara Wallace a dissecar, a usar o prato e não a lâmina, porque te dá mais tempo e espaço para se mover; como esperar os vermes pararem de se mexer; como fazer os cálculos para conseguir cortar uma massa de nematoides, separando as cabeças com um único golpe, cinquenta de cada vez. Ele ensinara a Wallace o ângulo perfeito para deslizar a agulha fina por dentro de suas linhas germinais, uma massa de belas células, como ovas. Ele ensinara muitas coisas a Wallace, incluindo como montar as lâminas para apresentações e como acalmar-se diante delas, colocando as mãos sob a água gelada e em seguida na água morna. (*Aumente a temperatura, Wally, deixe o calor agir.*)

Às vezes, Wallace via o rosto de Henrik quando fechava os olhos, ou ouvia sua voz, cálida, parecida com a de um Muppet, meio infantil, um homem que seria sempre um menino, talvez.

Ele tinha algo de vigoroso e bruto, como se a qualquer momento pudesse colocar o braço em volta do pescoço de alguém e lhe dar um cascudo na cabeça. Mas também havia momentos em que Henrik explorava toda a sua altura, momentos em que você, de repente, se dava conta de sua força. Wallace uma vez o viu arremessar um pote de quase vinte litros no chão num ataque de raiva porque alguém o tinha deixado destampado. Outra vez, Wallace estava inoculando colônias e Henrik o empurrara para o lado, desligando o gás bruscamente e dizendo: "Isto está errado, esta técnica não é asséptica". Ele derrubou a vareta de madeira da mão de Wallace para provocar um barulhinho ridículo no topo da bancada. Durante as apresentações no laboratório, todos na sala podiam sentir o corpo de Henrik no escuro, como se todos o estivessem monitorando, aguardando, aguardando. Era estranho ouvi-lo levantar a voz, porque ela continuava a lembrar um Muppet. Soava como o sapo Caco, interrompendo conclusões que ele achava superficiais ou desinteressantes: *O que é isso, um teatrinho? Os dados não corroboram isso! Não dá! Não corroboram isso!* Wallace sempre tinha um pouco de vergonha quando Henrik lhe dava um susto. Isso o fazia se lembrar dos tempos em que ele era pequeno e seu irmão costumava bater palmas na frente de sua cara, de repente e bem forte, e, então, chamá-lo de bicha por se assustar. *Está com medo de quê? Você acha que eu quero te bater?* Wallace detestava a maneira de seu corpo reagir a Henrik. Contra sua vontade. Repetidamente, como alguém batendo palmas na frente de seu nariz.

Mas Henrik se fora para Vassar, cuidar do próprio laboratório, ensinar alunos de graduação da mesma forma que ensinara Wallace. É inveja o que Wallace sente? Há um pouco de poeira na antiga escrivaninha de Henrik, uma caneta marcador verde o lembra de que não se trata de um mausoléu. Wallace volta a se virar para sua mesa, cheia de papéis: alinhamentos de proteínas, formulários da biblioteca de plasmídeos, catálogos das linhagens, alguns artigos que ele quer ler há meses. Seu computador está desligado; uma versão âmbar dele mesmo se reflete em sua direção. O café de ontem está coberto com uma película, o leite azedou. Ele está enrolando, sabe disso. Não tem forças para olhar para sua bancada, embora saiba que deve, e, então, finalmente, levanta a cabeça e se força a olhar, a olhar de verdade, enxergar.

A bancada de Wallace é uma das maiores do laboratório, herdada há quatro anos de um aluno de pós-doutorado que foi embora para Cold Spring Harbor para estudar células-tronco no intestino de camundongos. A bancada é larga, preta e lisa, esbranquiçada por anos de atrito das bases hexagonais dos bicos de Bunsen e dos pés pesados dos microscópios contra sua superfície. Um conjunto de prateleiras de madeira clara no final da bancada a separa da bancada seguinte, de Dana. Frascos de fluidos coloridos e transparentes repousam em armários baixos de plástico branco, como crianças curiosas. Ferramentas, implementos, jogados por todo o ambiente, zombam dele. E sobre a área livre da bancada estão pilhas de placas, pratos com ágar solenes e silenciosos, como uma favela em miniatura. Seu microscópio está apagado, esperando, e Wallace sente o peso do aparelho como um albatroz ou um aviso.

Katie o observa por cima do ombro em um ato de indiferente vigilância, e é aí que ele se lembra *da outra coisa*. Entre os experimentos de Wallace que não deram certo: imunomarcação e imuno-histoquímica, dados que ele tinha a tarefa de gerar, porque é o único experimento que Wallace sabe fazer melhor do que qualquer outra pessoa no laboratório. Como um sábio ou uma foca de circo adestrada, ouvir Simone e Katie falarem: setecentas dissecações perfeitas em menos de oito minutos, contabilidade precisa, todas as variáveis e condições anotadas e medidas, a microscopia profunda e nítida. O talento de Wallace não é exatamente achar, mas sim esperar. Ele consegue passar horas na escuridão uterina da sala da microscopia esperando o foco certo de suas projeções z, cortando pedaços com micrômetros de largura ao longo da maior parte da linha germinal, cada célula um núcleo perfeito em três canais de fluorescência. O fato de seus gradientes serem mais claros e mais exatos, até mesmo que os de Katie, não significa que exista uma superioridade de sua parte — uma maior inteligência, por exemplo —, apenas que ele tem tempo de sobra, tempo para o ócio emburrecedor de ter de se sentar em frente a um microscópio e esperar por horas. Às vezes, ele passa o dia inteiro no escuro, parando apenas para mudar a lâmina, procurar mais linhas germinais, focar o feixe do laser, enquanto espera que surja uma forma. Simone pedira a ele que executasse essa tarefa para um artigo que corroboraria a ideia central da tese de Katie, e ele concordara, porque elas raramente pediam a ele coisas que ele se sentia qualificado para manejar. E ele estava se preparando para isso, justamente amadurecendo os nematoides — e agora, ao observar Katie observá-lo, é que ele se dá conta de por que ela está tão irritada com ele. Os vermes também não existem mais, perdidos para o mofo e a contaminação. Não é o fim do mundo. Ele pode refazer o experimento. Mas é perda de tempo, precioso para Katie. Ela está mais perto de terminar que ele. Ela exige mais de suas próprias horas, pode exigir mais. Então, amarga decepção. Katie se afasta dele, abre a centrífuga. O sedimento marrom de células precipitadas. Ela introduz mais algumas.

A máquina volta a chorar baixinho.

Finalmente, em seu microscópio, Wallace desliza placa após placa sob a objetiva. Apenas mofo, parecendo um algodoal no fim do outono, escuro e lamacento, espinhoso e com talos. Amontoados de bactérias. Péssimas, essas condições ambientais. Péssimos, esses buracos no ágar, pelos quais às vezes nematoides deslizam para ficarem presos contra a base plástica plana do prato, o que elimina toda a umidade de seus corpos. Mas também tem algo ainda mais preocupante para Wallace: ovos mortos. Nematoides cujas linhas germinais estão estranguladas e retorcidas. Em algumas placas, minúsculas larvas persistem, rabiscos piscando. A quantidade delas é menor do que ele esperava, como se já houvesse outro problema subjacente antes de a tragédia acontecer. Alguma calamidade invisível. Não é só que eles estão inundados de esporos, o que torna tudo mais difícil. O mofo os tornou estéreis, seus corpos cheios de espaços ocos, como se seus delicados tecidos reprodutivos estivessem cheios de ar. Vazios nas cavidades corporais. Morfologia incomum. Ele reconhece quando vê. Há uma chance de que sua linhagem seja estéril, que a combinação das modificações genéticas tenha tornado o organismo inviável; vai simplesmente morrer. Essa pode ser uma resposta para uma pergunta. Ou pode ser resultado de contaminação acidental. Ele terá que ser cuidadoso. Ainda mais cuidadoso.

Selecionar doze vermes por placa em cinquenta placas equivale a seiscentas placas, as quais devem ser processadas várias vezes para livrá-las do mofo, o que equivale a algo em torno de 1 800 placas. E, além disso, mais triagem. Foi por isso que ele fugiu — a quantidade de trabalho que será necessário para consertar isso. Parece impossível como só as tarefas possíveis parecem ser quando você sabe que, apesar da grandeza do que você tem a realizar, não é algo que esteja fora do reino de suas possibilidades, e então parece impossível porque você sabe que tem de realizar aquilo. Por um momento, Wallace sente vontade de desistir, começar do zero, sem tentar entender aquela bagunça toda na frente dele. Do microscópio, olha para as pilhas de placas. Elas rangem quando ele as ajusta. Ele podia jogá-las fora. Wallace apoia a testa contra o visor do microscópio.

"Que merda. Que merda. Que merda."

Henrik saberia o que fazer, pensa Wallace. Henrik diria: *Vai logo. Tá esperando o quê*? Wallace alcança sua vareta, um capilar de vidro derretido em volta de um pedaço de fio de titânio achatado. Segura um acendedor de metal sobre a saída da chama, liga o gás, acende. O cheiro pútrido e levemente doce do gás natural, depois, ignição, brilho laranja, algumas faíscas se dissolvem, fogo. Ele queima a ponta da vareta para esterilizá-la. Pega uma placa nova, cobre a ponta de seu fio com *E. coli* para usar como cola e desliza uma das placas antigas sob a objetiva. É como olhar para baixo estando em cima de um toldo. Wallace espera por sinais de movimento, gira o vidro na base do microscópio para mudar o ângulo da luz e para que as coisas se transformem em estranhas sombras metálicas, procura, espera, procura, gira, espera, procura.

Por fim, encontra um verme, tufos de esporos presos em suas costas, e lança sua vareta, movendo-a para baixo, como o braço de uma escavadeira, bate suavemente, mais suave do que suavemente, e lá vem o verme, de seu mundo para o ar, nadando de volta para cima, grudado na vareta. Ele o coloca sobre uma placa limpa, todo aquele espaço aberto; é surreal.

Um verme.

Faltam quinhentos e noventa e nove.

Wallace baixa a vareta. Recomeça.

Os animais não morreram — isso é um alívio. Ele esperava o pior. São mais estéreis do que ele previa, ovócitos enrugados e dutos seminais vazios, o que amplia a tarefa. Estes, ele queima no fogo como uma divindade zangada.

Brigit, em roupas cinza claro, passa por Wallace em sua baia e se joga na antiga cadeira de Henrik.

"Wally", diz ela, exasperada. "Mamãe está de mau humor hoje."

"Ela está puta com as minhas placas, aposto."

"Que chato." Brigit enche-se de compaixão. Ela sempre foi boa com ele, de uma maneira descomplicada. Brigit aparenta não esperar nada em troca por sua bondade, nem parece achar que o trata de maneira especial. E é isso o que Wallace acha tão notável, pois não está acostumado a ofertas descomplicadas de ajuda, a generosidade. Brigit joga as pernas para cima da mesa de Henrik. Cruza as mãos suavemente sobre a barriga. "Engraçado isso, né?"

"O quê?", Wallace pergunta, olhando para ela do microscópio. Algo na voz dela chama sua atenção, um tom frio de desconfiança.

"Não, nada", diz Brigit. "Só é engraçado como suas placas estragaram dessa forma. Quero dizer, e do nada, sendo que as placas de todo mundo naquela incubadora estavam... Não, já falei demais." Ela coloca o braço sobre os olhos, finge estar sobrecarregada, suspira.

"O que você quer dizer? Que as placas delas estão boas?" Calor e um contido murmúrio de fúria. Ele se vira totalmente na cadeira. Brigit é um pouco mais baixa que Wallace, cabelo escuro e sardenta. Ela é sino-americana, de Palo Alto, onde a mãe é cardiologista e o pai se aposentou precocemente de uma das primeiras startups de tecnologia compradas pelo Google. Antes de se fixar na ciência, ela era bailarina — mas tinha ligamentos fracos, ela disse — e mantém uma flexibilidade de elástico, uma profunda solidez sob seu temperamento bom e suave. Sua expressão no momento é de uma alegria conspiradora. Eles têm uma queda para a fofoca, esses dois.

"Nada de concreto. Não. De jeito nenhum, mas ouvi de Soo-Yin, que, como você sabe, tem placas nas prateleiras logo abaixo das suas, que as placas dela estavam totalmente boas. Limpas. Nem uma única partícula de poeira."

"Isso não faz nenhum sentido", diz Wallace. Ele soa rouco até para si mesmo, sua voz como um ruído metálico. Brigit levanta as sobrancelhas e dá de ombros. Mas então sua expressão se tensiona e se fecha levemente. Ela tira os pés da mesa e desliza a cadeira em direção a ele. De perto, a luz forte do laboratório lança um brilho sobre seu cabelo escuro, preso em um coque malfeito.

Ela fala em voz baixa: "Eu acho que alguém fodeu com as suas placas, Wally. Não estou dizendo que vi alguém. Nada disso. Mas eu não ficaria surpresa. Porque Fay viu *você-sabe-quem* ficar a semana toda aqui no laboratório até tarde, e você sabe que *essa pessoa* odeia trabalhar depois das cinco em ponto".

"*Essa pessoa* é a Dana?"

Brigit faz sinal para ele ficar quieto e olha ostensivamente a seu redor. "O que você acha?"

Dana... que é de Portland ou Seattle, ou de alguma outra cidade menor por lá. Uma vez, nos seus primeiros dias no laboratório, Wallace a viu preparando proteínas na coluna errada. Ela tinha usado os kits para purificação de DNA. Foi até ela e disse, da maneira mais casual possível, "Acho que você pegou a caixa errada — é fácil de se enganar, elas são todas muito parecidas".

Dana colocou a mão aberta sobre a caixa azul e branca e franziu o rosto para ele.

"Não, não peguei", disse ela.

"Ah", disse Wallace. "Bem, mas aí na lateral está escrito preparação de DNA."

Dana, com seus grandes olhos cor de mel, como os de um gato, estalou a língua no céu da boca três vezes, uma atrás da outra, em som de reprovação.

"Não, Wallace", disse, com sua voz lenta, firme. "Eu não sou retardada. Acho que saberia se estivesse usando o kit errado."

Wallace ficou ali, um pouco chocado com a intensidade da resposta, mas era a bancada dela, o experimento dela. Ela podia fazer o que quisesse. Então ele se afastou, com calor no rosto.

"O.k., bem, se precisar de alguma coisa."

"Não precisarei", disse ela.

Ele a observou pelo resto do dia. Naquela época, ele estava no segundo ano; ela, no primeiro; ambos eram jovens e ainda procuravam seus caminhos. Mas, afinal, o que é que Wallace sabia? Ele sempre se sentia um pouco desconfortável no laboratório, um pouco hesitante. E achava que todos se sentiam assim. Inseguros. Sem querer pedir ajuda, porque isso revelaria suas limitações. Ele queria dizer a ela algo sobre isso, que ele sabia da dificuldade de confessar desconhecimento sobre algo, mas que as pessoas na maioria das vezes só queriam ajudar. Tinha se disposto a ser um bom colega de laboratório, uma pessoa solidária. Mas, em vez disso, Dana tinha traçado uma clara linha de separação entre eles. Ele era de um jeito. Ela, de outro. Ela era talentosa. Ele, não.

Mas no fim daquele dia Dana estava parada, de pé, examinando suas colunas, perguntando-se o que tinha dado errado. Ela estava lá, examinando a impressão das leituras de pureza, que, naturalmente, não faziam sentido. A leitura das especificações indicava que não havia traço de proteínas no tubo. Mas ela não conseguia entender por quê. Ela não tinha seguido as instruções? Simone estava no final da bancada, verificando os dados com ela. Acenou para Wallace, e ele se aproximou timidamente. A noite caía como um véu escuro e liso fora da janela. Ele via os três refletidos ali, à luz do laboratório.

"Você sabe alguma coisa sobre isso, Wallace?", Simone perguntou.

"Sobre o quê?"

"Os resultados de Dana. Ela disse que você misturou os kits."

Wallace franziu a testa e balançou a cabeça. "Não. Acho que Dana estava usando o kit errado."

Simone virou a caixa e apontou, e Wallace viu ali escrito, claramente, que o kit era de proteína. Ele sentiu algo ruim e pesado por dentro.

"Será que você colocou os reagentes para purificação de DNA na caixa errada quando estava fazendo aquelas limpezas simultâneas? Wallace, você tem que ter cuidado."

"Não fui eu", disse ele.

"Bem, esses números não fazem sentido de outra forma."

"E você tentou me avisar", disse Dana, com uma voz alta mas sem entonação. Ela balançou a cabeça. "Acho que talvez você já sentisse que tinha misturado."

"Você precisa prestar mais atenção", disse Simone. "Eu sei que você tem ambição e quer fazer as coisas, mas precisa ser cuidadoso."

Wallace engoliu em seco.

"Tudo bem", disse ele. "Tudo certo."

Dana colocou a mão em seu ombro e disse: "Você sabe, se precisar de alguma coisa."

Wallace olhou para ela. Olhou para ela tentando entender que tipo de pessoa ela era, mas tudo o que conseguia ver eram as escamas de pele morta se acumulando nos pelos ruivos que cresciam entre suas sobrancelhas.

Simone o fez separar os reagentes de novo, na frente dela. Ela o fez separá-los em dois grupos bem distintos em sua bancada. E quando ele terminou, ela o fez fazer tudo de novo, só para garantir, só para garantir.

"Ela perdeu o dia todo nisso, Wallace. O dia todo dela. A gente não pode perder tempo assim, por descuido." Simone ficou no final de sua bancada, observando-o separar os reagentes e as colunas, as garrafas brancas arrumadas, duas vezes. Ele podia fazer aquilo de olhos fechados. Porque ele era cuidadoso. "Isso não é para puni-lo. Isso é para torná-lo melhor."

Ainda assim, mesmo se tratando de Dana, estragar as placas dele de propósito seria um pouco demais. Ela não é inteiramente má, só preguiçosa e desatenta aos detalhes.

"Tarde quanto?", ele pergunta a Brigit. "Eu tenho ficado aqui até pelo menos meia-noite. Todas as noites."

"Duas da manhã", Brigit diz, e Wallace se levanta e se afasta dela.

"Não é possível."

"Como eu disse, não vi nada. Foi só o que ouvi."

"Que sentido isso faria?"

"Não precisa fazer sentido. Ela é *talentosa*", Brigit diz, cuspindo a palavra favorita de Simone para Dana, mas querendo dizer o contrário. Wallace ri. "Talentosa" é o mel que torna a amargura do fracasso palatável — uma pessoa pode falhar repetidas vezes, mas não tem problema, porque ela é talentosa, ela tem valor. Tudo se resume a isso, não é mesmo, pensa Wallace. Se o mundo tem uma opinião formada sobre o que você tem a oferecer, se o mundo decidiu que quer você, precisa de você, então não importa quantas vezes você erre. O que Wallace quer saber é se existe um limite. Quando ser tão horrível deixa de ser aceitável? Quando chega o momento de ter de mostrar seus talentos?

Brigit levanta da cadeira e a chuta para baixo da mesa de Henrik. Solta um suspiro, se alonga. Ele consegue ouvir os ossos dela se realinhando, o estalo das articulações. "Achei que você gostaria de saber."

"Não sei se me sinto melhor", diz ele, e ela coloca os braços em torno dele, num abraço largo.

"Aguente firme, Wally", ela diz. Katie passa pelo final da baia girando outro béquer grande, mas, ao ver os dois, dá meia-volta e vai embora.

"Como eu disse", diz Brigit. "De mau humor."

"Ela não é minha chefe", diz ele.

"Talvez não. Talvez sim."

Brigit se retira da baia, dá um tchauzinho. Ele acena. Está sozinho novamente.

Não faz sentido que Dana tenha destruído seus espécimens. Eles estão em projetos diferentes, em parte por causa de algo que aconteceu na última vez em que trabalharam juntos. Para ajudar Dana a aprender as técnicas do laboratório deles, Simone achou que seria uma boa ideia se ela e Wallace trabalhassem juntos num projeto que exigia a geração de várias pequenas fitas de DNA. Mas Dana, que estuda genética, achou que ela deveria ser a responsável por projetar os oligos, mesmo tendo pouca experiência prática com essa técnica. Wallace já tinha projetado pelo menos duzentos oligos bem-sucedidos, mas Dana o ignorava quando ele tentava descrever sua estratégia como projetista, sua opinião sobre as temperaturas de anelamento ideais, os alvos nos genomas, o que era viável de clonar e inserir por meio de enzimas, os métodos de triagem, as linhas celulares competentes. Ele tentou intervir umas vinte vezes, forçando a teimosia dela, em diferentes momentos do processo, mas a culpa era sempre dele. Ela não queria sua ajuda.

Sem saber mais o que fazer, procurou Simone. No ponto em que eles deveriam ter, digamos, vinte oligos prontos para inserção, Dana havia atrapalhado tanto o andamento do experimento que não tinham nenhum. "Wallace", disse Simone, "acho que talvez você devesse mudar o tom. Será que não está sendo um pouco presunçoso?" E quando ele disse que não, ela perguntou: "Tem *certeza*? Porque Dana é brilhante, brilhante, brilhante. Não a diminua". Quando chegava o momento das infusões, Dana era desastrada e sem cuidado. Espetava os animais com a agulha, mas não conseguia enfiá-la porque picava o dedo com ela, exigindo que ele, Wallace, a recolocasse. Ela também era lenta para posicionar os animais na solução de sacarose e pincelá-los com levamisol e tampão, o que os manteriam sedados e hidratados, e por isso seus vermes ficavam duros como torrões de açúcar, ali mesmo, na lâmina. Ele tentou ajudá-la. Falava baixinho e suavemente. Esperava, mesmo quando já sabia que o animal estava morto. Uma vez ela virou para ele com tal cara de orgulho que ele achou que ela finalmente tinha conseguido, mas, quando examinou o animal no microscópio, viu que estava mais que morto. Suas entranhas haviam se rompido e entrado pela ponta da agulha. Era uma péssima, terrível maneira de morrer.

Por fim, cansado do fracasso da colaboração entre eles, pediu para trabalhar em um projeto diferente — e, na verdade, Dana talvez não tenha levado numa boa. Mas isso fora há dois anos. Atualmente, não importava a semana, Dana aparecia no laboratório por umas poucas horas semiprodutivas. Ela ainda não definira seu projeto. Sua mente é inquieta, divaga. Mas, pior ainda, o fracasso a leva a descartar coisas e pessoas. Toda vez que um projeto frustra sua expectativa, ela o afunda como um barco furado. Suas apresentações de laboratório são uma mistura de ideias semidigeridas. Suas unhas estão sempre roídas até o toco, e ela transmite uma sensação de desconforto e mágoa.

Ainda assim, não faz sentido ela vandalizar as placas dele. Não há nenhum ganho material para ela, e Wallace sempre achou que seu egoísmo era pragmático. Seria uma ação essencialmente inútil e sem sentido.

Sua cabeça dói.

As pessoas podem ser imprevisíveis em sua crueldade.

O pensamento o assusta. Ele recorda brevemente aquele período terrível no ano passado, quando teve que fazer as provas preliminares e passara três meses sem conseguir sair da cama, comer ou tomar banho regularmente. Esses três meses foram uma descida longa e escura para um lugar frio e amorfo. Ele passava todo o tempo assistindo a velhos programas médicos na internet, deitado na cama, observando as mudanças da luz nas paredes. Quando conseguia sair da cama, ficava longas horas na banheira, sentindo medo e se achando fraco. Passava horas pensando no que faria se fosse reprovado. Nem mesmo a humilhação o assustava tanto quanto a queda total no desconhecido. Ele teria de sair do programa. Teria de encontrar outra coisa para fazer da vida. Era isso o que o paralisara todos aqueles meses. Era impossível fazer qualquer coisa.

Então, um dia, no final de setembro, Henrik foi ao apartamento de Wallace e tocou a campainha até que ele viesse abrir a porta. Uma vez no apartamento, colocou uma pilha de artigos de pesquisa, cadernos e marcadores no chão e disse que aquilo era o que ele tinha que saber. Todos os dias, por horas, Henrik ensinava a Wallace tudo o que ele não tinha conseguido aprender. Eles estudaram sinalização celular, gradientes, morfologia, estrutura da proteína, composição das paredes celulares, toda a linhagem dos tecidos gonadais em moscas e nematoides, testes de levedura. Henrik esquematizava técnica por técnica, de início paciente, depois menos, e quando nada funcionava ele dava um tapão na mesa e gritava: *Você tem que aprender isso, Wallace. Se concentra.* Wallace ficava sentado, ouvindo. Tomando notas. Lendo artigos todas as noites, até que as letras se embaralhassem diante de seus olhos. Perdeu dois quilos, depois cinco, depois sete. Henrik começou a levá-lo à academia. Forçando-o a correr e a ler, a decorar fatos obscuros do desenvolvimento embriológico dos nematoides. A decorar o mecanismo de degradação de determinadas proteínas em determinados tecidos, sob determinadas condições, e, depois, sob outras condições, em outros tecidos, novos cenários que se abriam e se fechavam como uma porta com molas. Wallace aprendeu como a luz incidia na barba de Henrik. E no cabelo cerrado. A longa inclinação de sua boca. Aprendeu a ler o humor de Henrik, assim como os mamíferos em ilhas que vão ser devastadas aprendem a ler os sinais que lentamente anunciam uma erupção.

Na escura tarde de dezembro em que Wallace fez as provas preliminares, mais como quem enfrenta um batalhão de fuzilamento que um exame, a primeira pessoa que ele viu no almoço de comemoração foi Henrik.

Mas ali Henrik já estava olhando para longe, para fora da janela.

Eles falaram pouco no encontro de fim de ano de Simone. Três dias depois, Henrik assumiu um cargo com grandes chances de estabilidade em Vassar. E então Wallace foi à festa de Natal do departamento e fez aquele comentário sobre Miller e os estacionamentos de trailer.

Wallace sente falta de acordar às três da manhã e encontrar Henrik dormindo enrolado na sua sala, o ruído pesado de seu ronco, o volume de seu corpo quase deformando o sofá barato de Wallace. Sente falta das refeições juntos, da maneira quase raivosa com que Henrik comia. Talvez também sinta falta de outras coisas, do peso de sentimentos sem nome dentro dele. E esses sentimentos se transmutaram em algo cruel e mesquinho.

Havia uma lógica nisso, mesmo que de início não se notasse, um cálculo secreto percorrendo suas vidas.
No final, não importa quem fez o quê. No final, nada importa. Então, de volta ao trabalho.

A cozinha está vazia. Wallace bate a palma da mão na relutante manopla da torneira até ela ceder e a água sair forte demais, rápido demais. Ela bate na pia com som de protesto, como se incomodada pela força de Wallace. Ele enche de água uma panela cinzenta velha e a coloca sobre o fogão elétrico. O fogão desperta para a vida. As canecas desparelhadas esquecidas no fundo do armário agacham-se como crianças em um orfanato. Wallace apoia o rosto no vidro morno da janela. Abaixo, a rua principal se divide ao redor de uma igreja luterana. Tráfego tranquilo. Um dos braços da rua contorna delicadamente o prédio da bioquímica e termina na casa de barcos e no jardim botânico, onde, na primavera, há festas para arrecadação de fundos em que brancos ricos jogam pedaços de pão para as carpas e falam com vozes tranquilas e arrastadas sobre as mudanças na demografia da universidade. Quando Wallace estava no primeiro ano, recebeu um convite para um jantar de boas-vindas naquele mesmo jardim. Em algum ponto da noite, foi conduzido até um homem pesado e barbudo, que cheirava a suor e folhas de carvalho. *Este é Bertram Olson, Wallace. Foi ele que financiou sua bolsa de estudos para o primeiro ano.* E ali, enquanto caía a noite, segurando um copo suado de ginger ale, Wallace subitamente entendeu qual era a razão do jantar de boas-vindas. *Bem-vindo. Aqui está a pessoa que paga sua bolsa. Por favor o idolatre.*

Wallace considera-se afortunado, pelo menos em relação a isso. A bolsa é generosa, o dobro do que sua mãe ganhava como empregada, e isso lhe proporciona certa tranquilidade material: dá para pagar comida, aluguel e comprar outras coisas, como seu laptop e seus óculos novos, que custaram quase mil dólares. Não é muito dinheiro. Mas é mais do que ele jamais teve na vida e, melhor ainda, é um dinheiro certo. Chega todo mês, dá para confiar. A água rapidamente entra numa ebulição cinza e Wallace a despeja sobre o *chai* que comprou no supermercado caro do centro da cidade. Eles estão sempre pensando em dinheiro: quem recebe a grande bolsa do departamento (Miller), o orientador que teve o financiamento recusado (o de Lukas), qual laboratório recebe dinheiro de pesquisa da iniciativa privada (o de Wallace), qual projeto provavelmente terá utilização industrial (o de Yngve), quem vai pegar o emprego em Brandeis (Caroline), quem vai conseguir o emprego no MIT (Nora, uma aluna de pós-doc no laboratório de Yngve), quem talvez esteja indo para Harvard (o orientador de Cole), para Columbia (o de Emma), para a UT Southwestern (ninguém). Eles discutem a vida e o destino do corpo docente como quem monitora o movimento de pequenos planetas. Carreiras movem-se em órbitas, condicionadas por certos fatores. Normalmente, as pessoas se mantêm no nível da instituição em que fizeram doutorado ou pós-doutorado, ou caem um pouco de nível. É difícil cair ou subir muito. Bolsas de pesquisa em geral conduzem a bons pós-doutorados, bons pós-doutorados conduzem a bons financiamentos, bons financiamentos conduzem a cargos de docência em instituições mais ou menos do mesmo nível da do primeiro orientador da pessoa. Tudo acaba dependendo do dinheiro. A bolsa de Wallace vem de um fundo de pesquisa de razoável prestígio e reconhecido nacionalmente. Simone é considerada veterana na área deles. Eles têm um caminho a seguir, um futuro pela frente, bom e estável. É para esse futuro que ele trabalhou toda a sua vida. Para que essas vantagens específicas deem resultado.

No entanto, os *termos*, pensa Wallace. Os termos dessa sorte toda. O custo.

O chá é uma concessão. Ele queria café, mas o café dificultaria seu trabalho. Quando começou no programa, Wallace tomava três cappuccinos triplos todos os dias antes das três da tarde, só para ficar acordado. Durante os seminários da tarde, ele se pegava cochilando, caindo no sono ao som de palestras sobre sequenciamento profundo e RMN de proteínas. Os professores estalavam a língua nos dentes e falavam com aquela voz tranquila e pasteurizada, típica de certos vídeos amplamente divulgados sobre artes e ciências. Tudo era: *Eu vou contar uma história para vocês* ou *Hoje, vou compartilhar com vocês três narrativas intrigantes* ou *Gostaria de mostrar para vocês como conseguimos chegar daquele a este resultado*. E nas cadeiras duras daquele auditório, onde não havia sinal de celular ou wi-fi, onde toda a madeira era clara, as paredes, cobertas por painéis ondulantes de madeira e os pisos, de carpete acústico, Wallace se deixava transportar como se estivesse flutuando em águas onde não sabia nadar. Ele nunca tinha ingerido tanta cafeína em toda a sua vida e passava as tardes com uma diarreia intensa.

Wallace bebia tanto café que o mundo parecia um pouco melhor, como se prestes a se tornar convexo, como se cada fragmento de luz viesse em sua direção. E então, um dia, Henrik deu-lhe um conselho: *Cafeína é um estimulante*. Wallace não conseguia entender aquilo. Soava como um falso aforisma. Henrik lhe dizia aquilo toda vez que Wallace voltava da cafeteria do subsolo com uma xícara de café, sempre que ele e Henrik estavam juntos no elevador voltando de um seminário em que Wallace tinha se servido sem parar do café oferecido. Seu coração palpitava. Sua boca ficava seca. As pontas de seus dedos enrijeciam e inchavam. Ele se sentia como se estivesse sendo espremido por sua própria pele como uma salsicha por seu invólucro. Assustava-se com sons estranhos no meio da noite, quando estava trabalhando sozinho no laboratório. Um dia, enquanto dissecava, sua mão teve um espasmo violento, súbito, e ele deixou cair o bisturi. A peça pousou espetando de leve sua coxa. Nada profundo, mas o suficiente, e Wallace deu-se conta naquele momento exatamente do que Henrik tinha querido dizer.

Os azulejos brancos formam um oceano de luz no meio da tarde, e páginas cinza passam sob os olhos tranquilos de Wallace. Ele pressiona o polegar contra o nó de cada um de seus dedos, provocando um estalido forte nas articulações. Um pássaro pousa na calha branca e plana do lado de fora. Está bicando a parte interna de sua asa. Pequenino, redondo, penas acinzentadas e barriga branca. Sua cabeça é pequena, quase indistinguível do corpo. Apenas uma bolinha de penugem. A sombra do pássaro saltita pelo chão, e Wallace o observa até que ele vai embora, desaparece no ar. A caminho do laboratório, Wallace havia parado na biblioteca e pegado aquele livro que Thom mencionara.

Ele lê no laboratório aos sábados, quando é menos provável que Simone esteja por lá. No segundo ano de Wallace, Simone entrou na cozinha e o encontrou lendo e comendo uma tigela de macarrão instantâneo. Naquele dia, uma forte tempestade atingia a região e o mundo tinha adquirido um estranho tom de água-marinha. Simone estava parada, perto da janela, vendo o vento e a chuva, o brilho pálido das luzes da rua abaixo. Ela se virou para ele com uma expressão esgotada e raivosa e perguntou bruscamente, *Você não tem nada melhor para fazer que ficar lendo Dr. Seuss ou o que raios seja isso?* E Wallace baixou o livro devagar e deu de ombros levemente, sem defesa. É *Proust*, disse. *Ele é francês.*

Wallace já está na página trinta do romance quando uma sombra se aproxima do canto da página, tão insistente quanto um polegar. A expressão impassível de Miller, seus olhos distantes e frios. Seu olhar é de acusação. Cabelo bagunçado. Um moletom cinza, os shorts da noite passada, quilômetros de pernas bronzeadas, o pelo cor de cobre parecendo pluma.

"Você foi embora."

"Eu deixei um bilhete", diz Wallace.

"Eu li."

"Bem, não vai chorar por isso."

Miller resmunga, mas há um sorriso. Wallace está aliviado, uma vitória incômoda, como fugir para o mar.

"Só estou dizendo que você podia ter me acordado."

"Mas você parecia tão tranquilo", Wallace diz. Aparentando condescendência, volta a se acomodar na dura cabine roxa demonstrando mais confiança do que de fato sente. Miller tem pelo mundo a indiferença típica de um gigante, retraindo-se, observando por debaixo das bordas de suas pálpebras. Wallace vacila. As extremidades de seu corpo formigam, como um fogão elétrico ganhando vida. Um gemido se espalha dentro dele, as resistências se aquecem. Algo no seu interior fica escorregadio e quente.

"Ainda assim", diz Miller, "você não precisava me abandonar. *Na sua própria casa.*"

"Você quer se sentar?"

"Pode ser."

Wallace abre espaço no banco, joga a sacola de lona para o outro lado. A pele de Miller está morna. Suas coxas se encostam. O suor grudento da almofada de plástico sob eles, Wallace se mexe para abrir espaço, a umidade de sua pele pressiona Miller, que está seco e não tão quente. Eles apertam os braços contra o corpo. Estão sentados mais próximos do que o necessário.

Wallace olha para os tornozelos magros de Miller. A pálida cartilagem descoberta na parte posterior de seus pés. Também se lembra do gosto salgado da pele de Miller, tão diferente da sua, o corpo dos outros de alguma forma sempre tão diferente, como se feito de elementos raros, de metais estranhos. Miller estala os dedos, olha para Wallace por cima do ombro. Um olhar... de vergonha ou qualquer outra coisa. Ele baixa a cabeça contra a parte interna do ombro. Um menino tímido, ali, Wallace pensa, tímido e observador.

"Como você está?", Miller pergunta. Decepção. Uma pergunta convencional. Toda aquela brincadeira de provocações vai para o lixo.

Wallace apoia os cotovelos sobre a mesa, que balança forte, perigosamente. O chá balança. Respinga. Miller arregala os olhos e Wallace prende o fôlego, até que a mesa, a xícara e o mundo todo se estabilizem.

"Agora somos estranhos?", Wallace pergunta. "*Como você está?*"

Miller franze a testa. A decepção aumenta. "Como você está" é o tipo de pergunta que se faz num consultório médico. "Como você está" não quer dizer nada. Mas talvez seja por isso que Miller fez a pergunta. Para retomar de leve. Uma espécie de negação. Wallace passa a língua em volta da boca, pensando nisso. Procurando outras respostas. A expressão de Miller fica tensa. Os cantos de sua boca se esticam e depois relaxam. Um reflexo de sobriedade em seu olhar.

"Não é isso. Eu só perguntei como você estava, por causa da noite passada. Você sabe..."

"Por acaso a gente ainda está na escola?", Wallace pergunta. "Você é adulto. Fala."

A exasperação no rosto de Miller o estimula. O brilho da excitação, um frisson de prazer.

"Não seja desagradável, Wallace", diz ele. "Deixa disso."
Então, uma recompensa, Wallace imagina. Ele será generoso. Beija o ombro de Miller, apoia o rosto contra sua forma sólida. É um alívio poder descansar os olhos, mesmo que apenas por um momento. Então a mão grande de Miller sobre sua coxa. Fria e seca, áspera. Uma risada baixinho em seu corpo.

"E agora", diz Wallace, mas Miller já afastou a mão.

"O que estamos fazendo?"

"Não sei. Você me diz." O plástico amassado. O tampo de madeira sob eles, rangendo. Wallace se afasta; sua pele estala. Miller girando a caneca pela asa lentamente com o polegar.

"Eu só estava tentando ser atencioso. Foi por isso que perguntei."

"É isso que é, então? Consideração?"

"Não seja infantil."

"Não me venha com lição de moral", diz Wallace, em outro surto momentâneo de orgulho. Miller parece um pouco chocado, mas se recupera, vira-se completamente para Wallace, colocando-se de costas para o resto da cozinha. Eles estão em um canto. O sol traça uma linha sobre seu nariz, sob seus olhos, tudo claro e dourado. Estão próximos. Na sala, um barulho confuso de estática. Os cílios de Miller parecem irresistivelmente macios. Wallace põe a palma da mão sobre os olhos de Miller, sente as pontas dos cílios dele fazendo cócegas em sua mão. Há outra sensação, o alívio por não ser observado, não ser examinado tão de perto daquela maneira. O rosto de Miller volta a ser o rosto do bom garoto, paciente e soturno. Mais uma recompensa, pensa Wallace. Monta em seus joelhos. A almofada afunda sob seu peso. Ele se equilibra apoiando uma mão no ombro de Miller.

"O que você está fazendo?", Miller pergunta, quase preocupado. Wallace cantarola, sem responder. Sente a tensão no corpo de Miller. Agora ele parece um carretel apertado, desenrolando-

-se sob a mão de Wallace. Ele nivela seus rostos, alinha lábios, narizes e olhos. Encara as bordas escuras e chapadas de seus próprios dedos sobre os olhos de Miller. Miller se vira mais. Claro que sente a respiração de Wallace. A pressão do corpo dele. Pergunta novamente: "Wallace. O que você está fazendo?"

Wallace quase dá risada. Quase diz: *Tomando a iniciativa*. Quase diz: *Deixe eu lhe contar uma história*. Mas não diz nada. Aproxima-se agora. Seus lábios se tocam. O gosto perfumado da pasta de dentes. Sabor forte de álcool do enxaguante bucal. Os restos dos sabores mais profundos e persistentes do sono. Miller não tomou café. Wallace prova os lábios de Miller. Um suave arco do cupido e, em seguida, os cantos. Então, mais fundo, pelos lábios para dentro da boca, caverna quente e úmida.

Chega, ele pensa. Retrai-se.

Miller não abre os olhos imediatamente. Wallace sente uma pequena onda de preocupação, pensando que foi longe demais, rápido demais. Que errou, calculou mal. Mas, então, o lento movimento ascendente das pálpebras de Miller. O estilhaço de luz do sol em seus olhos.

"Suas mãos cheiram bem", diz ele.

"É o chá. Bebe um pouco." Wallace encosta a borda da caneca na boca de Miller e ele, com os olhos fixos em Wallace, bebe. A garganta se mexendo para baixo, engolindo. "Bom garoto."

"Cancela o tênis", diz Miller. Wallace coloca a caneca na mesa, prende a respiração.

"Não posso."

"Você *pode*", ele diz.

"Desculpa."

"E depois?"

"A gente improvisa", diz Wallace, sentindo-se grudento. Seus joelhos tremem. O hálito de Miller cheira a *chai*, como as mãos de Wallace.

"Combinado", ele diz.

Wallace se levanta. Pega o livro, a bolsa.

"Bem, o dever me chama", diz, contornando a mesa, mas Miller estende o braço e pega sua mão.

"Wallace."

"Não vai fazer besteira", diz ele. "A gente tem que ficar esperto."

Miller solta a mão dele. A luz do sol batendo na parte de trás do pescoço e das pernas pinica Wallace.

"Claro", diz Miller com um grunhido. "Pode deixar."

Um verme, executando uma série de movimentos de abrir e fechar, arrastando-se.

Os nematoides são transparentes. É uma das características que os tornam um organismo modelo ideal, adequado à microscopia. Outras características incluem facilidade para manipulação genética, um genoma pequeno e gerenciável, um curto prazo de geração e a facilidade de manuseio. São criaturas bastante resistentes, na verdade. Capazes de autofertilização. Em certo ponto do desenvolvimento larval, sua linha germinal muda da espermatogênese para a ovogênese. *Até mesmo os meninos se tornam moças*, Simone gosta de dizer.

Um verme em uma única placa pode dar origem a milhares de progênies em pouco mais de uma semana. Quando o alimento é escasso, eles reduzem um pouco a reprodução. No entanto, todo embrião fertilizado passa por desenvolvimento e incubação no interior de suas mães. Finalmente, para entrar no mundo, eles comem a cutícula que os envolve até rompê-la, às vezes com seus próprios embriões fertilizados dentro deles. Isso às vezes lembra Wallace dos mitos da criação.

O verme que ele seleciona naquele momento está extremamente inchado. Existem dezenas de vermes menores dentro dela. Ela é velha. Está cheia de corpos. No entanto, ainda está viva. Não é apenas um recipiente. É melhor não escolher animais famintos. Seus descendentes nascem com a marca do desastre que se opera em seus corpos.

Wallace ainda sente o gosto de Miller. Foi um erro beijá-lo novamente. Estranho que ele tenha se tornado uma pessoa que *beija*. O gosto acobreado da vergonha de trair a si mesmo. Náusea, como se precisasse agora explicar essa mudança a algum poder superior, a alguma autoridade maior. Está surpreso consigo mesmo, com seu corpo traidor. Sua mente em tumulto, formas nebulosas e escuras se abrindo, girando sobre si mesmas. O fantasma do calor de Miller em sua cama, a luz da manhã suavizada pelas cortinas, a pálida elevação de seu quadril, seus cabelos crespos, o quarto azedo de suor e cerveja. Um redemoinho de pelos escuros em seu peito. Arrependimento. Por tê-lo deixado na cama hoje de manhã, ou por tê-lo deixado na cozinha? Ambos. Nenhum dos dois. Ah, Wallace, ele se repreende. Existem coisas mais importantes.

O laboratório está claro e quieto. Ele se inclina de lado em sua cadeira para enxergar toda a extensão do cômodo, sem encontrar mais ninguém. No final, do outro lado, apenas sombras azuladas, quietude. A parte do dia em que outros se retiram e fica apenas ele, no silêncio e na escuridão, e o mundo lá fora é vasto, azul e lindo. Lá fora, há pássaros no pinheiro do outro lado da rua. Pequenos pássaros escuros esvoaçando perto do topo da árvore. Que coisa estranha ser uma ave, Wallace pensa. Ter o mundo sob si, essa inversão de escala, o que é pequeno tornando-se grande, o que é grande tornando-se pequeno, o jeito como um pássaro pode se mover para o lado que quiser no espaço, nenhuma dimensão é invencível. Ele sente um pouco de pena por ter sido deixado sozinho. Os outros retornarão à noite, chegando ao prédio como um bando escuro, continuando seus experimentos e impulsionando seus projetos em direção à conclusão, em pequenas e doloridas parcelas.

O silêncio é, na verdade, o acúmulo de ruído. Os protestos das máquinas agitadoras são como gritos de uma multidão desordeira. Neste prédio, ele é minoria. Mas o barulho o acalma. Quando Wallace era bem jovem, mantinha seu ventilador ligado o tempo todo, mesmo no inverno, porque aquele ritmo constante fazia sua vida de alguma maneira mais fácil. Quando virava o ventilador para a parede, soava como o mar, ou como o riacho, quando você vinha pelo sul através do bosque de pinheiros, nos limites da fazenda de seus avós. Ele fazia os deveres de matemática e ciências assim, ficando cada dia melhor, até se tornar o melhor aluno em todo o estado do Alabama a fazer divisões longas de cabeça e a estimar o peso de uma bola de boliche em unidades métricas. Quando o ventilador em seu quarto estava ligado, não dava para ouvir seus pais discutindo sobre quem bebeu a última cerveja da geladeira, ou quem comeu o último pedaço de frango frito, ou quem deixou as verduras queimarem no fogão, uma porcaria carbonizada grudada no fundo da única panela boa que eles tinham. Ele não conseguia ouvir seu irmão e a namorada no quarto ao lado, a batida constante na parede, abafada pela paisagem marinha. Ele conseguia, quando a janela estava aberta, escutar o latido de cães selvagens no bosque, ganidos e uivos solitários subindo pelas árvores, como fantasmas ou pássaros. Ele conseguia escutar o eco do estampido do rifle e a explosão das latas jogadas no fogo do barril nos fundos da casa. Naquela época, não era o mundo exterior que ele precisava abafar, mas o mundo interno, o interior da casa, que sempre lhe pareceu muito mais selvagem e estranho do que qualquer outra coisa que ele tivesse encontrado caminhando sozinho no bosque.

Quando ficou mais velho, ligava o ventilador para abafar o ronco do homem que seus pais deixavam dormir no sofá da sala, porque ele não tinha para onde ir e era amigo deles, afinal. Às vezes Wallace se pergunta se o ventilador também foi a razão pela qual não ouviu quando o homem se levantou no meio da noite, entrou no seu quarto e fechou a porta.

Essa velha raiva persiste dentro dele. Sua visão fica brevemente confusa. Ele não pensa nisso há anos, e, ainda assim, aí está, o som da porta fechando naquela primeira noite. Nada mais a fazer depois que a porta correu sobre o piso áspero de madeira, um som de atrito. Algo terrível. Aquele som seco e trêmulo e a sombra cinzenta se afastando, deixando o quarto em total escuridão. Escuridão profunda como breu. Por que ele pensa nisso agora? Todos esses quilômetros de distância. Todos esses anos. Sua vida pregressa foi extirpada como uma catarata. Descartada. Mas aqui ele a encontra presa no fundo de sua mente como um pedaço de lixo. Aqui. Neste lugar. Sozinho no laboratório. Ele quase tem um sobressalto de medo dela, da fidelidade da memória. Seu corpo se lembra. Esse seu corpo que o trai.

Seu pai está morto — o pai que não fez nada por ele.

Morto há semanas. Wallace tinha esquecido. Não alcançou o perdão, mas o esquecimento. Parecem a mesma coisa para ele.

Seu pai. Um fio vibrante e vivo de ódio. A visão de Wallace parece achatada, como se tivesse sido puxada pelos lados e empurrada para dentro. Esta vida cuidadosamente esticada sobre a vida anterior. Ele não pensa nisso. Distancia completamente o pensamento. Eles voltam a ser os estranhos que são: rostos levemente familiares em um fluxo intenso de rostos. É a coisa mais gentil que ele pode fazer por si mesmo e por eles. O controle que se tem sobre a vida dos outros é sempre tênue.

"Trabalhando até agora, hein?", diz uma voz, que ele reconhece ser de Dana, mesmo antes de olhar.

"Alguém aqui tem que trabalhar."

"E alguém aqui se acha importante", Dana diz. Ela se senta na bancada de Henrik. Seu atletismo forçado, sua magreza ascética contrastando com o rosto largo. Seus dedos machucados e descamando. Ela cutuca o canto das unhas, puxa uma ponta de pele e a arranca com os dentes. Fibra branca. Um fio de sangue. Eles ficam em silêncio. Observam-se um ao outro. Ela o olha de baixo para cima. Ela consegue olhar para baixo e para cima ao mesmo tempo. Seu moletom folgado ameaça engoli-la. Uma garota com uma concha. Ela pode desaparecer dentro de si e esquecer todos eles. O insulto dela não o incomoda, a tranquilidade em sua voz é superficial e esganiçada, um truque desesperado.

"Você está precisando de algo, Dana? Estou ocupado", ele diz, enquanto se volta para sua bancada. Arruma as placas ao lado do microscópio. Perdeu a vontade de trabalhar. Suas mãos não estão mais firmes. Um tremor sobe e desce por seus dedos. As articulações doem.

"Poxa, não seja assim." Uma risada fria. Wallace alonga os dedos. O cheiro de gás, a chama azul baixa ligada.

"Assim como, Dana? Só estou ocupado. Talvez você já tenha ouvido falar de uma coisa chamada *pesquisa*. Exige *trabalho*. Você conhece essas palavras?"

"Você parece a Brigit. Vocês dois formam uma seita bem esquisita."

"*Amizade*, Dana. Pode ser que também seja mais um conceito que você desconhece."

"Admite", ela continua. "Vocês dois são uma panelinha. Vocês quase não falam com mais ninguém. Parece que são as duas únicas pessoas no laboratório. E falam muita merda sobre o resto de nós."

"A gente é amigo, Dana. A gente gosta de falar um com o outro."

"Eu ouvi o que vocês dois estavam dizendo. Eu sei do que vocês falam quando não estou por perto", diz ela calmamente. Wallace gira para encará-la novamente. Surpreende-se ao encontrá-la com a cabeça baixa, olhando para o espaço entre as coxas. Seu couro cabeludo está vermelho, seco. É uma posição estranha para ela. Parece um bicho de pelúcia que alguém colocou numa prateleira e deixou. Como se seu corpo não contivesse nada. Um espaço em branco, a vacância do corpo. Ele sente um lampejo de empatia, a lembrança da noite anterior sendo discutida como objeto de fascínio coletivo.

"Mesmo que a gente falasse sobre você. Como você saberia?", ele pergunta, embora a resposta seja óbvia. A fofoca vai e vem. Alianças mudam. Ele não é o único que tem aliados. Dana não morde a isca. Ela volta a roer as pontas dos dedos. As mãos de Wallace ardem só de olhar. "Eu não acho que você destruiu as minhas placas, se é isso que te preocupa", diz ele.

Um momento de silêncio. A chama apita e se contorce com a corrente de ar. É um barulho baixo e vibrante, fogo voltando-se contra si mesmo. Naquele instante, o silêncio é tão profundo que ele consegue ouvir as impurezas no fluxo de gás queimando.

Mas então uma coisa estranha acontece: movimentos parecidos com os de um robô deslocam os ombros, os braços e as pernas de Dana, como se a eletricidade fosse trazendo partes dela, uma a uma, de volta à vida. A princípio, baixo como um sussurro, mas depois quase imediatamente mais alto: uma risada. De repente, a cabeça de Dana se volta para trás, num movimento tão forte e brusco que, por um momento, ele acha que ela vai bater a cabeça na prateleira sobre a bancada de Henrik. Mas não bate. Apenas risadas. Ela aperta a barriga, as coxas. Os olhos dela se enchem de lágrimas.

"Meu Deus, escuta o que você está dizendo. Não dá para acreditar na sua arrogância. Você acha que me importo com o que você acha?" Dana enxuga as lágrimas. "Não dá para acreditar. Você realmente acha que eu me importo com o que você acha."

"Eu não estou entendendo", diz Wallace, sentindo-se mais cansado do que jamais se sentiu em toda a sua vida. "Nem quero. Me deixa em paz."

"Sim, Wallace. Eu arruinei seu grande experimento, porque não tenho nada melhor para fazer. É assim que eu sou."

"Eu disse que *não* achava que você tinha feito isso, Dana. Deixa de ser tão ridícula."

"Eu te *odeio*, Wallace. E você sabe por quê? Você sabe por que eu te odeio? Porque você anda por aí se achando importante, porque passa o tempo todo trabalhando. Você dedica todo o seu precioso tempo a este laboratório, a estes pequenos experimentos idiotas que não servem para nada e tem a coragem de falar para mim: *Alguém aqui tem que trabalhar*. Imagine, *você* dizendo isso para *mim*. Logo você. Você não é nenhuma Katie. Você com certeza não é nenhuma Brigit. E você ainda acha que tem o direito de me dar lição de moral."

Wallace sente o cheiro do próprio sangue. Toca a ponta do nariz para ver se tem sangue, nada, ele não está sangrando. É só um brilho metálico de sangue cobrindo tudo. O calor do sangue. O amargor. Ele também consegue senti-lo.

"Ah, ninguém pode lhe dar lição de moral."

Dana se endireita. A risada se foi, embora o ambiente ainda vibre com seu fantasma.

"Quer saber o que eu acho, Wallace? Acho que você é misógino."

A palavra dispara em direção a ele como um dardo de prata. Há um pequeno resquício de pesar no fundo de sua garganta.

"Eu não sou misógino."

"Não é você que define para uma mulher quem é misógino, babaca. Não é você."

"Tá bom", diz ele.

"Então, se eu disser que você é misógino, você é misógino."

Wallace se afasta dela. Não há argumentos. É por isso que ele fica na dele. É por isso que ele não fala ou faz nada com ninguém.

"Esses bostas desses gays vivem achando que têm o monopólio da opressão."

"Eu não acho isso."

"E você acha que pode desfilar por aí porque é gay e negro e se comporta como se fosse perfeito."

"Não, eu não."

"Você pensa que é a porra da rainha do mundo", diz ela, dando um tapa com a mão aberta na bancada, o que faz Wallace levar um susto.

"Dana."

"Estou de saco cheio das suas merdas. Estou de saco cheio de você querer mandar em mim e de me tratar como se eu fosse sua inferior. Estou farta disso."

"Ninguém fez isso com você, Dana. Ninguém fez nada para você a não ser tentar te ajudar, mas você não quer ser ajudada, porque está sempre querendo provar seu valor."

"Eu tenho que provar meu valor porque você e outros homens como você estão sempre me excluindo. Bem, azar, as mulheres são os novos crioulos, os novos viados."

Um gosto azedo e úmido se espalha pelo céu da boca de Wallace. Por um momento, o mundo parece orientado por algo grosseiro e claro. Ele pisca. Agarra o encosto da cadeira para se manter parado, estável. Pensa em Brigit, sua calidez, sua voz suave.

Dana está ofegante como um animal ferido, sem fôlego. Ela espuma, em raiva violenta. Aperta os punhos repetidamente, e suas mãos pequenas parecem duros tocos brancos. O que ele sente não é empatia. Eles já passaram desse ponto. Mas é o início da empatia: reconhecimento. Uma espuma branca gruda nos cantos da boca de Dana. Seus olhos apertados brilham. Ele se reconhece no calor violento e fútil da raiva dela. A única coisa injusta, ele pensa, é que ela tem este momento para desabafar. Ela vai melhorar. Ela vai ficar bem. Ela é *talentosa*, e ele é apenas Wallace.

Nada disso é justo. Nada disso é bom, ele sabe. Mas ele também sabe que a questão não é justiça. A questão não é ser tratado de forma justa ou boa. A questão é realizar um trabalho. A questão é obter resultados. Ele até poderia dizer algo a ela, mas no fim das contas não faz diferença, porque ninguém vai fazer o trabalho dele por ele. Ninguém vai dizer: *Ah, Wallace, tudo bem que você não tenha sua parte dos dados. As pessoas não estavam te tratando muito bem.* E tem também outra coisa — ele a chama de "dor sombra", porque não consegue mencionar seu nome real. Porque mencionar o nome real causaria problemas, criaria confusão. Chamaria a atenção para isso, como se isso já não estivesse em tudo. Uma vez, ele tentou conversar com Simone sobre a maneira como Katie fala com ele, como se ele fosse um inepto. Ele disse a Simone: *Ela não fala assim com mais ninguém. Ela não trata ninguém dessa maneira.* E Simone disse: *Wallace, não dramatize. Não é racismo. Você só precisa melhorar. Trabalhar mais.*

A parte mais injusta, pensa Wallace, é que, quando você diz aos brancos que algo é racista, eles analisam meticulosamente para tentar descobrir se o que você está dizendo é verdade. Como se eles pudessem, pela aparência, dizer se algo é racista ou não, e eles sempre acreditam no próprio julgamento. É injusto, porque os brancos têm um interesse próprio em subestimar o racismo, sua frequência, sua intensidade, sua forma, seus efeitos. São como a raposa no galinheiro.

Wallace não fala mais sobre esse assunto. Ele aprendeu a lição no terceiro ano, quando, depois de passar nas provas preliminares, Simone o chamou até sua sala para uma conversa. Ela sentou atrás da escrivaninha com as pernas cruzadas, um lindo dia de inverno branco estendendo-se atrás dela, até o lago, a mistura azul e branca e as árvores como pedaços delicados de madeira num diorama. Ele se sentia bem. Sentia que, pela primeira vez desde que tinha chegado à pós-graduação, estava finalmente fazendo o que ela sempre pedia que ele fizesse — melhorando —, e ele pensou ter visto orgulho nos olhos dela. Ele andava animado. Estava pronto para começar a sério — começar de verdade. E ela perguntou: *Como você acha que foi?* E ele disse: *Bom, acho que fui bem*. E ela balançou a cabeça com gravidade. Disse: *Sabe, Wallace, foi... francamente, fiquei com vergonha por você. Se fosse outro aluno, podia ter sido diferente. Talvez você nem tivesse passado. Mas discutimos longamente sobre o que era possível para você, o que era aceitável levando em conta suas aptidões, e decidimos que aprovaríamos você, mas que ficaríamos de olho, Wallace. Assim não vai dar. Você tem que melhorar.* Ela falou como se estivesse concedendo bênçãos. Concedendo bondades. Concedendo graças irrefutáveis. Ela falou como se o estivesse salvando. O que ele poderia dizer? O que ele poderia fazer?

Nada. A não ser trabalhar.

E agora seu trabalho é usado contra ele. Seu trabalho é um insulto para todos. Ela o odeia porque ele trabalha, mas ele trabalha apenas para que as pessoas não o odeiem e não tirem o lugar dele no mundo. Ele trabalha apenas para sobreviver da forma que der. Nada disso vai salvá-lo, ele vê agora. Nada disso *pode* salvá-lo.

Wallace se estica e apaga a chama, achando por um momento que apertou o botão com muita força, que o quebrou e que a sala vai se encher de gás. Mas a alavanca se fecha. Ele então se vira para Dana, essa garota ofegante e infeliz. O rosto dela está vermelho. Os olhos cintilam. Ele se aproxima dela na bancada. As solas dos sapatos dela pressionam as coxas dele.

Não é ódio. Ele não a odeia. Porque ela significa quase nada para ele. Seria como odiar uma criança. Isso o faria ser como seus pais, que, de alguma forma, certamente o odiavam. E ele não quer ser como eles. Mas não consegue ser bom. Ser generoso.

"Vai tomar no cu, Dana", ele diz finalmente, e sente um alívio tão grande que, por um segundo, agradece a ela pelo presente. "Vai tomar no meio do seu cu." Uma lufada de ar o apoia. Ele pega a bolsa com sua raquete do compartimento perto do chão, e, o tempo todo, ela olha para ele como se tivesse levado um tapa.

Ele se levanta. Trocam mais um olhar. Ela parece estar prestes a dizer algo, mas ele se vira e vai embora. Sai pela sombra azul que tomou o laboratório, agora que as luzes automáticas se apagaram. Seus movimentos não as acendem, como se ele fosse parte integrante do recinto ou um fantasma.

Dana grita atrás dele, que ela ainda não acabou, que ele não vai encerrar a conversa antes que ela diga o que tem a dizer. Ela está gritando atrás dele porque não sabe mais o que fazer com o medo e a raiva, e logo os gritos se transformam em soluços. Mas Wallace já está cruzando o corredor.

A luz no corredor é clara demais, abrasadora. Seus passos ecoam. Ele pisa duro. Tem o andar pesado. Sua mãe costumava zombar dele por isso. *Você pisa muito pesado; você nunca baixa a cabeça.* Agora ele baixa a cabeça. Vê o fino véu de sua sombra nos azulejos. Passa pela cozinha, passa pela porta do laboratório de Miller.

"Ei", Miller o chama, mas ele não para. Consegue ouvir os passos de Miller atrás dele, o que o faz acelerar, passando pelos cartazes dos experimentos, pelos folhetos anunciando oportunidades de emprego, pelos quadros de avisos de sempre, com tiras de quadrinhos e frases tolas, pela fileira de armários onde, nos anos 1980, as pessoas costumavam guardar seus pertences. Caminha tão rápido que os pés parecem deslizar um sobre o outro. Quando Miller o alcança, ele já está próximo à escada, com vista para o átrio. "O que está acontecendo?" Cada palavra é deliberadamente pronunciada.

"Aparentemente, eu sou um grande misógino", diz Wallace.

"O quê? Para com isso. Por que toda essa gritaria?" O olhar de Miller parece gentil e preocupado. Ele toma o braço de Wallace com a mão, e é como antes, na cozinha. Wallace consegue sentir a vibração de raiva, ou de medo — quem é que sabe?

"Não foi nada", ele diz. "Nada."

"Não faz isso."

"Isso o quê? Dizer a verdade? Não foi nada."

"É óbvio que aconteceu alguma coisa."

"De toda forma, não é problema seu", diz Wallace e se afasta de Miller. "Eu me viro."

Miller fica chateado e com raiva ao mesmo tempo. Ele se aproxima, Wallace o evita.

"O que foi isso?"

"Nada, estou bem."

"Não, não está." Miller pega sua mão e o puxa. Eles vão para a biblioteca no terceiro andar, em uma das pequenas salas cujas portas têm chave. Miller faz Wallace sentar na mesa e fica de pé entre suas pernas. Não o deixa escapar. O ambiente cheira vagamente a poeira e giz. O carpete roxo é horrível. Miller cheira a xampu e sabonete. Seus olhos ainda estão inchados da noite anterior, por causa da pimenta e dos nachos no píer.

"Estou com raiva", diz Wallace, quando fica claro que Miller não vai dizer nada, nem iniciar a conversa. Os braços dele estão cruzados sobre o peito e seu olhar é paciente.

"Obviamente."

"Ela disse que as mulheres são os novos crioulos e viados."

"Eu nem sei muito bem o que isso quer dizer."

"Ela me odeia."

"Acho bem provável."

"Você não está ajudando", diz Wallace.

"Lamento que seja tão ruim", diz Miller e beija Wallace suavemente. "Sinto muito."

"Não vem ser bonzinho comigo. Até outro dia você também me odiava, não é?"

"Eu não te odiava. Eu não te entendia — eu não te entendo —, mas nunca odiei você", diz Miller. Que estranho, Wallace pensa. Que coisa estranha de se dizer. Ele não consegue olhar para Miller. Sente-se exposto de uma forma esquisita. A mesa é vagabunda, amarela, de compensado laminado. Ele quer descer. Miller não se mexe. Wallace puxa a barra do moletom cinza.

"Te odeio. Eu te odeio muito."

"Eu sei", diz Miller. "Está se sentindo melhor?"

"Não", ele diz a princípio, mas depois, encolhendo os ombros, "Talvez um pouco."

"Ótimo." Vem outro beijo e depois outro e então Wallace desliza os dedos pelo cabelo de Miller e Miller mordisca o pescoço de Wallace. A mesa range embaixo dele conforme ele se move para se aproximar e depois para se afastar.

"Por favor, não me deixa um chupão. Vai ser complicado explicar para as pessoas."

"Ah, putz, esqueci", Miller diz.

"Sim, bem. Isso é real." Wallace empurra seu peito e Miller, lembrando-se de onde estão e de quem são, dá um passo para trás.

"Eu sinto muito, Wallace. Você não devia ter que aturar isso."

"Tudo bem", diz ele. "Você sabe, todo mundo tem alguma merda para resolver."

"Eu sei... Mas, bem, você é um dos meus, e eu fico triste que você tenha de passar por isso."

"Obrigado", diz Wallace, comovido por ser considerado tão afetuosamente por alguém.

"Acho que no fim das contas você vai acabar jogando tênis."

"Já estava marcado."

Eles não sabem o que mais fazer com seus corpos, exceto o óbvio, que é impraticável no momento. Então Wallace beija o rosto de Miller, o que faz Miller enrubescer.

"Vou indo."

"O.k."

Enquanto desce as escadas, Wallace olha para cima e vê Miller o observando. Ele pensa novamente nos pássaros, na questão da amplitude, em como tudo abaixo, todo o grande e imponente mundo, parece achatado e menor. Deve ser como Miller o vê do alto, com a distorção da distância e da luz que entra pela claraboia no topo do átrio, como ele deve vê-lo, metade na sombra, metade na luz. Olhando para cima, vê a estatura de Miller reduzida, ilusão do ângulo. Ele levanta a mão, acena. Wallace acena de volta.

"Me liga mais tarde", diz Miller.

"O.k." A resposta para a pergunta de antes, aquela que ele se fez quando saiu e deixou Miller na cozinha — se suportaria a possibilidade de que a noite passada fosse exatamente o que ele estava precisando —, é não. Ele tem certeza disso agora enquanto desce os degraus e sente Miller ficando cada vez mais distante acima dele. Chegará o momento em que ele passará diretamente abaixo da linha de visão de Miller, quando estarão o mais próximo possível, e, para alguém olhando ainda de mais acima, eles parecerão idênticos, um sobre o outro.

Mas há uma diferença entre entrar em alguém, estar em alguém e estar com essa pessoa. Há uma impossibilidade na ideia de existir simultaneamente em uma pessoa e ao lado dessa pessoa, no fato de que, quando você se aproxima o suficiente de alguém, vocês deixam de ser entidades diferentes e se tornam uma superfície única, brilhando ao sol.

"Estou falando sério", diz Miller, com a voz clara. "Não deixa de ligar ou mandar mensagem."

"Pode deixar, obrigado, papai", ele responde, andando de costas, dando risada.

"Não me chame assim."

"Claro, papai."

"Wallace."

"Tchau."

"Tchau."

Suas vozes são ecos gêmeos que se separam até que haja apenas silêncio, ou que se chocam até que sua energia se dissipe e sejam reduzidos à quietude. De todo modo, Wallace se foi e Miller se foi, e o átrio está parado e quente.

As máquinas agitadoras batem, batem, batem.

3

WALLACE, DE INÍCIO, FICA SURPRESO ao se dar conta de que as quadras estão desertas, mas então se lembra do jogo no estádio, uma estrutura quase imperceptível desta distância, uma protuberância branca e macia, como as costas de uma baleia. Música, repetitiva e vazia, pulsa no ar, e Wallace sabe que em breve as ruas estarão cheias de bêbados vestidos de listras vermelhas e brancas, vagando de um lado para o outro. Eles invadirão o campus e o centro da cidade como uma onda vermelha, e suas vozes encherão o ar, como gritos vindos de um navio que naufraga. É a pior parte do fim de semana. Como tudo e todos tornam-se permeáveis. Basta um olhar para fazer alguém começar uma conversa ou coisa pior.

No fim de semana passado, Wallace estava na fila da loja da esquina, atrás de um grupo de garotos bronzeados com cheiro de cerveja e suor. Os garotos usavam óculos escuros e de vez em quando um deles passava a mão por dentro do calção. Ocasionalmente, Wallace via pedaços de quadril, penugens douradas de pelos pubianos, sombras de volumes entre as pernas. Um deles virou-se para Wallace, levantou os óculos escuros apenas o suficiente para que Wallace visse seus olhos injetados e disse: "Mano, o que você está fazendo aqui? A gente disse para você esperar". Wallace piscou para o rapaz, sem saber o que dizer ou o que fazer, mas o garoto o ficou encarando com um ar de irritação cômica, como se fosse Wallace quem tivesse cometido o engano. Os amigos do garoto colocaram os braços em volta de seu pescoço e o puxaram, enquanto ele gritava para Wallace: "Não, não, a gente não pode deixar ele aqui. Ele tem o contato. Você não tem o contato, mano?" E todo mundo na loja se virou para olhar para Wallace, que só estava lá para comprar sabonete e desodorante, que poderia com certeza ter escolhido hora e dia melhores, mas tinha escolhido aquele momento e, por isso, de alguma forma, ficara marcado. Era assim que acontecia.

O calor não diminuiu. Wallace senta-se num banco. Tira a raquete da capa amarela. As quadras são azuis, com nítidas linhas brancas, feitas de borracha reciclada, cimento ou alguma substância semelhante. São as quadras mais lentas em que ele já jogou, exceto as de saibro verde molhado, onde aprendeu a jogar com os amigos da graduação nos fins de semana.

Há uma fileira de árvores cheias de corvos que gritam uns para os outros. Wallace vai para a superfície quente da quadra e começa a se alongar, primeiro as pernas e logo as costas, flexionando-se para um lado e para o outro, tentando distensionar, liberar. Respira fundo, tentando esquecer Dana. Ele a imagina em um barco que navega cada vez mais para longe. O calor da quadra queima a parte interior de sua coxa, mas é uma dor gostosa, que se espalha como água sobre uma camisa. O nó na sua coluna se desfaz. Seus ossos estalam. Ele se estica para a frente o máximo que pode, e sua barriga pressiona a parte de cima de suas coxas. Ele não tem físico de jogador de tênis. Não é longilíneo como Cole. Na melhor das hipóteses, pode ser considerado gordinho, na pior, gordo. Esse é o exercício mais pesado que ele faz durante toda a semana.

Ele pensa sempre nos garotos que vê remando no lago, com movimentos de eficiência perfeita enquanto se deslocam pela plácida superfície da água prateada. Ele os vê com frequência quando está caminhando por aí, consegue ouvir seus gritos através das árvores; às vezes, ele fica parado na borda de uma rocha escorregadia, maravilhado pela velocidade, pelos braços brilhantes, pelos músculos se flexionando em perfeito uníssono.

Cole vem correndo ao longo da cerca. Respira com dificuldade.

"Desculpa, desculpa, desculpa", diz ele. E se inclina, apertando a lateral do corpo. "Nossa, está um forno aqui."

"Sim, de fato", diz Wallace. "Mas tudo bem, eu não tenho nada para fazer mesmo." Ele se deita na quadra e puxa a coxa na direção do peito, segura-a até sentir uma dorzinha no músculo.

Cole joga a bolsa no banco e se junta a Wallace para se alongar no chão. Parece um pouco agitado enquanto estica as pernas longas e pálidas, que já começam a ficar vermelhas de sol. Seus olhos evitam os de Wallace. O concreto áspero arranha a nuca de Wallace.

"Você está bem?"

"Ótimo. Sim. Não. Sim."

"Ah... Tá bom."

"Não é nada", diz Cole, sentando-se. "É que... Porra. Sei lá."

"O.k.", diz Wallace. Lentamente, ele se senta também. Cole volta a se deitar.

"Você está naquele aplicativo?"

"Qual aplicativo?"

"Você sabe qual." Cole enrubesce ao falar, olhando longe para as árvores e para a calçada longa e sinuosa que desce até o lago.

"O gay, você quer dizer?"

"Esse mesmo. Isso."

"Ah, sim, às vezes." Wallace deletara o aplicativo algumas semanas atrás, mas isso lhe parece um detalhe. Cole sempre fez questão de dizer que não está no aplicativo e que agradece por ter encontrado Vincent antes do advento dessa tecnologia. Geolocalização, como encontrar os gays mais próximos para trepar ou o que quer que seja. Wallace sempre se conteve para não dizer que Cole se daria bem no aplicativo. Ele é alto e convencionalmente bonito. É divertido, espirituoso e gentil. Além disso, é branco, o que nunca é uma desvantagem com os gays. Mas Wallace não diz nada, porque dizê-lo seria deturpar a visão de Cole de que o homem gay mediano é superficial e meio burro — eles são superficiais e meio burros, mas não mais do que qualquer outro grupo. Wallace só deletou o aplicativo porque cansou de confrontar a própria invisibilidade, de acumular silêncio em sua caixa de entrada. Não que ele estivesse buscando algo, mas queria ser olhado como os outros, queria ser visto.

"Eu vi Vincent lá ontem à noite."

"Ah, é? E o que você estava fazendo lá?"

"Eu suspeitei que ele estivesse lá. Então criei um perfil falso."

"Isso não é meio...?"

"Eu sei, eu sei, mas eu tinha que ver se ele estava lá. E ele estava. Dá para acreditar?"

"Vocês já falaram sobre isso?"

"Não. Sim. Quer dizer... A gente combinou que iria pensar a respeito, sabe? Abrir a relação. Eu não entendo por que não sou o suficiente."

"Talvez você seja", diz Wallace. "Não se trata de ser o suficiente ou não. Talvez ele só... queira algo diferente. Sei lá."

"Mas por que ele iria fazer isso escondido?"

"Sei lá."

"É isso o que me mata, Wallace. Que ele tenha feito escondido."

"Ele chegou a fazer alguma coisa?"

"Não que eu saiba. Porra. Sei lá. A gente devia estar pensando em adotar um cachorro, sabe? A gente devia estar pensando em se casar. Em se acomodar. E agora ele quer abrir a relação."

Wallace solta um lento suspiro. Bate com a mão no ombro de Cole.

"Vem", ele diz. "Vamos bater uma bolinha."

Wallace e Cole jogam tênis juntos desde o primeiro ano da pós-graduação. São uma dupla equilibrada: o backhand de Wallace é aceitável e natural, com uma mão só, e o forehand de Cole é suave e tranquilo. Wallace bate de direita com efeito e o backhand de Cole se desestabiliza, quase não dá conta. Quando eles jogam, a diferença de pontos é pequena para um ou para o outro, mas Cole, em geral, ganha, porque seu serviço é mais consistente e, quando ele precisa, pode sacar fora do alcance de Wallace, fazendo-o correr de um lado para o outro. Eles já se enfrentaram muitas vezes — tantas, na verdade, que cada um sabe o que o outro vai fazer antes mesmo de a bola quicar no seu lado da quadra. Por exemplo, Wallace sabe que se acertar seu segundo saque na direita de Cole, provocando-o, Cole vai rebater e, provavelmente, devolver a bola para fora. Cole sabe que essa é a tática, mas sempre acha que, desta vez, vai conseguir acertar a quadra.

Começam na rede, apenas alguns voleios para acostumar o corpo a correr atrás da bola no sol. Eles mandam a bola de um lado para o outro da rede, tranquilos, com controle. Wallace prefere seu voleio de direita e então faz tudo para bater na bola desse lado. Ele consegue mandar a bola para qualquer lado do corpo de Cole, aquecendo os dois lados. Cole é menos hábil nessa parte.

Prefere as batidas longas, do fundo da quadra. Mas o jogo na rede permite que conversem mais um pouco. Os olhos de Cole têm as bordas vermelhas, e sua voz está rouca e obscura com a umidade.

"Me diz, você abriria a relação, se tivesse um parceiro?"

"Sei lá, Cole. Acho que esse tipo de coisa depende."

"Eu não acho. Acho que algumas pessoas querem isso e outras não, e você pode passar a querer isso se achar que algo deu errado. Que porra que deu errado?"

"Você não disse que tinham conversado sobre isso?"

"Nós conversamos."

"Ele disse por que queria?"

"Ele disse que estava cansado de ficar esperando por mim nos fins de semana e à noite e nos feriados, que eu só conseguia pensar em bactérias, desenvolvimento de medicamentos e no meu próximo artigo. Ele também disse que queria algo — mais intimidade. Nós somos íntimos pra caralho."

"É bastante coisa", diz Wallace. "Quer dizer, é muita coisa para absorver."

"É, e aí ele diz: 'Eu gostaria de abrir a relação. Eu queria discutir isso com você'. Você sabe como ele é, com aquele tom de voz neutro. Aquela voz de psiquiatra que ele herdou da mãe."

"Eu não sabia que a mãe dele era psiquiatra."

"Ela não é. Ela é psicóloga de ensino médio. O pai é que é psiquiatra."

"Ah", Wallace diz. A bola vem mais rápido, então ele se afasta um passo da rede. Cole está jogando lindamente hoje, forte e firme. Wallace tem dificuldade para acompanhar. A raquete treme um pouco em sua mão. Ele segura o cabo um pouco mais para cima, flexiona os dedos.

"É verdade. Faz algum tempo que as coisas deixaram de ser maravilhosas ou perfeitas. Mas eu não sabia que estavam tão mal." Cole balança a cabeça com desgosto e acerta a bola na base da rede.

"Sabe", diz Wallace, sem ter ideia de onde aquilo o levaria, só sabendo que a expressão no rosto de Cole lhe dava uma pontada no estômago, "acho que provavelmente é um bom sinal que ele tenha expressado, hum, uma vontade? Uma necessidade? Provavelmente é bom que ele tenha dito algo."

"Mas, quando eu disse não, ele deu as costas e entrou em um aplicativo de relacionamento? Para que conversar, se você não escuta?"

"Sim, você está certo, sim. Mas será que ele não fez isso porque *ele* não se sentiu ouvido?"

Cole tira os olhos da rede e seu olhar é frio. Sua boca é um rasgo severo.

"Então a culpa é minha?"

"Não, Cole, não foi isso que eu quis dizer."

"Porque isso seria uma coisa bem escrota de se dizer, Wallace."

Wallace tenta encontrar alguma gota de calma, algum grão de paz interior. Ele suspira. Seu suor arde nos limites da visão.

"Cole, o que estou dizendo é que Vincent também é uma pessoa. E você não é o único na relação que tem sentimentos."

"Não estou preparado para concordar com ele!"

"Eu não estou pedindo para você concordar com ele, ou para perdoá-lo, ou nada disso. Só estou dizendo que vocês talvez ainda estejam bem. Talvez tudo isso signifique que vocês estão bem." Wallace está tentando dar um sorriso por entre a tensão de sua mandíbula e de seu pescoço. Se conseguir, então talvez seja verdade que eles estão bem, que ficarão bem. Se conseguir dar um sorriso, então pode ser que ele acredite e, então, que Cole acredite. É tudo o que quer, afinal. Isso é tudo que importa agora, ele se dá conta. Os sentimentos de Cole.

"Sei lá."

Eles voltam para o fundo da quadra, e Cole começa mandando a bola com força para a área de saque de Wallace. Ela quica firme e alto, e Wallace consegue devolvê-la com bom giro e profundidade. A bola traça uma forma agradável, um arco que a coloca diante da área de saque de Cole. É fácil bater bola desse jeito, colocando força suficiente apenas para que ela cruze a rede, mas sem muita força, para não interromper o aquecimento. Os melhores jogadores do mundo conseguem fazer isso por horas sem errar. Cole costuma mandar a bola na rede ou para fora, e Wallace tem que correr para salvá-la, pegando-a no ar e mandando-a de volta, com tranquilidade.

Ele está surpreso que haja tantos problemas na relação de Vincent e Cole. Eles estão juntos já faz sete anos. Quando Wallace conheceu Cole, eles tinham se sentado um ao lado do outro no mesmo tronco de árvore durante uma fogueira de boas-vindas. O calor esquentava suas coxas e seus rostos, e Cole lhe dizia o quanto amava tênis. Não houve menção a namorado ou ao fato de Cole ser gay, mas alguma coisa na maneira como os olhos deles se encontraram, na maneira como Cole estendeu o braço e colocou a mão no joelho de Wallace, na insistência daqueles dedos pressionando a superfície de sua pele, tinha dado esperança a Wallace.

Aquele primeiro ano foi todo um flerte elaborado. Ele e Cole faziam tudo juntos. Jantavam, almoçavam, jogavam tênis. Conversavam baixinho na van de Cole depois de terem sido surpreendidos pela chuva, com frio e ensopados. Houve um momento, uma zona cinzenta, em que se olharam e viram a possibilidade de algo. Cole se inclinou em direção a ele, por cima do console entre os bancos, cheirando a suor e chuva, seu lábio inferior macio e vermelho, e Wallace se virou na direção dele por instinto, dois corpos em movimento. Mas algo os deteve. Alguma força os paralisou logo antes do contato, e Wallace saiu na chuva. Ele não ouviu se Cole o chamou, e talvez tenha sido melhor assim.

Alguns meses depois, no fim daquele primeiro verão, no início do segundo ano, ele estava voltando do supermercado, com as mãos carregadas de compras, pensando em ligar para Cole e consertar a situação, quando viu um grupo de amigos caminhando na direção oposta. Acenou com as mãos carregadas, e eles acenaram e vieram até ele. Cole e Emma e Yngve, e Vincent, que na época era desconhecido para ele.

"Oi", disse Wallace.

"E aí", todos disseram, um a um. Então Vincent se aproximou, estendeu a mão e disse: "Oi, eu sou o Vincent, namorado do Cole". E Cole olhou para o lado, envergonhado.

O relacionamento deles sempre parecera bem estável para Wallace. Eles são sempre tão equilibrados — exceto, talvez, por aquela última noite, quando Vincent parecia, sim, um pouco alterado. Será que ele tinha ido atrás de uma trepada? Será que tinha procurado algo naquela noite? Há um lugar para pegação perto do lago, uma colina inclinada coberta de arbustos. À noite, você só precisa penetrar pela escuridão da trilha de corrida sem iluminação. Você vai andando pelo chão macio até topar com algo duro e firme, outro homem por lá querendo algo no escuro.

A bola sai pela linha lateral, Wallace emenda e a manda cruzada na direita de Cole. Cole deveria devolver cruzado, mais para o centro da quadra, mas não vai fazer isso. Wallace pode notar pela movimentação dele, levando a raquete um pouco para trás e um pouco para baixo. Ele quer acertar bem na paralela, sem defesa. Como esperado, Cole se ajeita, rebate a bola de frente e a manda rasante sobre a rede, para a lateral de duplas, fora.

Se tem uma coisa que ele não acha graça em Cole é a natureza errática de seu tênis, como até no aquecimento, mais ou menos como faz no dia a dia, ele só pensa em si mesmo. O objetivo do aquecimento é só movimentar o corpo, treinar os golpes para o set ou a partida. Não é fazer jogadas indefensáveis. Não é se exibir. Wallace não se incomodaria em bater com a direita mil vezes em um aquecimento. É chato, mas ele gosta disso, da regularidade. Ele odeia não pegar uma bola.

"Você acha que vai querer jogar um set?", Cole pergunta da rede.

"Claro. Podemos."

"Ótimo. Posso começar sacando?"

"Perfeito."

Wallace manda a bola para Cole e se posiciona na linha de fundo para receber. Cole está quicando a bola, mirando a área de saque do outro lado. A bolinha sobe lentamente de sua mão e ele estica o braço para o saque. Erra feio e acerta o alambrado, que chacoalha. Tenta de novo. Outro erro, desta vez direto na sua própria quadra. Wallace estala a língua no céu da boca, mas sabe que enquanto Cole continuar sacando, essa mesma aleatoriedade vai dificultar a antecipação da jogada e a rebatida.

Cole enxuga o suor da testa mostrando frustração, revira os ombros em duas voltas completas. Então joga a bola para cima e, desta vez, acerta em cheio. A bolinha atinge o canto da área de saque de Wallace, sem efeito nem nada, mas baixa e rápida. Wallace a rebate com a direita e ela flutua de volta na quadra de Cole, que acerta uma de suas bolas vencedoras.

No saque seguinte, Wallace devolve com uma bela batida, mandando a bola perto da linha e longe de Cole. De muitas maneiras, a geometria do tênis é simples. Você quer acertar onde seu adversário não está, mas, para abrir um espaço em que ele não esteja, às vezes tem que acertar onde ele está. Você quer enganá-lo. Mas, como ele e Cole conhecem o jogo um do outro tão bem, a vitória está sempre nos detalhes, nas pequenas reviravoltas do jogo. Uma bola vencedora aqui, um erro acolá, um ace, uma rebatida indefensável. Cole consegue manter o saque depois de salvar dois break points. Eles mudam de lado.

Wallace leva duas bolas para sacar. Seu braço está quase no ponto. Sente uma dorzinha no ombro, a dor de lembrar, recordar, redefinir a forma. Seu saque é conservador. Ele dá efeito, em vez de bater com força. É um mestre dos ângulos, colocando bastante efeito na bolinha ou mirando no corpo do adversário. No primeiro saque, percebe Cole indo para o outro lado, mas manda para fora. No segundo, comete dupla falta. E, então, consegue forçar erros do adversário e acaba fechando o game. Cada um deles garante o serviço depois disso, a pontuação no set aumentando, empate a empate. Há uma tensão natural em um quarenta a quarenta, Cole fechando a defesa no fundo da quadra, buscando as bolas no canto, subindo à rede, pronto para responder a qualquer deixada mais curta, até que, como num passe de mágica, Wallace consegue acertar uma cruzada vencedora, num ângulo traiçoeiro.

Depois, eles sentam no banco, lado a lado, suando em bicas. Wallace suga água morna de sua garrafa e Cole mastiga uma banana.

"Você vai no jantar hoje à noite?", Cole pergunta.

"Que jantar?"

"Ah. Será que a gente não te falou? Provavelmente porque você foi embora mais cedo ontem. A gente vai fazer um jantarzinho na casa dos meninos."

"Jantarzinho" geralmente significa uma festa em que todos ficam lá comendo uma variedade de vegetais assados, mergulhados em molhos escuros. "Jantarzinho" também pode ser sinônimo de ficar num canto olhando a rua pela janela.

"Acho que não", ele diz.

"Por favor, vem. Sobretudo depois dessa merda com Vincent, eu preciso de alguém que esteja do meu lado."

"Quem não está do seu lado?"

"Não. Eu só... Ninguém mais sabe, a não ser o Roman, e eu acho que foi ele quem fez Vincent pensar em abrir a relação."

Roman é o estudante francês atraente que está um ano à frente deles, que também é gay e também tem um relacionamento aberto, com um alemão igualmente atraente chamado Klaus. Roman sempre foi mais próximo de Cole e Vincent do que jamais fora de Wallace, por razões que são perfeitamente claras para Wallace, mas que Cole finge não entender.

"Então você quer uma guerra civil gay no jantar. Tudo bem."

"Não, sem guerra civil gay. Sem guerras."

"Eu não sei, Cole." O suor arde em seus olhos. Ele se sente agradavelmente dolorido e animado pelo set. O placar está empatado. Talvez ele finalmente tenha a chance de ganhar um set de Cole.

"O.k., mas, por favor, vem. Além disso, você vai poder rir do Yngve tentando juntar o Miller com uma garota do grupo de escalada."

O nome de Miller permanece em sua mente como um trem parado.

"O quê?"

"Eu esqueci o nome dela, mas Yngve diz que ela é legal. Então acho que vai dar para rir um pouco."

Wallace enxuga o suor do rosto com a toalha, mas a segura contra o rosto por longos momentos. Está tentando retomar o fôlego, mas é quase impossível, porque a toalha não deixa passar nenhum fluxo de ar.

"Ah", ele diz, abafado. A mágoa o surpreende mais do que qualquer outra coisa.

"Você está com cara de que alguém matou o seu cachorro", diz Cole.

"Eu não tenho cachorro", diz Wallace. Enxuga as mãos e pega a raquete. "Vamos lá."

Cole deixa a casca da banana cair na lata de lixo ao lado do banco e também pega sua raquete. A luz do sol e o calor batem neles, pressionando seus corpos. Wallace pode senti-los na pele, como água com gás. Ele fica mais escuro, como na infância, quando trabalhava com os avós no jardim, sua pele passava de marrom a vermelho-argila. Terra e argila.

Wallace está parado na linha de fundo preparando-se para sacar. Cole prepara-se para receber, joelhos flexionados, peso contra o chão. Wallace sente uma dor na palma da mão. A raquete parece dura e incômoda quando bate na bola. A vibração machuca seu pulso. Miller e a garota do grupo de escalada sentados lado a lado no jantar. Rindo. Comendo vegetais assados. Conversando sobre o quê, Wallace se pergunta. Sobre as coisas que as pessoas conversam quando o mundo pensa que elas são feitas uma para a outra. Quem sabe quais as afinidades que se engendram entre essas pessoas? O quão fácil deve ser. Ele não está chocado por não ter sido convidado. Não está nem mesmo particularmente ofendido por isso. Mas agora está na difícil situação de ter que justificar sua ausência ou explicar a Miller sua presença. Ele já está quicando a bola tempo demais, dá para ver que Cole está ficando ansioso do outro lado. Bem feito para ele.

Wallace saca com efeito no meio, mandando a bola para longe de Cole, que avançava para o lado oposto. Cole olha para trás de si mesmo, um pouco chocado com a velocidade da bola, a força de seu giro. O saque seguinte vai direto em cima dele. Raspa em seu corpo. Wallace range os dentes enquanto volta para a linha de fundo. Outra bola com efeito, agora pela direita, para uma resposta fraca de Cole. Wallace está sempre um passo à frente, emendando as bolas na subida, acertando-as com todo o peso de sua raiva. Ele avançou um pouco no placar, mas no momento não parece estar ganhando nada. Tampouco parece que esgotou sua necessidade de fazer o mal, de desabafar sua frustração e sua fúria.

"Então, o que você vai fazer a respeito do Vincent?", ele pergunta, enquanto estão trocando de lado. Cole engasga um pouco.

"Ah, sei lá. Eu não posso levantar o assunto, certo? Aí ele vai saber que eu também estava no aplicativo, mas eu só estava lá para procurá-lo. Isso tudo parece tão estúpido."

"É", diz Wallace. "Mas você não pode não dizer nada. Você tem que deixar registrado."

Cole fica em silêncio, bate a raquete contra a rede, fazendo sua sombra tremular na superfície da quadra, como uma rede arrastando o mar azul. Wallace continua: "A menos que você não ache que vale a pena".

"Não, eu acho. É só que... estou mais magoado do que qualquer outra coisa, sabe? Estou magoado porque ele mentiu. Estou magoado que ele esteja fazendo isso escondido de mim."

"Você considera a possibilidade de um dia abrir a relação?"

"Não sei, Wallace", diz ele com firmeza.

"Quer dizer, você sabe, no caso de você não reduzir a carga de trabalho, ou algo assim, no curto prazo."

Agora Cole está batendo forte na rede, que estremece com a força dos golpes. Seu rosto está crispado de frustração. Ah, pensa Wallace. Ah, não. O que foi que ele acabou fazendo?

"Desculpa. Não é da minha conta", diz. "Não queria me intrometer."

"Não, você tocou num ponto importante. É só que eu não sei o que fazer."

"Se ele não estiver traindo, se só estiver olhando..."

"Olhar já é trair, Wallace." A voz de Cole é incisiva, quente, como ao se encostar a mão em uma faca deixada ao sol. A raiva em seus olhos é profunda e cintilante. Wallace engole em seco.

"Bem, então pelo visto você vai ter que falar com ele."

"Não tenho ideia de como fazer isso", diz Cole, com os ombros caídos. "Não sei nem como começar. Porra."

Eles encerram o jogo. Cole despenca no banco e coloca o rosto entre as mãos. Não está chorando, mas respira com dificuldade. Wallace senta na ponta do banco e põe a mão em seu ombro. Ele está encharcado de suor e com calor. É como aquela vez no primeiro ano, na van, na chuva, e Wallace sente a pontinha daquela dor distante surgindo nele.

"Vai ficar tudo bem."

"Não sei, não."

"Vai, sim. Tem que ficar", diz Wallace, sentindo não uma onda de confiança, mas de desespero ao ver o amigo ter que passar por aquilo. "As pessoas fazem isso. Elas brigam. Elas fazem coisas escondido. Elas discutem. Isso significa que o que vocês têm é algo de que vale a pena cuidar."

Os olhos de Cole estão úmidos quando ele olha para cima, levantando o rosto das mãos. Suas bochechas estão molhadas, suor ou lágrimas, Wallace não tem certeza. Seus lábios se abrem um pouco, e um som baixo e triste sai de dentro dele.

"Ei", Wallace diz. "Ei."

"Não, você está certo. Eu tenho que me comportar como gente grande, algo assim. Caramba, que calor aqui fora."

"É", diz Wallace. "A gente pode ir até o lago, se você quiser."

Cole pondera, olha para as quadras vazias. Dá para ouvir o ronco do estádio. Um carro passa rápido por eles. Os corvos voltam a grasnar nas árvores. A sombra projetada através da cerca é irregular e coalhada de pequenos pontos de luz, como quando alguém olha para o céu através de uma rede. Uma única gota de suor escorrega pela curva da orelha de Cole. Wallace fica tentado a pegá-la com a ponta do dedo, a dizer, faz um desejo, mas isso não funciona com água. Não existem desejos a serem realizados na água salgada, não há nenhuma mágica ali, exceto, em alguns casos, o modo como ela se transforma em estrelas quando espalhada, como da ponta de um dedo por um sopro.

"O.k. Eu gostaria. O.k." Eles se levantam do banco com os músculos duros e as articulações doloridas. Seus corpos esfriaram e enrijeceram. Eles tinham corrido de um lado para o outro sob o sol por pouco mais de uma hora, e, tendo parado de repente, conseguem sentir o sangue esfriando em lugares inusitados. O mundo parece um pouco confuso e promissor quando eles cruzam a cerca pelo portão e caminham pela grama fresca. Sentem o espetar nas canelas e caminham tão próximo um do outro que seus cotovelos se chocam em um golpe cheio. Vão andando pela sombra das árvores, o grasnado dos corvos desaparecendo. À frente, o mundo se estreita, escurece. A calçada se transforma em cascalho azul e depois em terra amarela. O ar torna-se imediatamente mais fresco quando eles chegam à sombra na esquina da casa de barcos.

O lago é uma imensidão que cintila à frente deles, que vai até a península e além, até a outra margem.

Eles conseguem distinguir a forma de alguns barcos ao longe, apagados na distância. Atrás deles, as portas da casa de barcos estão abertas; homens musculosos esfregam panos e esponjas nos barcos a remo, polindo cascos, raspando a lama do lago. Música com ritmo animado na rádio. O ar ferve com a umidade, assim tão perto da água.

Cole e Wallace viram à esquerda, na direção oposta à da casa de Wallace. Através do emaranhado de árvores e arbustos consegue-se, intermitentemente, entrever o lago. Seus tênis deslizam, se arrastam. Às vezes passa um ciclista, um borrão branco, vermelho ou azul. Cole, pelo menos durante alguns passos, coloca a cabeça no ombro de Wallace. Wallace passa o braço pelas suas costas. Quaisquer palavras que Wallace possa ter para Cole neste momento parecem inadequadas para a tarefa de aliviá-lo, de resolver o problema por ele. Ele disse tudo o que dava para dizer. Sente-se um merda por ter cutucado a ferida, conduzido o amigo até aqui. Sente o corpo quente de Cole contra o seu, melado de suor, mas como o suor está secando, formando uma espécie de casca, fica um pouco mais fácil segurá-lo à medida que caminham.

"Eu não sabia que seria assim", diz Cole. "Não tinha ideia de que seria tão difícil."

"Como o quê?"

"Quando me mudei para cá. Eu ficava sozinho o tempo todo. Vincent ainda estava na Ole Miss. E eu preso aqui, totalmente sozinho. Sentia tanto a falta dele que pensei que fosse morrer. Achei que seria mais fácil quando estivéssemos na mesma universidade. Achei que iria resolver as coisas."

"Não resolveu?"

"Não", diz Cole, e estende o braço para limpar o nariz com o pulso. "Não, não resolveu. Quer dizer, por um tempo resolveu. Foi ótimo estar com ele de novo, aqui. Mas sei lá. Não é a mesma coisa."

"Você não é mais o mesmo", diz Wallace.

"O que você quer dizer?"

"Que a gente muda, só isso. Estamos sempre mudando."

"Pode ser", diz Cole.

Agora há menos árvores, e ali do lado direito tem uma área de mato amarelo inundada com água escura. Há também um canal estreito que corre para o lago, mas trata-se de um pequeno pântano. Garças se movem entre as gramíneas, e grandes gansos cinzentos tomam sol nas margens. A madeira antiga escura fura a água como um dente, ou como a garra de algum grande animal subaquático. Gaivotas cinzentas circulam acima, e Cole se inclina para trás para vê-las, protegendo os olhos.

"Se estiver sendo difícil, sabe, talvez isso também queira dizer algo."

"É que a gente investiu tanto tempo nisso. Investimos tanto amor e sangue nisso. E aí chega o Roman e manda tudo para o inferno."

"Como foi que ele se envolveu, afinal?"

"Você sabe como é. Vincent convidou ele e o Klaus para jantar. Acabamos falando sobre relacionamentos, monogamia, ser queer, o que é ridículo pra caralho. Somos gays, não queer."

Que Cole volte a falar sobre o quão normal ele e Vincent são — como eles são gays convencionais — não chega a ser chocante. Esse é um tema recorrente para ele. Cole se ressente de Roman, Wallace sabe, porque Roman não apenas é francês e bonito, mas também possui um tipo de carisma que engana e que consegue fazer que até mesmo garotos do Mississippi, criados a hóstia e Espírito Santo, queiram um relacionamento aberto. Eles não se distanciaram tanto de Sodoma e Gomorra, aos olhos da opinião pública, por causa de sua normalidade, de sua adesão aos valores tradicionais? Cole não vê como retroceder no tempo, como abraçar o hedonismo, poderia levá-los a algum lugar.

Para Wallace não faz diferença. As pessoas fazem o que querem até quando não deveriam, mesmo quando sabem disso. A compulsão de ter tudo, tudo e um pouco mais, é natural, a necessidade de se expandir; esse desejo cederá, ele acha.

Cole não nota o silêncio de Wallace. A superfície da água ondula com a passagem de pássaros voando baixo, caçando insetos. Ele pega uma pedra e a atira na vegetação amarela. Uma dúzia ou mais de pássaros explodem no ar, com asas cinzentas e marrons, corpos disparando como flechas. Cole solta um gemido de frustração.

"Aí a gente está tomando um café depois do jantar", Cole prossegue, "e Roman se vira para Vincent e diz: 'Sabe, não tem nada melhor do que trepar com alguém enquanto meu namorado assiste'." O sotaque francês de Cole é horrível, ofensivo e hilário. Wallace tenta não rir. Quase não consegue segurar. "Você acredita nisso? Dá para acreditar que aquele viado de merda disse isso pro meu namorado? Na minha cara. Ele disse isso."

"Eu me pergunto se isso é verdade", diz Wallace. "Eu me pergunto se ele realmente sente isso."

"Não vou deixar ninguém trepar com o meu namorado na minha frente. Aliás, não deixo ninguém trepar com o meu namorado. A não ser eu."

Wallace morde a ponta da língua, já tão ferida hoje. E engole a seco o que quer dizer: que uma pessoa não pertence a você só porque vocês têm um relacionamento, só porque você a ama. Que as pessoas são pessoas e pertencem apenas a si mesmas, ou pelo menos deveriam. Miller pode fazer o que ele quiser, com quem ele quiser, é o pensamento que atravessa Wallace. Ele tem um coração ciumento. O amor é uma coisa egoísta.

"O que Vincent acha?"

"Bem, depois que aquele filho da puta foi embora nós conversamos sobre o assunto. A gente estava lavando os pratos, e ele se virou para mim e disse: 'Meu bem, o que você achou do que o Roman falou?' Eu não entendi, Wallace. Eu não entendi porra nenhuma."

"Mas o que é que Vincent quer?"

"Então eu disse, 'Eu não sou muito fã'. Vincent ficou com uma cara. É só que... Você devia ter visto, Wallace. Parecia que ele tinha perdido o ônibus ou o trem, algo do tipo. Parecia que estava do outro lado do lago tentando entender se o barco voltaria para pegá-lo." A expressão no rosto de Cole é triste, mas raivosa. Ele está recordando, voltando àquela noite em seu apartamento. "E eu sabia que ele ia fazer alguma coisa a respeito. Entrar naquele aplicativo, procurar algo."

"Mas o que ele disse?"

Cole lambe o sal sobre os lábios. Olha para trás, para a água, para o mato que se move, suspirando ao vento.

"Ele disse: 'Mas você não quer descobrir?'"

"Descobrir o quê?"

"Foi isso", Cole diz, rindo. "Foi isso. Foi o que ele disse. 'Mas você não quer descobrir?' Que porra a gente perde por estarmos juntos, Wallace? Você pode me dizer isso? O que é que estamos perdendo?"

Wallace agacha e senta na grama ao lado da trilha. Seu corpo está zumbindo. Cole senta a seu lado, e em seguida se deita e cobre o rosto com o braço. O mundo, em toda a sua vastidão, está quieto e tranquilo. Até os pássaros param suspensos em seus galhos. Um grilo rasteja até a ponta de um mato amarelo e solta vários gritos longos. Em seguida, é engolido por uma garça. Wallace observa os olhos enormes daquele pássaro, que dobra o longo pescoço para baixo, para ver o inseto no mato. Para o inseto, aquele olho deve parecer muito grande, inacreditavelmente grande. E aquele olho deve ver o inseto como tão mínimo, desprezível, e ainda assim é capaz de discernir toda a sua arquitetura. A garça bate com o bico na folha, levando o grilo em seu corpo.

Cole suspira. "Eu só quero que as coisas voltem a ser como eram. Como quando estávamos na Ole Miss, fazendo planos. Isso nunca esteve em nossos planos. A gente sempre só quis um ao outro."

"Os planos mudam. Isso não quer dizer que eram ruins ou que não deram certo. Isso só quer dizer... que vocês querem outra coisa."

"Mas eu não quero outra coisa. Eu não quero outra pessoa. Eu quero o Vincent." Cole soa infantil. Wallace está torcendo uma folha verde da grama, fazendo um pequeno buraco no chão. A voz de Cole está cortada. O ar está mais fresco perto da água, mas o calor do dia ainda não cedeu, ainda está presente, transparente na pele deles.

"Eu sei, Cole. Mas não é que você o tenha perdido. Vocês ainda estão juntos. Vocês ainda podem melhorar as coisas."

"Mas e se ele não me quiser mais? E se tiver encontrado outra coisa?"

"Não começa a procurar sarna pra se coçar", diz Wallace, chocado com suas palavras, porque elas não são dele, mas de sua avó. Consegue ouvi-la na mesa da cozinha, batendo a massa para o pão de milho, cantarolando sozinha. Por um instante, ele se sente tonto, mareado pela memória.

"Mas parece que eu não faço outra coisa. Estou sempre procurando sarna."

"Isso não é verdade", diz Wallace, enquanto joga as folhas de grama na barriga de Cole. "Você tem um namorado. Isso é mais do que muitos têm."

"Meu namorado está procurando um namorado."

"Você não tem certeza disso. Você não perguntou a ele."

"Para que é que você entra lá, no aplicativo?"

"Para matar o tempo, sobretudo. Às vezes, por curiosidade."

"Você já se encontrou com alguém de lá?" Cole tira o braço do rosto para olhar para Wallace, e Wallace balança a cabeça. Essa é a verdade. Ele nunca se encontrou com nenhuma pessoa do aplicativo.

"Ninguém se interessa pela mercadoria", diz ele.

"Isso não é verdade."

"Ah, então não se esqueça de me mandar o endereço dos interessados."

"De verdade. Você é bonito. Você é inteligente. Você é gentil."

"Sou gordo", diz Wallace. "Na melhor das hipóteses, em um bom dia, fico na média."

"Você não é gordo."

"Não, *você* não é gordo." Wallace bate com a mão na barriga reta de Cole, que é mais mole do que ele pensava. Ele deixa sua mão ali, assustado. Cole não a retira.

"Eu considerei isso", disse Cole. "No primeiro ano. Eu considerei. Acho que você sabe."

"Deixe isso em paz", diz Wallace, mais palavras de sua avó.

"Se eu soubesse..."

"Teria sido um equívoco, de qualquer maneira."

"Eu ainda penso naquilo, sabe. Eu penso. Quero que você saiba disso."

Calor no fundo da garganta de Wallace. O mundo parece embaçado. Seus olhos ardem. Ele tira a mão da barriga de Cole e se deita também. A grama roça sua nuca; terra em seu cabelo. O corpo de Cole cheira a mar, ou como Wallace imagina que o mar deva cheirar.

"Isso é só a sua solidão falando", diz Wallace.

"Não. Pode ser."

"Eu também pensei naquilo por muito tempo. E então parei de pensar."

"Por quê?"

As nuvens sobre eles são brancas e espessas. Um vento frio chega do oeste, como que passa a mão pelo mato e o faz sussurrar. As garças se movem lentamente pelos caules, revirando-os à procura de mais insetos ou de um peixe pego dormindo.

"Você acaba se cansando de ouvir a si mesmo lamentando as mesmas coisas de sempre."

Cole não ri, embora Wallace ria depois de dizer isso.

"E aí seu namorado aparece. O que se podia fazer, então?"

"Acho que você tem razão", diz Cole.

"Eu sei que você só falou sobre pensar naquilo para me fazer sentir melhor. Você acha que eu preciso ouvir isso, mas eu não preciso."

"Não é isso."

"Eu acho que é, Cole. Às vezes você é bom demais." A água faz barulho contra a margem, mas como eles estão deitados, não conseguem ver o lago inteiramente. Os gansos estão imóveis, sentados perto da borda da água. "Você começa a sentir pena das pessoas e aí diz coisas assim."

"Sei lá", diz Cole. "Talvez você esteja certo sobre isso também."

"Tem certeza de que quer que eu vá a esse jantarzinho hoje à noite?"

"Sim."

"O.k.", diz Wallace. "Eu estarei lá."

Cole solta um suspiro alto de alívio, o ar saindo, mas Wallace sente como se aquele mesmo ar o pressionasse cada vez mais. No jantar, verá seus amigos. Verá Miller. Há também a questão da mulher desconhecida, a alpinista, que ele imagina sendo uma mulher alta, sarada, muito bronzeada, com cabelos loiros e dentes caros. Ele imagina a voz dela melodiosa, entremeada com bastante humor grosseiro para torná-la interessante.

Mas ele sabe que Cole precisa dele lá. Ele não vai lá para ver Miller. Não vai lá fazer papel de bobo. Está indo por um amigo. Vai ajudar Cole a passar por isso. Ainda assim, Miller vem à mente, ou melhor, a perspectiva de vê-lo de novo vem à mente, e ele fica eletrizado com isso.

"Ficamos o tempo todo falando de mim", diz Cole. "Nem me ocorreu perguntar como você está."

"O que você quer dizer?"

"Seu pai. Aquela sua ideia de ir embora. Como estão as coisas, tudo bem com você?"

Por um momento Wallace fica confuso e então se recorda — Emma contou a todos sobre a morte de seu pai quando ele e Miller se ausentaram para ir ao banheiro. Ele novamente se encontra na situação de ter de explicar a peculiaridade de seu luto, que não corresponde às dimensões típicas de uma perda dessas. Não se sente consumido por ele. Existe dentro dele um pequeno canal que vai da cabeça aos pés, um canal pelo qual uma substância fria circula o tempo todo, esfriando-o por dentro, como um segundo sistema circulatório. Tem algo nisso, não tem? Algo que ele não consegue entender.

"Estou bem", diz. Cole se vira e olha para ele.

"Tem certeza?"

"Sim", ele diz. "Eu estava com um problemão ontem, só isso."

"Foi a demônia?"

"Não. Uma das minhas colegas de laboratório arruinou uns experimentos e eu não estava sabendo lidar com isso, só isso." Há um sorriso no rosto de Wallace, sorriso sem calor. Ele volta a observar as nuvens.

"Espero que você não vá embora", diz Cole. "Espero que você fique. Eu preciso de você."

"Acho que não vou embora", diz Wallace. "Eu não tenho nenhum talento para sobreviver no mundo."

"Nem eu."

"Mas às vezes eu gostaria de viver lá — no mundo, digo. Eu gostaria de estar no mundo com um emprego de verdade, uma vida real."

"Vincent tem um trabalho de verdade e veja o que aconteceu com ele."

"Você acha isso justo?", Wallace pergunta. "Você acha que ele baixou um aplicativo de encontros gay por causa do trabalho dele? Ou você acha que é algo mais profundo?"

"Acho que meu namorado está tentando me chifrar, é isso o que eu acho. E acho que quero que meu amigo fique e que não jogue a vida fora."

"Faz sentido."

"Eu acho que sim", diz Cole, meio brincando, meio sério. Wallace gostaria de ser capaz de olhar para as nuvens e analisar sua linguagem lenta em busca de sinais e presságios, mas isso exigiria a crença em um poder superior, em uma ordem superior das coisas. Há sombras sobre a água escura, e à distância um silêncio sobre as árvores na península, um cessar de movimento, a brisa já passou. Cole está tentando convencê-lo a quê exatamente — ir à festa ou ficar? Ele já não decidiu que não vai embora? E que vai à festa?

Wallace se vira de bruços e coloca o queixo sobre os braços cruzados. Atrás deles, campos de futebol e dormitórios. O gramado é muito verde e bem-cuidado, margeado por placas amarelas e uma cerca. Mais para trás, nebulosa em sua visão, está a solidez cinza do ginásio, figuras entrando e saindo do campo visual, as pessoas bêbadas por causa do jogo ou porque é sábado, andando para longe do estádio. O sol bate quente na parte inferior das costas de Wallace, onde sua camisa subiu, e ele consegue senti-lo ardendo, entrando, um hematoma arroxeado se formando em sua pele. Cole emite um som inventado, monótono e perfurante, virado para a terra, como se quisesse se esconder.

"Se Vincent me abandonar... Não sei o que vou fazer", diz ele. É o tipo de coisa que você só diz quando está desatento, sem pensar, distraído, como quando você inadvertidamente percebe uma peça de mobília. É o tipo de coisa que você diz rindo, balançando os ombros suavemente. Essa é a única maneira de traduzir a dor inconsolável, o medo que começa nas tripas, nas entranhas, no âmago de quem você é e do que você quer e precisa — é essa a verdade, e por um momento Wallace quase se vira para consolá-lo.

Mas não se vira. Fazê-lo seria quebrar o encanto, fazer Cole fraquejar. A voz dele tem traços de umidade, uma vidraça na chuva.

"Vocês ainda não chegaram a esse ponto", diz Wallace. "Você saberia se tivessem chegado."

"Eu não sei o que eu faria, Wallace. Sinceramente, não sei."

"Sabe, sim — você tentaria manter as coisas. Mas você ainda não chegou a esse ponto."

"Tentar. De que adianta tentar?"

"Você tem que tentar. A gente sempre tem que tentar."

"E se já tivermos chegado a esse ponto, sem eu perceber?"

"Você saberia. Perceberia."

"Mas como você sabe que eu saberia?"

"Porque eu conheço você."

"E se você não me conhecesse?"

"Ah, pare de dar uma de soturno", diz Wallace. "Pare de dar uma de mal-humorado, de misterioso, como se não estivesse vivendo cada momento de sua vida abertamente, ou quase." Cole é um daqueles peixes gordos que circulam perto da superfície de uma vasta planície de gelo no inverno, exibindo suas escamas através do gelo opaco, sua barriga branca. A reserva faz parte do temperamento de Cole, assim como a iniciativa faz parte do de Wallace.

"Eu não estou dando uma de nada. Estou falando sério. E se você realmente não me conhecesse? O que você diria?"

"Quem é você?", Wallace responde rapidamente, rindo, sua barriga pressionada contra o chão. Seu próprio peso dificulta falar tão perto da terra. "Acho que perguntaria: 'quem é você?'"

"Tem dias que eu não tenho ideia de que porra é que eu sou."

Wallace expira pelo nariz. As asas de um ganso batem na água próxima, lançando-a para o alto. Wallace não considerou a possibilidade de que Cole, o mais simples de todos os seus amigos, o mais amável e o mais gentil entre eles, pudesse ser inescrutável para ele. Não considerou a possibilidade de que a facilidade do temperamento de Cole pudesse estar mascarando outra coisa, abafando-a; ou ser resultado de uma estratégia cuidadosamente orquestrada, uma ilusão. Em todas as festas, sempre cedendo a palavra nas conversas, fazendo perguntas atenciosas sobre a saúde, os biscoitos e bolinhos, a simplicidade de suas roupas, a flexibilidade de sua agenda, a natureza plácida de seu comportamento — tudo isso sugerindo uma preocupação genuína pelos outros e a ausência de considerações egoístas. Como é que, de todas as pessoas, justamente Cole tenha dúvidas sobre si mesmo, sobre quem é, quando o indivíduo que ele apresenta ao mundo é tão cuidadosamente construído? Só agora Wallace se dá conta de que existem certos remendos, de que há indicações de algo construído. Só agora ele percebe que todo o tempo Cole pode ter sorrido, mostrando os dentes, para esconder uma careta.

"Eu conheço esse sentimento", diz Wallace. "Eu conheço esse sentimento muito bem."

"Então não diga isso, tá, que você me conhece, que sabe como vai acabar, porque você não me conhece e não pode saber."

"O.k.", diz Wallace. "Está certo."

"É que eu estou muito assustado. Eu o amo faz tanto tempo. A gente tá nisso faz tanto tempo. Não sei se consigo começar de novo."

Claro que Cole tem medo de perder Vincent. Claro que esse é o ponto mais alto, o ápice do amor de Cole, não apenas pelo relacionamento, mas pela própria configuração das coisas: uma carreira, um parceiro amoroso, amigos, festinhas agradáveis, tênis no fim de semana. O que Cole quer da vida, acima de tudo, é que as questões se resolvam antes mesmo de serem levantadas, que tudo se encaixe. Ele espera que eles simplesmente terminem a pós-graduação e se estabeleçam na próxima fase da vida, assim como estão agora, só um pouco mais velhos, um pouco mais ricos, um pouco melhores. Ele não se preparou para uma perda, para as diversas maneiras pelas quais a vida pode dar — e vai dar — errado. Vincent não é apenas Vincent, mas também um símbolo, que a cada dia que passa adquire mais significado. Ele é uma proteção, uma vacina contra a incerteza do futuro.

"Eu odeio que você se sinta assim. Eu odeio que você esteja lidando com tanta coisa."

"Não, você", Cole diz. "Seu pai... *porra*, lá vou eu de novo, desculpe."

"Não se preocupe com isso. Não se preocupe. De verdade."

"Deve ser um baque perder o pai, deve ser horrível."

"É... dá para encarar", admite Wallace, chegando muito perto do cerne da questão. Ele não quer voltar ao tema de como a dor pode parecer difusa e densa ao mesmo tempo, como um bando de pássaros no céu. Ele não quer entrar nesse assunto. Sente o gosto da terra nos lábios e na boca, arenosa e salgada.

Cole pisca como se tivesse olhado para o sol por tempo demais. Dá para encarar. É por isso que Wallace nunca conta nada a ninguém. É por isso que ele guarda a verdade para si mesmo, porque as outras pessoas não sabem lidar com as merdas, com a realidade dos sentimentos dos outros. Elas não sabem o que fazer quando ouvem algo que não se alinha com a sua própria percepção das coisas. Há uma pausa. E um silêncio.

"Mas era seu pai", Cole pressiona. "Você não precisa falar assim. Não precisa ter vergonha."

"Eu não tenho. Não tenho vergonha. É o que eu sinto."

"Eu sinto que você não está sendo honesto. Como se você não estivesse realmente atinando para as coisas aqui."

Wallace se levanta e senta no chão, mais terra na boca. Ele tira pedaços de grama do cabelo. "Estou me sentindo muito atinado agora."

"Estou aqui para o que precisar. Por favor, conta comigo."

"Cole."

"Pare de se afastar de mim."

Wallace cerra a mandíbula com força, aperta os lábios fechados. Conta até dez de trás para frente. O ar em seu nariz está quente. Cole está sentado ali, com os braços pálidos em volta de si mesmo, olhando com aqueles olhos marejados. Ele parece triste. Abandonado. Sozinho. Essa é a penitência de Wallace por pressionar Cole na quadra de tênis, fair play, ferida por ferida.

"O.k.", diz ele e, com voz trêmula, acrescenta: "Eu fiquei realmente anestesiado com isso, sabe, simplesmente incapaz de processar."

"Eu entendo", diz Cole, concordando com a cabeça. "Eu entendo, Wallace."

"E, uhm, é que, sim, estou lidando com isso, trabalhando as etapas do luto, sabe?"

"Isso é muito importante." Cole toca seu braço. "Estou tão feliz por você não estar só internalizando as coisas."

"Obrigado", diz Wallace, deixando transparecer em sua voz uma ponta de emoção que não sente. "Tem ajudado muito ter gente na minha vida que me entende."

"Todos nós amamos você, Wallace", diz Cole, sorrindo. Ele puxa Wallace para um abraço. "Todos nós queremos que você seja feliz."

Wallace revira os olhos quando Cole o abraça, mas toma o cuidado de parecer alegre, ainda que um pouco tristonho, quando ele se afasta. Eles se levantam da beira do lago ao mesmo tempo que termina o jogo no estádio. Uma grande algazarra vem de trás, com as garças e os gansos todos erguendo-se da água para ganhar o ar.

A água cinza cai de suas asas e, por um momento, parece chuva.

4

PELO QUE PARECE SER a primeira vez em dias, Wallace encontra-se sozinho — embora não completamente, porque o cheiro de Miller continua no apartamento. Parece injusto que o cheiro dele tenha impregnado a casa em apenas poucas horas; parece desproporcional. O cheiro não é potente; na verdade, quase não se nota, discernível só de passagem, como se emanasse dos pontos pulsantes do apartamento, dos cantos obscuros: cítrico intenso e lago. Wallace considera por um momento lavar o edredom cinza, os lençóis cor de ardósia, para tirar Miller de sua roupa de cama completamente. Seu quarto tem o cheiro do corpo deles, do sexo deles, do sono deles, e isso é quase o suficiente para Wallace querer voltar para a cama, se meter embaixo da coberta e nunca mais sair. E é esse desejo que o faz querer lavar os lençóis, reorganizar as coisas, voltar a se estabilizar. Ele se levantou esta manhã e deixou Miller lá dormindo, com aparência doce e indefesa. Wallace o deixou lá. É uma decisão que agora ele lamenta, um pouco de amargura para ruminar durante o resto da noite. Ele para na porta do quarto. Também dá para sentir cheiro de cerveja, lançado no ar pela pele e pelo hálito de Miller. Aquele cheiro úmido e azedo que ele conhece intimamente, apesar de não beber.

Ele pensa, com certo ressentimento, na surpresa que as pessoas demonstram quando ele lhes conta este fato sobre si mesmo, que não bebe. A confusão que se segue, um recuo e um pedido de desculpas meio sem graça por ter-lhe oferecido vinho, cerveja ou gim — como aconteceu no inverno passado, na festa de fim de ano da Simone, quando Henrik lhe ofereceu gim e Wallace disse a ele, timidamente, *Não, não para mim*, mas Henrik disse, *Você passou nas provas preliminares, agora você é adulto*, e Wallace disse, finalmente, *Eu não bebo*. Os olhos cinzentos de Henrik, o leve tremor em seu lábio inferior, fizeram Wallace sentir-se culpado — tão culpado que ele quase pegou o copo —, mas Henrik endireitou os ombros e o levou embora. Se Wallace soubesse então que essa seria a última coisa que Henrik diria a ele, a última coisa que lhe ofereceria, ele teria pegado a bebida e engolido. Ele não sabe muito de bebidas alcoólicas, o gosto que têm. Todas têm o mesmo gosto para ele, mas algumas descem pela garganta queimando.

Seus pais bebiam. O tempo todo. Sua mãe, uma mulher grande e pesada, com olhos gentis e uma veia de maldade, costumava beber cerveja fraca, porque era diabética. Isso é o que ela dizia, é por causa da minha taxa de açúcar. E bebia uma cerveja após a outra em sua cadeira, reclinada e olhando pela janela, a cortina aberta — registrando o mundo, para quê, Wallace não sabia. Nessa época, eles viviam em uma estrada de terra, em um trailer, cercados por parentes cujas casas eram feitas de material barato e erguidas sobre tijolos. Não havia nada no mundo para ela ver, no seu canto escondido e escuro, rodeada de parentes e pinheiros, nada para observar, exceto a agitação do vento e a passagem das nuvens. Mas ela se sentava em sua cadeira e observava, todos os dias, e era assim que ele a encontrava quando voltava para casa da faculdade no verão, se refrescando em seu antigo quarto, passando o tempo como todos eles faziam, esperando o calor do dia amenizar, se arrastando para qualquer canto mais fresco que conseguisse achar.

Ele a encontrou em sua cadeira, os olhos abertos, o corpo enrijecido, contraído. O médico disse que ela tinha tido um derrame. Algo inesperado. Sua mãe havia trabalhado no hotel de um campo de golfe por dez anos. Mas então, um tempo atrás, ela desenvolvera um tremor e, por um longo período depois disso, ficara confinada sem conseguir se mover. Foi isso o que Wallace pensou que estivesse acontecendo com ela. No dia em que a encontrou, seu copo ainda estava cheio de gelo derretido — do tipo azul de que ela gostava, do hotel; ela tinha uma amiga que lhe trazia um novo saco a cada duas semanas — então Wallace sabia que ela não havia morrido há muito tempo. Mas isso já faz anos, foi no verão anterior à sua ida para o Meio-Oeste, para a pós-graduação e uma nova vida. O que ela buscava, durante todos aqueles dias que passava na cadeira, é uma questão em que ele pensa com frequência. Mas para algumas perguntas não há respostas. Quando lhe perguntam, *Por que você não bebe?*, Wallace quase conta sua história. Mas não conta. Ele fala alguma outra coisa qualquer, algo como, *Ah, você sabe*. Uma dessas frases bobas destinadas a amortecer o silêncio inerente a qualquer interação entre as pessoas.

É em sua mãe que ele pensa, hoje, quando sente o cheiro da cerveja no ar. Como uma assombração. Faz tempo que não pensa nela. Quando isso acontece, são sempre as coisas boas que lembra: como ela o deixava faltar à escola e ficar em casa se seu estômago doesse, e como ela passava o dia com ele, fazendo sopa e o deixando assistir a desenhos animados; como ele olhava para cima e a pegava olhando para ele, não exatamente com orgulho, mas com carinho, com amor. Os raros momentos em que não estava gritando para ele vir do outro quarto amarrar seus sapatos, ou em que não estava dizendo que ele era idiota, em que não estava berrando num registro e num volume que tornavam suas palavras indistinguíveis e indecifráveis, em que não estava batendo na boca dele, ou forçando-o a lavar embaixo dos braços e entre as pernas na frente dela, na frente das visitas, quando ela não o estava submetendo aos inúmeros caprichos de sua raiva, de seu medo e de sua desconfiança — então ela podia ser, naqueles breves momentos, boa para ele. É por isso que ele não confia na memória. A memória filtra. A memória eleva. A memória funciona com o que é dado. A memória não tem nada a ver com fatos. A memória é um parâmetro inconsistente do sofrimento na vida de uma pessoa. Mas ele pensa nela. Ela se separa do cheiro de cerveja e ele fecha a porta do quarto porque não suporta aquele cheiro.

De qualquer maneira, falta pouco tempo para o jantar.

Wallace examina o conteúdo do freezer. Um pouco de peito de frango, carne moída, peixe, vários tipos de vegetais congelados, uma pizza, algumas bandejas de gelo. Ele gosta do frio no rosto, que ainda está quente por causa do tênis e da caminhada pelo lago de volta ao apartamento. Seus amigos e os amigos de seus amigos raramente comem carne. Normalmente, em seus jantares, há vários pratos de vegetais diferentes, muitas caçarolas de feijão e massa e queijos e longos talos verdes e quinoa e ervilhas e castanhas e geleias e frutas vermelhas e grãos. Uma vez, logo que ele havia chegado aqui, preparou um prato de almôndegas suecas, como suas tias faziam para reuniões. Carne escura e cebola e pimenta e alho e um molho suculento, feito em casa, canela e cominho e vinagre e nozes moídas e açúcar mascavo, tudo em uma travessa com tema nórdico que ele comprara em uma loja de segunda mão. Ele estava na varanda da entrada da frente, recém-saído da chuva, equilibrando o prato quente nos braços, tentando esconder o nervosismo com um sorriso. Naquela época, Yngve, Cole e Lukas viviam juntos em uma casa fora do centro, num dos poucos bairros residenciais que sobravam, como acontece em algumas cidades universitárias, onde a divisa entre a cidade e o que costumava ser o povoado de onde emergiu a cidade é nebulosa e porosa, e é possível, se você estiver em uma rua e observar ao longo dela, perceber a progressão do tempo. Venezianas, varandas, colunas brancas, janelas largas, balanços de varanda, limonada sobre o corrimão da escada ou chá diluindo lentamente sobre mesas de vime, casas que em outros tempos continham famílias, mas que agora contêm os móveis desencontrados e a louça lascada que passaram a representar suas vidas, eles, que acabaram de sair da graduação ou da pós-graduação, sua vida adulta tão fresca quanto as asas de uma mariposa que acaba de sair do casulo. Quando a porta se abriu, não era um de seus amigos, mas uma garota na qual Yngve estava interessado à época, alta e morena, do Arizona, ou algum desses lugares secos sem importância. Ela deu uma olhada nas almôndegas e torceu o nariz. Então perguntou se ele estava perdido ou se precisava de algo.

Yngve esclareceu tudo depois, com um braço em volta do pescoço de Wallace, rindo em seu ouvido. "Desculpa, desculpa", disse ele. "Mas, sabe, ela é, tipo, *vegana*, então..." Wallace tentou não parecer desapontado quando recolheu seu prato de almôndegas intocadas no final da noite, tentou não pensar no dinheiro que havia gastado ou no tempo que havia passado na cozinha, enxugando suor, limpando as manchas marrons das mãos, tentando fazer tudo certo, tentando preparar o molho perfeito para eles — e a pobre travessa, ele estava tão orgulhoso da pobre travessa, vermelha com renas brancas saltando. Não era sueca nem nada, mas se aproximava do tema, ele esperava.

Desde aquela vez, Wallace tem tido o cuidado de evitar levar carne para essas ocasiões. Ele normalmente leva biscoitos ou outra forma de fibra, porque seus amigos se acham muita bosta e, de vez em quando, precisam eliminar toda aquela celulose dos vegetais. Quer dizer, isso nas poucas ocasiões em que foi realmente convidado para jantar com seus amigos. Agora, ele acha que eles não o convidam tanto porque ele costuma recusar, ou fica apenas um pouco, até que a refeição tenha acabado e todos estejam se sentindo alegres e falando baixinho sobre as coisas que fizeram da última vez em que estiveram todos juntos, coisas essas que não incluem Wallace, porque ou ele não estava lá ou tinha saído antes. É nesses momentos que ele experimenta de forma mais aguda o sentimento de seu próprio estranhamento em relação a essas pessoas que ele chama de amigos. Os olhos brilhantes deles e as bocas molhadas e seus dedos gordurosos tocando os joelhos uns dos outros, uma pantomima de intimidade, um culto à felicidade, um culto à amizade.

Ele pode preparar uma salada de frutas ou algo do tipo. Muito melão nesta época do ano, e estamos na estação das uvas, principalmente as verdes de que ele gosta, seu suco ácido e corpos moles. Ele vai preparar uma salada de frutas, como quando eram crianças, cheia de pêssegos, diferentes tipos de melão e maçã; mas sem laranja, que é cheia de sementes. Uma salada é fácil de fazer.

Depois que Cole foi morar com Vincent, Miller se mudou para a casa de Yngve e Lukas, tomando seu lugar. A casa deles é quente e bem mobiliada. Depois daquele primeiro ano, eles compraram móveis de verdade para adultos de verdade em uma loja de verdade, ou seja, eles compraram tudo na IKEA e os montaram, sem camisa, numa tarde úmida. Wallace estava lá oferecendo apoio moral e garrafas de água, observando o suor escorrer pela espinha e pelo abdômen deles, acumulando-se na barra de seus shorts, manchando-os. Depois todos entraram na piscina infantil, a água já morna do sol, mas fresca o suficiente, mas o que apreciaram foi o inusitado do ato, que em si valia algo.

A caminhada do apartamento de Wallace até a casa deles é curta, e desta vez o prato não está quente, e, sim, ligeiramente gelado. O comecinho da noite está pálido. São apenas seis e meia. Ele está no horário. Consegue vê-los pela janela quando dobra a esquina, todos iluminados pelas luzes amarelas da cozinha, sorrindo e dando risadas. Fios com luzes brancas foram amarrados ao longo do corrimão da entrada. Ele se endireita. Vai dar tudo certo. Vai acabar tudo bem.

Todos aqui são seus amigos.

Ele empurra a porta com o dedo do pé e enfia a cabeça pelo canto.

"Olá, olá", ele chama, entrando.

"Wallace!", vem um coro de vozes da cozinha. Ele tira os sapatos e os deixa na porta e segue pela corrente de ar quente até a cozinha, onde sete ou oito pessoas já estão reunidas. Cole e Vincent estão lavando tubérculos na funda cuba cinzenta da pia, carinhosamente chocando-se um contra o outro. Roman está sentado no chão da cozinha brincando com um pequeno coelho. Emma vem na direção de Wallace com uma taça de vinho e põe o braço em volta do pescoço dele. Lukas e Yngve picam aipo e cenouras na ilha da cozinha.

"Ah, vocês estão fazendo ensopado de coelho?", pergunta Wallace, enquanto coloca sua tigela em um balcão próximo.

"Não brinque com a Lila", diz Lukas, apontando a faca para Wallace. Sua voz é de brincadeira, mas não muito.

"Eu amo ensopado de coelho", diz Yngve. "Amo, amo, amo."

Lukas lança um olhar de traição absoluta e leve nojo. Wallace dá risada. Do outro lado da cozinha, perto de Cole e Vincent, há uma mulher picando gelo. Ela é alta e forte, com ombros largos e pescoço longo. Está vestindo uma blusa com as costas abertas e Wallace pode ver sardas cor de ferrugem salpicando suas omoplatas. Ela parece extremamente saudável. Sua risada é baixa e rouca e ela se vira para Cole para dizer algo; de perfil, é muito bonita. Seus olhos são azuis-escuros.

Emma sussurra em seu ouvido, sua voz pastosa e úmida de vinho: "Essa é a Zoe. Yngve está tentando agitar para Miller".

"Ah, acho que Cole mencionou algo sobre isso no tênis", diz Wallace, e tenta sorrir, mas suas bochechas já estão doloridas e a noite nem começou ainda.

"Acho que ela é alpinista ou algo assim." Emma toma outro longo gole de vinho. Seus olhos estão vermelhos. Ela andou chorando.

"Cadê o Thom?", pergunta Wallace, e é como se Emma se descompusesse com uma única frase. Ela se aproxima dele.

"Vamos ver como estão as batatas?" Ela segura o braço de Wallace pelo cotovelo e eles se movem pela cozinha, os azulejos soltos estalando sob seus pés. Roman olha para cima, para ele, e dá um leve sorriso, que desaparece rapidamente e que não é nem frio nem cálido.

"Roman", diz Wallace.

"Wallace."

Cole se vira para Wallace e o abraça com força, mas toma cuidado para não deixar a água suja pingar na camisa de Wallace. O cheiro da colônia de Cole lembra vagamente cardamomo moído.

"Você veio", diz ele.

"Pois é. Eu vim."

"Estou tão feliz", diz ele, apoiando seus pulsos úmidos nos ombros de Wallace.

"Wallace", diz Vincent e se estica para abraçá-lo desajeitadamente, perto de Cole. Ele aperta o braço de Wallace. "Bom te ver."

Zoe está agora à esquerda dele. Eles estão bem próximos, espremidos entre Emma, que abre outra garrafa de vinho, e Cole e Vincent, diante da pia. Zoe tem nas mãos o picador de gelo e um martelinho. Seus dedos parecem muito seguros de si. De perto, ele consegue ver que sua boca grande está cheia de dentes caríssimos, como ele previa. Os olhos dela estão posicionados no alto da cabeça. Ela sorri para ele.

"Zoe", diz ela, apresentando-se. "Prazer."

"Igualmente", diz ele, com uma calidez maior do que de fato sente. "E, então, o que você faz na cidade?"

É a pergunta que eles sempre fazem às pessoas que não cursam o programa. O que faz uma pessoa vir para este lugar? Por que esta cidade com três lagos?

"Eu estudo Direito", diz ela.

"Legal. E escala rochas, pelo que ouvi?", diz Wallace.

Zoe alinha o picador num pedaço de gelo e, com um único movimento hábil, o parte. "Sem dúvida. Meu pai é instrutor de escalada em Denver. Então acho que é de família."

"Você é de lá?", pergunta Wallace.

"Não, eu nasci em Billings. Mas minha família se mudava muito. Eu cresci em vários lugares, na verdade, mas Billings é minha cidade. Mas fiz minha graduação em Boston."

"Harvard?"

As bochechas de Zoe enrubescem. Ela parte outro pedaço do gelo. Wallace observa a lâmina cinza do picador entrar até o coração do gelo.

"Ah. Sim", diz ela, displicentemente.

Wallace assente com a cabeça.

"E você?", Zoe pergunta.

"Auburn", diz ele.

"Onde fica isso?", ela pergunta, rindo.

"Alabama", ele diz.

"Ah... Terra do Crimson Tide."

"Não", diz Wallace. "O outro time. Tigers."

"Ah", diz ela, concordando com a cabeça. Suas mãos são ágeis enquanto ela parte o gelo em metades, depois em quartos. Ela os reduz a cubos, formas ovais e crescentes. Poderia ser um truque para festas. Talvez seja um truque para festas.

"Posso ajudar em alguma coisa?", pergunta Wallace, voltando-se para Cole e Vincent.

"Não, não. Está tudo pronto", todos dizem várias vezes, de várias maneiras, em um coro de vozes caindo sobre ele, como gotas de chuva. A cozinha está quente e esfumaçada, cheia dos ruídos e chiados da comida cozinhando. "Vá se sentar ou fazer outra coisa."

"O.k.", diz ele. "Tudo bem. Onde está o Miller?" Os ombros de Zoe distendem levemente.

"Uh. Essa é uma boa pergunta, para falar a verdade", diz Yngve, franzindo a testa. "Ele deveria estar cuidando da música, mas aí ele meio que desapareceu."

"Vou conferir lá atrás", diz Wallace, passando por cima das pernas compridas de Roman para chegar à porta. Roman ainda está acariciando o gordo coelho marrom — Lila, a coelhinha —, uma espécie de mascote. Ele queria parar para acariciá-la, mas Roman a mantém num aperto protetor, e Wallace sabe que há limites para sua gélida simpatia.

No quintal há um gramado, então é muito mais fresco que a parte da frente, que dá para a rua e o asfalto da cidade. Wallace sempre adorou essa parte da casa, onde Lukas mantém um jardinzinho cercado por tijolos vermelhos. Há também um desses organizadores verticais que parecem a entrada de uma pequena casa. E um grande carvalho perto da cerca dos fundos e um lugar para fogueira, onde, nas noites de outono, eles queimam madeira seca e bebem cerveja e riem enquanto suas roupas absorvem o cheiro de fumaça.

Ele encontra Miller sentado em uma cadeira perto do fundo do quintal, uma daquelas cadeiras dobráveis de alumínio com assento plástico barato. Acima, o céu é lilás. Miller está bebendo de uma garrafa escura alongada, olhando seu telefone. Provavelmente mandando mensagens de texto. Ele não vê Wallace se aproximar. Wallace está pertinho dos dedos do pé de Miller, esperando que ele perceba, que o peso de sua presença mude algo no ar. Ele prende a respiração. Miller está vestindo uma camisa tipo oxford azul-clara, bem passada, com as mangas arregaçadas e shorts azuis-escuros. Ele sempre teve vergonha de seus joelhos e da magreza de suas pernas. Mas velejar mudou isso, tornou-o mais pesado, mais cheio, como um desenho ganhando forma sobre o traço de linhas finas. Seu cabelo está brilhante e iluminado.

"Eu estou te vendo aí", ele diz.

"Olá."

"Eu não sabia se você viria", diz Miller, timidamente. Ele está tenso, provavelmente por causa da garota; no começo, isso faz Wallace ter vontade de sorrir para ele, mas depois só o irrita.

"Cole me pediu para vir", diz ele.

"Isso é estranho? Acho que é meio esquisito."

"Não, eu não acho nada esquisito."

"Você não acha? Eu acho", Miller diz, balançando a cabeça. "Eu acho péssimo. Eu não pedi a Yngve para..."

"Ah, ninguém está ligando pra isso, que saco."

"Ei, calma, não faz assim, por favor. Estou tentando ser legal."

"Você não está fazendo nada de errado. Ninguém está. Está tudo ótimo."

"Eu realmente odeio isso. Eu nem sabia que haveria um jantar até chegar em casa hoje mais cedo. Aí eles vieram com isso."

"Cole me contou", diz Wallace. "Depois do tênis. Ou durante. Ele disse que decidiram depois que saímos da mesa na noite passada."

"Ah, foi?", Miller desliza a perna pela parte de dentro da perna de Wallace, suas peles nuas roçando, se tocando. O calor da perna excita Wallace, o leva de volta à superfície da noite passada, quando eles deixaram a mesa juntos, ou separados, mas acabaram juntos. Miller também pensa nisso, o jeito como ele olha para o alto com os olhos cheios de anoitecer, lembrando. A ponta da língua de Miller surge do cor-de-rosa de sua boca e pressiona a borda de seus lábios.

"Não desse jeito", diz Wallace, sem fôlego. "Quer dizer... Você sabe o que eu quis dizer."

"Eu sei", diz Miller. Ele se senta na ponta da cadeira, põe a mão na parte externa da coxa de Wallace, logo acima do joelho. Seus dedos, a aspereza deles, são familiares, desta manhã, da noite passada. Ele tem um sobressalto, quase se desequilibra. Miller desliza o polegar até a frente de seu joelho e sorri. O vento faz um som suave nas árvores, como um grito abafado. "Como você está se sentindo?", Miller pergunta. "E aquela garota do seu laboratório? Como você está?"

"Melhor", diz Wallace. Ele põe os dedos nos cabelos de Miller, oleosos com algum produto, mas ele continua passando os dedos, repetidamente, por seus cachos. "Eu vim aqui achando que ficaria mal-humorado e com raiva a noite toda."

"Com raiva? Por que com raiva? De mim?"

"Não, eu não sei, talvez, sim. Com raiva de você. Sobretudo com raiva de mim mesmo. De Yngve."

"Mas você não está com raiva. Isso é bom, certo?"

"Não sei se é bom", diz Wallace. "Acho que não é nem um pouco bom."

"Por que não seria?"

"Porque eu acho que, se não estou com raiva, talvez isso signifique que tenha ganhado algo. Como se eu tivesse conseguido algo que eu queria. Mas que eu não deveria querer de jeito nenhum. Sabe?"

"Não", diz Miller. Ele coloca a cerveja na grama ao lado dele e segura as pernas de Wallace com as duas mãos. "Me conta", diz.

Wallace passa as mãos pelo cabelo de Miller até a testa e pressiona o polegar com força para que as sobrancelhas de Miller, franzidas de concentração, se relaxem e se alisem.

"Eu me sinto aliviado porque não queria pensar em você querendo outra pessoa. Mas, ao mesmo tempo, eu não quero me sentir aliviado. Eu não quero me importar se você quer ou não quer outra pessoa."

"Mas e se eu quiser que você se importe?", diz Miller.

"Garotos héteros", Wallace diz, rindo, "sempre querem o que querem até que não querem mais."

"Isso não é justo. Nós somos amigos."

"E é por isso que essa é uma péssima ideia", diz Wallace.

"Eu não acho."

Há uma voz na escuridão crescente que chama por eles. Os dedos de Miller o apertam e o soltam.

"Ainda não terminei de falar com você sobre isso", diz Miller.

"Não tem nada o que falar", diz Wallace. Eles se voltam para a voz chamando. É Yngve. Ele tem a mão em concha sobre os olhos.

"Vamos comer sem vocês", diz ele. "Se apressem. E cadê nossa música, Miller?"

Miller se levanta e os dois caminham juntos pela grama, sem olhar um para o outro. Wallace então sente os dedos de Miller roçarem na parte externa de seus dedos e, por um momento, os dois estão conectados. O contato termina logo depois de começar, e a rapidez da separação faz Wallace senti-la mais: durante aqueles vários segundos, ele sentiu como se vidro derretido tivesse entrado nele, como líquido em um capilar. Eles sobem as escadas dos fundos, e estão uma vez mais entre seus amigos.

A mesa talvez seja a única peça de genuíno mobiliário adulto em toda a casa. Lukas a trouxe consigo da casa dos avós no norte de Wisconsin. Normalmente, ela fica encostada contra a parede oposta, onde ficam outros itens de suas vidas: pratos, roupa para a lavanderia, jornais, livros, artigos, cadernos, ferramentas, cabos e qualquer coisa que possa ser descartada e esquecida. Mas hoje eles puxaram a mesa da parede para a grande sala aberta perto da cozinha. Lukas a cobriu com uma toalha de linho, disfarçando suas marcas, seus descascados, as manchas de azul-turquesa da pintura das cadeiras. Toda essa cartografia agora oculta.

Wallace está sentado no meio, entre Emma e Cole, do lado oposto a Roman e Klaus. Yngve e a namorada, Enid, estão em uma das pontas da mesa com Miller e Zoe; na outra, Lukas e o namorado, Nathan. A mesa está um pouco apertada. Emma estacionou o cotovelo na lateral do corpo de Wallace; ele pisa toda hora no pé de Cole. Vincent está grudado em Cole na ponta da mesa.

"Acho que eu sou o primeiro eliminado", diz Vincent, e há um pequeno murmúrio de risos.

Eles passam a comida na diagonal. Wallace pega um pouco do frango assado (carne no jantarzinho, leve emoção), alguns aspargos, couve-de-bruxelas, uma espécie de pasta de farinha meio estranha, sem cheiro, que ele presume ser purê de batata. Alguém lhe passa o vinho, e ele diz: "Não, não quero, obrigado".

Roman segura a garrafa e a empurra para a frente. "Não, não vá fazer essa desfeita, agora."

"Wallace não bebe", diz Emma.

"Você veio de carro? É isso? A gente te consegue uma carona de volta para casa."

"Não", diz Wallace. "É que eu não bebo."

Roman é muito bonito — tão loiro que Wallace acha que a cor não pode ser natural. Mas seus cílios são loiros, suas sobrancelhas são loiras e sua barba é quase toda amarelo-clara, exceto em partes em que é ruivo-escura. Ele tem olhos verde-escuros e um queixo bem anguloso. Para Wallace, ele não parece francês, mas islandês. Mas é francês, de uma pequena cidade na Normandia. O inglês dele é impecável, embora tenha sotaque. Klaus é atarracado e moreno, como um personagem folclórico menor. Ele parece constantemente tenso, como se estivesse todo o tempo preocupado em parecer mais alto. Roman estuda o desenvolvimento inicial do coração em ratos, o ponto em que o aglomerado de tecido branco, tão animal quanto a carne branca de um óvulo, começa a se sacudir e a bater. Ele segura o coração dos pequenos animais em sua unha.

O olhar que ele lança a Wallace é difícil de interpretar, embora Wallace decida que significa *incomodado*.

Ao longo da mesa, circulam a garrafa de vinho e os pratos de comida. Wallace puxa uma coxa do frango e vê a cabeça branca da cartilagem surgir. A carne em si é tenra e escura. No entanto, na articulação, o frango está rosado e um pouco sangrento. Está malpassado, mas ele o corta mesmo assim, tudo, o frango e sua crocante crosta amarela dissecados sobre seu prato. Sob a pele, escondem-se fios de gordura carnudos e bulbosos. O milho está bom. Doce, um pouco oleoso.

"Você já foi ao Yosemite?", Wallace ouve na ponta da mesa. É Zoe falando com Miller.

"Não", diz ele.

"Tem uma coisa que eu faço com uns amigos quase todo ano: a gente tenta ir ao maior número possível de parques nacionais durante o verão. Mas o Yosemite é o meu favorito. Meus pais levavam a mim e ao meu irmão lá todo ano."

"Eu fui ao Glacier algumas semanas atrás", diz Yngve. "Com Enid."

"Como foi?", Zoe pergunta rindo.

"Lindo, é claro", diz Enid. Enid e Zoe não parecem muito diferentes, Wallace observa. Exceto que Enid é muito pálida. O cabelo dela, tingido, tem um tom cinza arroxeado. Ela tem um piercing no nariz e seu ombro é coberto por tatuagens escuras angulares, zigue-zagues pretos. Nada tribal, mas uma geometria do ser, pensa Wallace. "Eu meio que quebrei o pé, então foi curto."

"Mas eu ainda fiquei três dias depois disso", Yngve diz. Enid apertou os lábios e concordou com a cabeça, como se esse gesto lhe custasse algo. "É que eu não tenho muito tempo livre, então para mim foi tipo uma grande viagem."

"O Glacier é um ótimo parque", diz Zoe. "Eu também estive lá. Não neste ano. No anterior."

"Nunca fui a um parque nacional", diz Miller.

"Nem eu", diz Wallace. Eles se viram para ele, como se se dessem conta, de repente, de que ele estava escutando a conversa o tempo todo. Ele retorna ao seu prato. Quer desaparecer, mas é tarde demais para isso. Ele estragou seu movimento inicial. Miller dá risada.

"Pode parecer intimidante ou algo de outro mundo", diz Zoe.

"Quero dizer, *parque nacional* não soa como um lugar acolhedor. Mas... sei lá, tem algo diferente em estar num lugar daqueles, onde é só você, a natureza, e o sinal de celular é uma merda. É como recomeçar."

"É por isso que eu fui escalar depois que meu avô morreu", Yngve diz. "É você e a rocha. É você e o céu. É você, e tudo o que importa é: *Posso me mover dez centímetros para cima sem morrer?* É maravilhoso."

"Eu acho que é como... Sabe quando você olha para trás e se dá conta do quão idiota foi ficar chateada porque Tiffany Blanchard não te convidou para a festa do pijama? E quão idiota foi não ter sido convidada por Greg Newsome para a festa do final do campeonato? Por exemplo, quando você está escalando ou fazendo trilha, ou apenas lá nas montanhas, quando você vê, tipo, o trabalho do tempo geológico... É assim. É como..." Zoe se atrapalha, faz círculos lentos com a faca, tentando encontrar a palavra.

"Perspectiva", Emma diz.

"Sim, exatamente. Perspectiva. Obrigada", Zoe diz, rindo. "É tipo, por que é que eu estou me chateando? Por causa de *direito penal*?"

"Os advogados não decidem sobre a vida e a morte das pessoas?", Miller pergunta, e Zoe se retrai.

"Vocês entendem o que quero dizer", diz ela. "Certo?" Ela está olhando para eles, todos, um de cada vez. Os olhos dela vagueiam pelos rostos, e Wallace sente que se retirou do olhar dela. É doloroso observar o embaraço tomar conta de Zoe. Ela limpa a garganta.

"Totalmente", Vincent diz, um pouco tarde demais. "É a mesma coisa que a gente estava conversando ontem: a vida não é só o doutorado."

"Não comece", diz Cole.

"Tipo, você, Wallace", diz Vincent, sentando-se mais para a frente. A mesa balança. Os copos tremem. A água de Wallace ondula.

"Como assim?", ele pergunta, sua voz atravessando a fala como quem vai tirar um coelho da cartola.

Vincent mal faz uma pausa e continua: "Eu quero dizer, como você deseja ir embora. Como você deseja parar. A morte de seu pai. Perspectiva, certo?"

Wallace sente os olhares deles atingirem a superfície de seu corpo como balas.

"Ah, não é nem um pouco parecido", diz ele.

"Para mim, parece sim", Vincent responde e então elabora. "Wallace estava dizendo ontem, na noite passada, que ele detesta a pós-graduação. Detesta. Está totalmente infeliz — coitado — e ele fica tipo, *Meu pai morreu e eu odeio isso aqui*. Por que ele ficaria? Tipo, *o pai dele acabou de morrer*. Isso deve mudar as coisas, com certeza."

"Será?", Wallace pergunta e, para seu horror, se dá conta de que não está perguntando apenas para si mesmo. Ele perguntou para toda a mesa. A voz dele é um sussurro rouco. "Será que muda as coisas? O que é que deve mudar?"

"Bem. *Muda tudo*", diz Vincent, com uma risada irônica. "Quer dizer, se meu pai morresse, eu ficaria arrasado."

Wallace assente. Há um som de assobio seco vindo de algum lugar no teto. Agora que estão todos quietos, ele consegue ouvir perfeitamente. O que é isso, ele se pergunta. Parece algo escapando, um vazamento.

"Deve mudar tudo", diz ele depois de um tempo, sorrindo, rindo — sempre sorrindo, o bobo sorridente, o molusco feliz. Ele franze os olhos. A sala relaxa. Roman aperta os olhos.

"É verdade isso? Que você está pensando em ir embora?"

Wallace pensa em três verbos franceses em rápida sucessão: *partir, sortir, quitter*. Ele aprendeu francês no colégio, onde cursou quatro anos da língua. E depois, na graduação, estudou mais três anos. Na faculdade, também era amigo dos jogadores de tênis magrebinos, mas sempre foi tímido para usar seu francês fora da sala de aula. Exceto em momentos de especial coragem, quando ele lhes perguntava sobre eles, sobre suas casas, suas famílias, suas vidas. E havia um menino, Peter, com quem ele quase dormiu várias vezes. Peter costumava se despedir com *quitter*: *Je quitte*. É nessa palavra que Wallace pensa agora. Está na ponta de sua língua, mas ele a segura. Essa palavra é privada. Pertence a Peter.

Wallace hesita. "Olha, eu não diria que *quero* ir embora, mas que eu pensei nisso, claro."

"Mas por que você faria isso? Quero dizer, as opções para... negros, sabe?"

"Quais são as opções para os negros?", Wallace pergunta, mesmo sabendo que com essa pergunta será considerado o agressor. Eles já podem notar a tensão em seus antebraços, em suas mãos, na maneira como seus olhos se apertam. A tensão se acumula nos cantos de sua boca.

"Bem", diz Roman, encolhendo os ombros, "com um doutorado você tem melhores perspectivas, um emprego melhor, melhores possibilidades. Sem isso... as estatísticas mostram o que acontece."

"Fascinante", diz Wallace.

"Além disso, eles gastaram muito dinheiro na sua educação. Pareceria ingrato ir embora."

"Então, eu deveria ficar por gratidão?"

"Quer dizer, se você sente que não consegue acompanhar, então, com certeza, você deve ir. Mas eles trouxeram você para cá sabendo quais eram suas deficiências e..."

"Minhas deficiências?"

"Sim. Suas deficiências. Eu não vou dizer quais são. Você já sabe. Você vem de uma situação de vulnerabilidade. Isto é triste, mas é o que é."

Wallace só sente gosto de cinzas na boca. Ele disseca um pedaço da comida e mastiga pensativamente. Suas deficiências de fato são o que são. Existem lacunas em seu conhecimento sobre biologia do desenvolvimento, que ele continuamente procurou preencher nos últimos anos, por meio de estudos e cursos. Havia também, naqueles anos iniciais, uma falta de expertise técnica, que ele adquiriu por meio da prática. Mas a deficiência a que Roman alude não é uma dessas, não é uma das várias formas em que as pessoas chegam à pós-graduação despreparadas para suas demandas, iludidas de uma forma ou outra por seus estranhos rituais e rigores. Roman se refere, antes, a uma deficiência de brancura, uma ausência da uniformidade exigida. Essa deficiência não pode ser superada. O fato é que, não importa o quanto ele tente ou o quanto ele aprenda ou quantas habilidades ele domine, ele será sempre provisório aos olhos dessas pessoas, não importa o quanto elas gostem dele ou sejam gentis com ele.

"Eu magoei você?", Roman pergunta. "Eu só quero ser claro. Eu acho que você deveria ficar. Você deve isso ao departamento, concorda?"

"Não tenho nada a falar sobre isso, Roman", diz Wallace, sorrindo. Para evitar que suas mãos tremam, ele cerra os punhos até que os nós de seus dedos se tornem cristas brancas com a pressão.

"Bem, pense nisso", diz ele.

"Pensarei, obrigado."

Emma apoia a cabeça no ombro de Wallace, mas ela também não vai falar nada, não consegue. Ninguém consegue. Ninguém nunca consegue. O silêncio é a forma de eles sobreviverem, porque, se ficarem calados tempo suficiente, então esse momento de leve desconforto passará, se incorporará na paisagem da noite como se nunca tivesse acontecido. Apenas Wallace se lembrará. Essa é a parte frustrante. Wallace é o único que considera isso humilhação. Ele expira por entre a agonia disso tudo e a pressão que sente no peito. Roman cochicha com Klaus e eles riem de alguma coisa.

"Podem passar aquele vinho para cá de novo?", pergunta Lukas, em um tom ao mesmo tempo educado e direto. Nathan está no celular lendo os placares do campeonato de badminton em Cingapura.

"Você vai ter que vir buscar", diz Yngve, levantando a garrafa e balançando-a.

"Dá logo para ele", diz Enid. "Meu Deus."

Lukas já está de pé, contornando a mesa pelo lado de Wallace e se aproximando de Yngve. Ele tenta pegar a garrafa, mas Yngve levanta-se num salto.

"Você vai ter que ser mais rápido", diz Yngve, e Lukas dá um impulso e pula para pegar a garrafa. Lukas é muito mais baixo que Yngve. Ele tem o corpo compacto e musculoso e os traços de um personagem de desenho animado — olhos grandes, rosto largo. Yngve dá um passo para trás, Lukas dá um passo à frente. É uma dança.

Nathan levanta os óculos no nariz. Ele observa os dois na cabeceira da mesa, a dança e o giro de seus corpos. O vinho balança, chacoalha na garrafa. Tem outra garrafa de vinho na mesa. Enid a observa cuidadosamente. Seu pescoço está tenso. Zoe cruza os braços sobre a mesa para se apoiar. Seus ombros tremem de tanto rir. Os olhos de Miller recaem sobre suas costas no momento em que os olhos de Zoe passam por seu ombro. Seus olhares se encontram. E Wallace vê isso acontecendo, a aproximação entre pessoas que se atraem.

Yngve passa o braço em volta de Lukas, segura-o pela cintura e o levanta. "Desculpe aí, baixinho. Você tem que ter pelo menos esta altura para beber vinho."

"Yngve", diz Lukas, mas ele não consegue se conter. Está enrubescido.

"A gente é criança, por acaso?", Enid pergunta. Ela levanta a garrafa da mesa e a bate de volta sem quebrá-la. "Toma esta aqui."

Yngve solta Lukas. Lukas tira a garrafa de sua mão. Não há mais desafio ali. Ele se senta, ofegante. Nathan olha para baixo com a mesma delicadeza afetada com a qual se coloca um guardanapo no colo. Wallace sente o cheiro do vinho, seu aroma doce e escuro.

Cole ri nervoso.

Eles estão sempre rindo. É isso, pensa Wallace. É assim que eles sobrevivem. Silêncio e risos, silêncio e risos, de um lado para o outro. Do jeito que se passa pela vida sem ter de pensar em nada difícil. Ele ainda sente a dor da vergonha, mas ela diminuiu. O olhar de Vincent chega perto de encontrar o dele. Wallace come sua comida.

O sabor insípido, limitado e diluído da comida de gente branca, sua curiosa textura, sua feiura. Ele come sua comida. Ele range os dentes. Sua raiva é fria. Está contida por uma película.

Roman e Vincent trocam um olhar. Cole os observa trocando um olhar. Todos se entreolham.

Wallace pensa em Peter. Em sua mãe. Em seu pai. Em Henrik. Em Dana.

"Vocês jogaram tênis hoje?", pergunta Vincent. A banalidade da pergunta rompe a película da raiva de Wallace.

"Foi ótimo", diz Cole.

"Tivemos uma longa conversa. Foi ótimo para pôr o papo em dia."

"Que bom, que bom", diz Vincent.

"Então, quando você estava no aplicativo ontem à noite, você estava só olhando ou estava realmente procurando alguém para trepar?", Wallace pergunta, sorrindo, os dentes brilhando.

Há uma pausa trêmula. Cole fica tenso. Os olhos de Roman se voltam para eles. Vincent fica verde, como se estivesse enjoado.

"O quê?", ele pergunta. "O que foi que você disse?"

"Eu vi você no aplicativo ontem à noite e fiquei pensando se... você sabe, se vocês dois estavam abrindo a relação." Ele olha Cole e Vincent como se estivesse perguntando sobre cores em um mostruário. Faz a pergunta com uma voz mais leve do que a realidade, porque na verdade, no momento, ele quer morrer. Mas é bom, para variar, ver outra pessoa na berlinda.

Cole abaixa a mão e agarra o joelho de Wallace com força, com tanta força que quase chega a doer, e essa dor é quase suficiente para fazê-lo suportar este momento. A cabeça de Wallace lateja.

"Eu... Eu..."

"Isso é verdade, Vincent?", pergunta Cole, embarcando na mentira de Wallace, porque, ao contrário de Wallace, essa verdade significa tudo para ele.

"Eu não... Eu não estava... Eu..."

"Uau", Roman diz, aplaudindo baixinho. "Que legal para vocês dois. Isso é ótimo."

"Ótimo mesmo", diz Klaus, assentindo com firmeza. "É a melhor decisão que já tomamos."

"Você estava no aplicativo?", Cole pergunta, deixando a raiva e a mágoa o invadirem. Ele se vira na cadeira. "A gente estava começando a falar sobre o assunto. E você fez isso pelas minhas costas? Por quê?"

Wallace observa o rosto de Vincent com muito cuidado. Aquela expressão de tensão e carência tornou-se mais clara e pronunciada. Ele tem migalhas de comida grudadas sob o lábio inferior.

Sua boca brilha com a gordura. Suas sobrancelhas grossas, que se projetam como um penhasco protetor sobre os olhos pequenos, parecem mais escuras. Algumas pessoas, diante de um choque, se desnudam e se expõem, mas Vincent não é uma dessas pessoas. Ele se recompôs rápido, como se de repente tivesse se tornado mais compacto, e Wallace se sente de alguma forma orgulhoso dele e, ao mesmo tempo, privado de uma reação mais clara. Sim, Wallace pensa, é isso, não deixe que percebam que você está suando, Vincent; é assim que tem que ser. Mas ele também sente, na parte mais primitiva do seu ser, um grunhido de raiva, a privação de sua recompensa por ter jogado tudo de volta neles. É uma parte feia e mesquinha de Wallace que vibra e se delicia e estremece e que deseja apenas que Vincent fosse um pouco mais explosivo.

"Caralho", diz Lukas. "Caralho."

"Meu Deus." Yngve está de pé na ponta da mesa, vindo em direção a eles, mas pensa melhor, relutante em se envolver na confusão alheia, e volta a se sentar.

"Eu só estava olhando, Cole. Eu não ia fazer nada. Eu só estava olhando."

"Mas por que você não me contou? Por que você não disse nada antes de fazer isso?"

"Eu não sei. Eu estava com medo de você dizer não. Eu estava com medo de querer que você dissesse sim? Eu não sei. Porra." Os olhos de Vincent estão úmidos. Ele está à beira do choro. Agora Wallace se sente culpado — culpa real, grave e dura. Ele engole em seco. Seus olhos ardem. Cole já está chorando baixinho, batendo na perna com a mão.

"Por que não sou o suficiente?"

"Não tem nada a ver com ser ou não ser o suficiente", diz Roman.

Cole se vira para ele e diz: "Cale a boca, Roman. Eu não estava falando com você."

Roman faz uma expressão de surpresa. Ele se inclina para trás na cadeira. "Vocês dois estão aqui em público. Presumi que vocês queriam opiniões."

"Será que dá para termos só um minuto sem você querer enfiar seu pau no nosso relacionamento?"

"Finalmente alguém está criando coragem, que ótimo para você", diz Roman, aplaudindo mais alto desta vez. "Alguém está finalmente se comportando como homem. Mas uma dica. Se você não quer que outra pessoa trepe com o seu namorado, melhor você trepar com ele."

"Do que ele está falando, Vincent?"

"Não, não, não", Vincent diz, colocando o rosto entre as mãos. "Não, não, não. Isto não está acontecendo."

"Vincent, do que ele está falando?"

"Que merda", diz Vincent. "Que merda."

Klaus está vermelho de raiva, olhando furiosamente para Roman, que voltou a comer.

"Que porra", diz Miller. Emma levanta-se para abraçar Cole, que está olhando para Vincent.

"Baby, baby", diz Emma. "Baby, baby. Vamos." Ela massageia as costas de Cole, querendo que ele se levante da mesa e vá com ela, para algum lugar, para qualquer outro lugar.

Wallace nem mesmo tenta parecer inocente em seu papel na coisa toda. Cole provavelmente nunca o perdoará, mas Wallace, na verdade, deu a ele o que ele precisava, mas que nunca conseguiria pedir por conta própria, e não foi por isso que Cole pediu que ele viesse, afinal? Sim, ele reagiu por mesquinhez, pelo desejo de ver alguém diminuído, mas no fim das contas, não se alcançou algo importante? Ele olha para a esquerda e vê Vincent soluçando com a cabeça entre as mãos e Cole olhando, parado como um obelisco. Roman e Klaus falam entre si, raivosamente, em francês e alemão, as palavras cortando umas às outras.

O jantar está arruinado, isso é óbvio, mas Wallace continua comendo, porque está com fome. Ele toma a sopa, embora tenha tomate demais. Vai mastigando a berinjela à parmegiana, as saladas, o purê de batata, o pilaf, o macarrão com azeitonas e o ravióli caseiro. É como se um grande buraco, só preenchível com comida, tivesse se aberto nele. Ele come e come, mais e mais porções, couve e homus e chips de pão sírio e bolachas salgadas. Há uma variedade de sobremesas: a sua salada de frutas, um pouco de torta de nozes, torta de abóbora, torta de cereja, quadrados de limão, amanteigados de canela, uma seleção de cookies. Ele vai comendo tudo pouco a pouco, centímetro a centímetro, deslizando-os para sua boca. É o único a comer, porque todas as outras pessoas estão em grupos de dois ou três, falando baixinho, tentando entender o que aconteceu.

Wallace não levanta os olhos. Houve uma época, no segundo ano, logo depois que Dana convenceu Simone de que ele havia confundido os reagentes de purificação, em que Wallace almoçava sozinho na biblioteca do terceiro andar. Ele usava o micro-ondas vagabundo da cozinha e, em seguida, levava seu copo fumegante de lámen instantâneo pelos corredores, apertando firmemente a tampa para não derrubar a água quente, e, em seguida, ocupava uma das salas de estudo para poder ficar sozinho com sua vergonha. Ele comia enquanto assistia a vídeos no celular, a luz clara da tarde cortando a janela estreita e pousando sobre a mesa, como uma ripa dourada. Ele comeu sozinho todos os dias durante um mês, até que um dia Henrik veio procurá-lo. Wallace levantou os olhos e lá estava ele, espiando pela janela da porta, olhando para ele. Wallace teve um sobressalto, derrubou o copo no chão, e a expressão de Henrik se tornou sombria. Wallace se ajoelhou e começou a recolher o macarrão caído, colocando tudo de volta no copo, e Henrik empurrou a porta para abri-la e disse: *O que você está fazendo aqui? A gente tem uma cozinha para isso.* Ele cruzou os braços sobre o peito, as mãos úmidas sobre a camisa, e não se moveu até que Wallace recolhesse seu copo e seu garfo e começasse a andar de volta para a cozinha para jogar o almoço fora. Ele não almoçou mais no laboratório por muito tempo depois disso, e todos os dias, por volta das três da tarde, Henrik pegava o próprio almoço e, quando saía de sua baia, parava e olhava para trás, para Wallace. Havia arrependimento em seus olhos, Wallace pensa agora. Arrependimento e algo mais. Ele gostaria de ter perguntado sobre isso a Henrik. Gostaria de ter convidado Henrik para almoçar com ele. Ele se pergunta agora se Henrik não teria vindo, não para repreendê-lo, mas para fazer alguma oferta — de amizade, talvez —, e, por ser tímido e não saber o que fazer consigo mesmo, não agiu. Ou talvez não tivesse sido nada.

Os outros haviam se levantado e passado à cozinha pela porta em arco. Ele os ouve, à distância, fracamente. Um murmúrio sobre planos. Ninguém fala com ele. Por que falariam com ele agora? Ele arruinou o jantarzinho deles.

As cenouras machucam suas gengivas. Ele consegue sentir um pouco do gosto do próprio sangue. Sente as mandíbulas moles, como massa de modelar.

"O que você está fazendo?", pergunta Miller, e Wallace olha para cima, vê o rosto de Miller. Ele parece um pouco assustado. Wallace pressiona os dedos contra seus lábios, sente o relevo quente e pegajoso do sangue, não muito, só um pouco. Ele cortou os lábios com os dentes.

"Ah", diz ele.

"Você está com uma aparência horrível", diz Miller. Ele puxa a cadeira ao lado de Wallace e se senta.

"Estou me sentindo péssimo." Wallace olha através do arco para a porta dos fundos. Ele vê um pedaço da camisa de alguém.

Eles estão sentados sob a árvore lá fora. "Eu criei uma puta confusão esta noite."

"Você teve alguma ajuda."

"Eu sabia que não devia dizer aquilo."

"Sim, provavelmente."

Wallace geme e coloca a cabeça sobre a mesa, mas, em vez de chorar como ele quer, apenas ri. Não é engraçado. Não é nem remotamente engraçado. O que se depreendeu desta noite? A infidelidade de Vincent, ainda que tenha ficado nebulosa, foi pelo menos vagamente confirmada. Nathan e Enid estão relegados a figuras menores em seus relacionamentos com Lukas e Yngve, uma tragédia não totalmente surpreendente, mas lamentável. Roman, na melhor das hipóteses, é racista. Quem sabe o que acontece com Emma e Thom? Zoe parece legal, mas daquele jeito que os brancos são legais até desempenharem algum novo papel no mecanismo secreto que destrói a vida dos negros. Para Wallace, parece que não há nada a fazer a não ser rir.

Ele gargalha. Seus olhos se enchem de lágrimas mornas. Elas umedecem a toalha de mesa branca. A mão quente de Miller está na parte de trás do pescoço de Wallace, num gesto de ternura. A gargalhada de Wallace se estrangula como uma toalha torcida e, quando se abre novamente, torna-se um lamento.

"Meu Deus", diz ele. "Eu odeio isso aqui."

"Eu sei."

"Eu odeio tudo aqui."

"Sinto muito."

"Não sei para onde ir ou o que fazer", diz, e, porque as palavras são tão sinceras e tocam num ponto tão fundamental de quem ele é, ele vibra em alta frequência, treme como um diapasão.

"Não é tão ruim assim", diz Miller.

"É, sim."

"Vai dar tudo certo."

"Você não sabe."

"Não venha me dizer o que eu sei", diz Miller, abrindo um sorriso. Isso é um desvio do curso da conversa, e um desvio dos ruins, o que irrita Wallace. Um desvio por gentileza. Uma gentileza para todo o sempre, que afirma sua constância, a despeito do que possa acontecer. Miller, acariciando a nuca de Wallace e olhando para ele como um entretido professor de jardim de infância, está dizendo algo, prometendo algo, e tudo que Wallace tem que fazer é encontrar uma maneira de aceitá-lo.

"Vocês nunca levam isso a sério", diz Wallace, e começa a afastar a mão de Miller, mas para quando Miller diz baixinho: "Desculpa. Nós deveríamos ser melhores. Eu deveria ser melhor. Desculpa", diz Miller, com firmeza. Isso também é gentileza, pensa Wallace. De um tipo diferente. O que ele não sabe — e, talvez, apenas talvez, nem seja importante — é se essa gentileza é apenas uma extensão da amizade deles ou outra coisa, ou se essa questão em si, a incerteza, é uma crítica, um insulto, um erro de cálculo. Qual é a fonte da gentileza? O que faz com que as pessoas sejam gentis umas com as outras? "Wallace?", pergunta Miller depois de um momento. "Tá bom? Desculpa."

Wallace assente com a cabeça, que ainda está pousada sobre a mesa. O polegar de Miller retoma seu passeio pelo pescoço de Wallace.

Gentileza é uma dívida, pensa Wallace. Gentileza é algo devido e retribuído. Gentileza é uma obrigação.

A chaleira apita no fogão. Alguém está fazendo café para o grupo lá de fora. As janelas estão abertas e o mundo cheira a verão virando outono. Há um certo frescor no ar. Miller, na sala escura, abre e fecha a boca. Ele também coloca a cabeça na mesa e eles ficam sentados lá, como dois patos com a cara na água. É mais difícil para Miller, que tem pescoço comprido, mas ele está dando um jeito de alguma maneira. Wallace tem vontade de rir dele.

A casa expira no frescor da noite. Grilos no jardim, comendo as folhas. Por baixo da mesa, Wallace procura a mão de Miller e a toma.

Vozes do lado de fora. Passos na escada dos fundos, subindo. Emma entrando na cozinha de sandálias, cheirando a corniso e coco.

"Estou exausta", diz. Sua voz soa arrastada. Ela está um pouco bêbada. "Mas o café não vai se fazer sozinho." Ela faz barulho pela cozinha, ocupada em pequenas tarefas. Miller está sorrindo para ele, piscando devagar. Wallace poderia dormir para sempre. "Vocês vêm aqui fora?"

O sorriso de Miller demora a aparecer, mas ele solta a mão de Wallace. Emma está na cozinha, no balcão. O aroma intenso e escuro do café se junta a eles — ela verte a água sobre o pó, o que faz o café menos ácido e mais suave que o de máquina. A água sobre o café no filtro provoca um leve ruído sibilante, penetrando no pó, um fraco fio de água como chuva. Wallace se ajeita na cadeira. O rosto de Emma fica sombrio.

"Acho que vou tomar outra cerveja", diz Miller. Ele se levanta da mesa e Emma toma seu lugar, sentando-se sobre as pernas cruzadas.

"Wallace, não fique com raiva de mim...", ela diz. É o lento desfecho. Ele se enrijece. Ela está mastigando uma fatia de maçã. "O que foi aquilo? Não parecia você."

"O que pareceria ser eu, Emma?", ele pergunta baixo, rápido. Ela parece um pouco assustada com a pergunta, com seu tom, que não é nem neutro nem gentil. Ela se ressente do ressentimento dele.

"Você não é aquilo. Aquilo não é quem você é."

"Ninguém disse nada a ele quando, de repente, ele quis dar uma de especialista em demografia, não é?"

"Não é a mesma coisa. Você provavelmente magoou o Cole de verdade", diz ela.

"Magoar o Cole? Eu? E o namorado galinha dele?"

"Você não sabe o que acontece entre eles, Wallace. Você não tem que decidir como os outros vão levar a vida, ou o que é bom para eles. Você não tem nada a ver com isso. Deveria ter perguntado a ele em privado."

"Ah", diz Wallace, assentindo severamente com a cabeça. Ele pega umas fatias de maçã. Retira as cascas lisas até que a carne branca fique exposta, vê como elas começam a se oxidar, estas coisas nuas, macias. "Privacidade. Então agora a gente finalmente compreendeu o conceito de privacidade."

Os olhos de Emma se arregalam. Ela fica de joelhos sobre a cadeira e coloca o dedo no peito dele.

"Você é tão egoísta", diz ela. "Eu contei aos nossos amigos sobre a sua perda para ajudá-lo. E você contou a todos sobre a confusão entre Cole e Vincent para machucá-los. É diferente."

"Você não tem nada a ver com isso, Emma", diz Wallace. A pele delicada da garganta dela pulsa.

"Ah, então você acha que eu também sou controladora. Maravilha. Bem, então você e Thom podem fazer uma festinha de autocomiseração. Eu não estou nem aí." Ela balança a mão na direção dele, dispensando-o. Chega bem perto dele. A discussão deles é calma, limitada ao espaço entre os dois. Wallace olha por cima do ombro dela, através do véu do cabelo, para a cozinha.

"Eu nunca disse isso", diz ele. "O que eu quis dizer... é que ninguém, nunca, me defende."

"Isso não justifica sair por aí destruindo a vida das pessoas."

"Certo. Estou de acordo, tá bom? Eu admito meu erro", diz ele. Emma pressiona as palmas das mãos contra o rosto. Seu corpo inteiro dá uma tremida. O estômago de Wallace dói.

"Mas cadê o Thom mesmo?"

"Não faça isso", ela diz.

"Onde ele está? O que está acontecendo? A gente pode tratar do problema de vocês também."

"Thom não queria vir, Thom não acha bom", diz ela. "Isso rima? Thom não acha *bom*, porque Thom não tem o *dom* e quer ficar em casa lendo, porque Thom *odeia meus amigos*." A história dela soa como uma cantiga. Ela se afasta da mesa, levanta-se. Wallace a segue.

Da cozinha, os dois olham pela porta dos fundos, para o quintal, onde os outros se esticam sobre cobertores de flanela. Yngve ligou o interruptor dos fios de luzes brancas pendurados na árvore — agora tudo parece muito suave e muito claro lá fora, sob o céu, inclinado e escuro. Eles estão bebendo cerveja em latas e garrafas. Mais música folk, mais violão, alguma coisa do Dylan, ele pensa. Yngve está deitado de costas, e Lukas colocou a cabeça sobre a barriga dele. Eles parecem tolos e apaixonados, algo que Yngve nunca admitiria, nunca conseguiria admitir. Enid e Nathan sentam-se juntos, cheios de uma tristeza que não conseguem articular sem afetar seus relacionamentos, porque Yngve sempre escolherá Lukas e Lukas sempre escolherá Yngve; eles não precisam falar para entender que essa é a verdade. É uma confiança que só pode existir em silêncio, ele se dá conta. Eles não podem falar, porque falar seria dissolvê-la.

"Eu queria que aqueles dois ficassem juntos de uma vez", diz Emma. "Isso está me dando dor de cabeça."

"Sério? Mas acho que é fofo."

"Ser iludido daquela maneira?"

"Ninguém ali está iludindo ninguém. Eles estão na mesma."

"Se você diz", Emma diz nas costas de Wallace, com os braços em volta dele. Ele não sabe se é um gesto para confortá-lo ou confortá-la, se é para ele retirar força da proximidade dela, ou se ela está tentando se apoiar.

"Thom não nos odeia", diz ele. "Ele não tem por quê."

"Ele odeia. Eu acho que ele odeia. Toda vez que saímos, ele fica de cara amarrada por semanas. Ele não fala nada. Eu sei que, quando eu voltar para casa, ele vai me dar um gelo."

"Por quê?"

"Porque ele acha que estou sempre procurando uma válvula de escape."

"E você está?"

"Talvez", diz ela, "mas não estamos todos? O tempo todo?"

"Talvez", ele diz, e os dois riem.

"Acho que é por isso que todos estão tão tensos com você. Porque você *falou*. Você realmente falou. Você quer sair. Você rompeu essa ilusão que todos nós temos. De que vai ser para sempre assim, que o que a gente tem agora é bom."

"Mas é bom." Wallace puxa os braços dela e os coloca em volta de si. Ela beija seu cabelo e depois sua orelha. Ela o perdoou. Wallace relaxa.

"Não sei se é bom. Às vezes, eu acho que isso é o que eu sempre quis da vida. Boa pesquisa. Estável. Aprendendo o tempo todo. Outros dias, me sinto completamente infeliz e com vontade de chorar. Todos nós nos sentimos, eu acho. Cada um à sua maneira. Todos nós estamos infelizes nesta merda de lugar. Mas aí, ouvir isso dito de verdade. É como se alguém tivesse falado algo ofensivo na igreja."

"Mas isso aqui é uma igreja?"

"Shhh, você sabe o que quero dizer. Eu pensei, ah, não, ah, não. Primeiro, eu queria te dar um abraço. Porque eu já tive dias assim. Depois eu queria te estrangular para que você se calasse e não nos fizesse pensar sobre isso."

Mas a diferença, Wallace tem vontade de dizer, *é que vocês têm a opção de não pensar nisso.* O sofrimento dele não é novo, mas é distinto. Todos eles perderam dados, arruinaram experimentos. Teve a vez, no segundo ano, em que os cristais de Yngve não cristalizaram direito e ele acabou com um monte de flocos, tudo porque calculou mal a concentração de potássio em sua solução-tampão. Ou a vez em que Miller matou uma linhagem inteira de células bacterianas que vinha sendo passada de pós-doutorado em pós-doutorado em seu laboratório havia cerca de vinte anos, porque tirou o recipiente todo do freezer a -80°C, em vez de uma pequena amostra, e perdeu tudo em uma inoculação frustrada. Outra vez, Emma se esqueceu de enviar seus dados mais recentes para o servidor e seu laptop quebrou, e não houve maneira de recuperar suas execuções de qPCR, e ela teve que repetir o experimento, o que levou semanas. Ou a vez em que Cole despejou ácido pelo ralo e depois água sanitária, provocando a evacuação de todo o quinto andar. Houve dias na vida de todos ali em que as coisas deram errado, e eles se viram forçados a se perguntar se queriam seguir adiante. Decisões eram tomadas todos os dias sobre qual tipo de vida eles desejavam, e eles sempre respondiam a mesma coisa: *Apenas isso. Nada além disso.* Mas aquele era o sofrimento de tentar tornar-se alguma coisa, sofrimento que dava para suportar porque fazia parte do ato de tentar. Mas existem outros tipos de sofrimento, o sofrimento que vem dos outros.

Será que era isso o que Dana estava tentando dizer a ele mais cedo? Que ele não é o único que tem dificuldades? Que ele não possui nenhum tipo de monopólio do sofrimento? *Mas é diferente*, ele quis dizer naquela hora e quer dizer agora. É diferente. Você não consegue enxergar isso? É diferente.

Ele poderia dizer isso. Parece possível. Mas ele sabe o que acontecerá. Wallace levanta os ombros. Se ele argumentar, Emma balançará a cabeça. Ela rejeitará. Dirá que ele está se fazendo de coitado, que ele não é especial. Que ele não está sozinho nesse sentimento de inadequação. E talvez isso seja um pouco verdade. E é a pequena verdade disso que é perigosa para ele. Eles não entendem que para eles melhorará, enquanto para ele o sofrimento só mudará de forma. Ela dirá: *Supera isso, Wally*, sorrirá e colocará os braços em volta dos ombros dele, e ela o amará e tentará ao máximo entendê-lo, e ele aceitará isso, e ele ficará calado e ela sentirá que alguma coisa não está bem, mas ele não contará a ela. E será como se nada tivesse acontecido.

"Tudo bem", diz Wallace.

Miller volta com uma cerveja e um pequeno prato de pretzels. Emma recusa e Wallace balança a cabeça.

"É melhor eu levar o café lá para fora", diz ela. "Me ajuda."

Wallace pega uma bandeja com várias canecas diferentes com escudos de times de futebol e basquete. Há também uma linda caneca cor de cereja que ele comprou para um dos meninos durante uma troca de presentes de amigo-secreto. Wallace recebeu um pequeno pato inflável em retribuição, o que o fez rir na hora, enquanto o erguia para eles. Dá a impressão de que isso foi muito tempo atrás.

Está ainda mais frio do que antes no quintal, e o horizonte sobre a cerca tem um halo azul escuro. As luzes do prédio da assembleia estadual estão distantes, feixes brancos tornando-se transparentes, como num sonho. Há uma pequena mesa feita de caixotes de madeira, e Wallace coloca os copos ali. Emma traz a garrafa com o café escuro e um pouco de leite e açúcar. Wallace se senta na ponta do cobertor. Miller toma o lugar a seu lado, o que irrita Emma, mas ela se senta na frente de Wallace, e ele a envolve com seus braços.

Yngve está inclinado sobre a mesa, servindo café, quando vê Miller. Ele sorri e se estica todo.

"Ótimo, ótimo. Então, agora todo mundo está aqui. Perfeito."

Lukas e Nathan agora estão deitados juntos, com as mãos entrelaçadas. Vincent e Cole estão perto do jardim, cochichando baixo. Tudo está calmo e perfeito.

"Tudo bem, Miller, vem, vem." Yngve acena várias vezes chamando Miller para ir até ele, e Miller finalmente cede. Wallace o observa enquanto ele vai. Roman toma o lugar de Miller. Perto da árvore, Klaus está falando em alemão pelo telefone. Yngve conduz Miller na direção de Zoe, que está vestindo um cardigã superlegal, folgado, escuro, um buraco no ombro, claramente grande demais para ela.

"Wallace", diz Roman, o que atrai o olhar de Wallace enquanto Roman toma o lugar de Miller. Wallace assente com a cabeça. Roman cheira a gin. Seus olhos vão até Klaus e depois retornam a Wallace. "Estou com um grande problema ali." Ele diz isso com um sorriso, uma piscadela.

"Sim, ouvi dizer", diz Wallace.

"É contagioso", diz Roman, olhando sugestivamente na direção de Cole e Vincent.

"Nessa época do ano", diz Wallace.

"Você me surpreende", diz Roman. Emma estica o pescoço para trás para olhar para Roman.

"Eu me surpreendo a mim mesmo."

"Shhh", Emma diz. "Yngve está tentando dar uma de cupido."

Wallace tenta ouvir. Zoe fala com as mãos. Gestos largos, arrebatadores. Ela está imitando alguma técnica de escalada. Tem as mãos estendidas, agarrando rochas, escalando desafiadoras superfícies escarpadas. Miller concorda com a cabeça. Faz gestos semelhantes aos dela. As mãos de Zoe deslizam para os quadris dele, os reposicionam, movimenta as mãos. Ela segura firmemente o pulso dele. Yngve ri alto, dá um tapinha nas costas de Miller.

"Não sabia que você estava no aplicativo, Wallace. Pensei que você não ligasse para esse tipo de coisa. Eu nunca vi você lá."

"Eu bloqueei você", diz Wallace sem desviar o olhar de Miller e Zoe. Eles parecem aquele tipo de pessoas que ele às vezes vê no píer ou nos cafés, empurrando carrinhos de bebê. O tipo de casal para o qual o mundo está aberto. Eles não parecem diferentes em sensibilidade. Miller cruza o braço sobre o peito. Ele apoia o queixo sobre os dedos fechados.

"Isso doeu", diz Roman.

"Duvido."

"Está bem. Não doeu muito. Mas doeu. A gente é amigo, não é?"

"É pra isso que você usa o aplicativo, Roman? Amizade?"

"Às vezes", diz ele. "Para o que é que você usa? Vigilantes do Peso?"

Wallace vira-se para Roman, dá a ele a atenção pela qual ele parece desesperado.

"O que você quer, Roman?"

"Eu tenho uma teoria", diz ele. "Eu tenho uma teoria de que você mentiu. De que não era você quem estava no aplicativo."

"Fica quieto", diz Emma para Roman. "A coisa parece que está esquentando agora."

Wallace acompanha os olhos dela, que se voltaram para Miller e Zoe, mas os dois estão ainda apenas conversando. A mão de Yngve está pousada no ombro de Miller e Yngve se vira para olhar para Lukas e Nathan, que estão deitados. Não há naquele momento nada que indique que algo vai esquentar ou ser diferente do momento anterior, então Wallace está confuso, irritado. Ele belisca o quadril de Emma. Ela solta um silvo agudo de dor.

"Use seus olhos, bobo. Olha."

Wallace olha.

"Acho que você está encobrindo alguém", diz Roman.

Wallace olha e olha, e ali está: o rosto de Yngve. Estava oculto de Wallace no início, mas, quando ele se mexe, seu incômodo fica visível. Ele está olhando com certa raiva para Nathan e Lukas, seu queixo se movendo de um lado para o outro. A mão dele está segurando Miller com tanta força que Miller pega seu pulso. "Ei, ei, Yngve, cara, ei, me solta", diz Miller. Yngve parece assustado, encontra o caminho de volta a si mesmo.

"Eu acho que é Cole", Roman finalmente diz. "Acho que você está acobertando Cole." Ele quase respira no ouvido de Wallace, seu hálito úmido e quente. Wallace vira-se para ele e lá estão eles, face a face, nariz com nariz. Ele pode ver a variedade de fios na barba de Roman, a sutil escala de ruivos. A superfície lisa de suas bochechas. De perto, ele parece quase inocente. As narinas de Roman se abrem subitamente e Wallace fica paralisado pelo jogo de luz em seus olhos. Há malícia e algo mais. Wallace lembra, com um arrepio, momentos antes, o movimento molhado da língua de Roman contra sua orelha.

"Que jogo é este?", ele pergunta a Roman.

"Não tem jogo", diz ele. Em seguida, para Emma: "Como está Thom?" Emma hesita e toma um longo gole de café. Ela está ficando sóbria.

"Ele está superbem. Escrevendo aquele ensaio sobre Tolstói, você sabe." Os galhos das árvores voltam a se mover, vento nas folhas. Wallace olha para cima, o lampejo de uma barriga branca, um pássaro no alto, disparando para longe, primeiro baixo e depois alto e por cima da cerca.

"Tolstói? Eu prefiro Zola", Roman diz, sorrindo.

Emma assente com a cabeça, firmemente. Ela está bebendo de uma caneca dos Packers. Miller olha para trás. Seus olhos se encontram e Wallace desvia o olhar. Roman o observa.

"Fascinante", diz Roman.

"Acho bom você ir a um oculista", diz Wallace com bem mais tranquilidade do que ele merece.

"Para ver você melhor", diz Roman, com um sorriso largo.

"Com licença", diz ele. "Ei, Emma, eu tenho que me levantar."

"Por quê?", pergunta Emma, agora que ela se acomodou e está confortável.

"Banheiro", diz ele gentilmente, o mais gentilmente possível. E se afasta e levanta. Roman ainda o está observando enquanto ele sobe os degraus dos fundos e entra na casa. Wallace consegue sentir o peso de seu olhar, a pressão dele.

Wallace consegue chegar ao banheiro, onde vomita. Toda a comida do jantar vem à tona. O vaso está uma sujeira. Seu estômago se contrai até que ele se sinta quente e corado novamente. Sua cabeça está fervendo, e cada vez que ele respira, alguma parte dele dói. Odeia Roman. Ele o odeia tanto que poderia matá-lo com as próprias mãos.

Ele está sentado na borda da banheira, chupando um cubo de gelo que pegou da tigela de metal na cozinha, quando ouve uma batida suave na porta. Presume que é Emma, então não fala nada. Ela vai entender a dica ou entrar. Ele gira o gelo em torno dos lábios e na língua. Está tentando se refrescar. Outra batida, desta vez mais insistente, e, então, a voz de Miller: "Wallace, você ainda está aí?"

"Ah, desculpe, você precisa usar o banheiro?", ele pergunta.

Miller abre a porta e entra. Senta-se na tampa da privada. "O que aconteceu lá fora? Quando eu olhei você tinha sumido."

"Nada, só me sinto meio estranho, então entrei."

Miller coloca a mão na cabeça dele e franze a testa. "Você está se sentindo mal? Está com febre?"

"Não. Nenhum dos dois."

"Mas você está quente."

"É verão", diz Wallace. Ele chupa o cubo de gelo e Miller observa com atenção.

"Você quer se deitar? Está mais fresco no meu quarto. O ventilador está ligado."

A ideia de estar separado dos demais, de estar sozinho em um local fresco e escuro, parece perfeita.

"Sim", diz ele, e Miller põe a mão em sua nuca.

"O.k.", diz Miller. "Vamos."

Eles sobem as escadas, pela casa escura, e viram à esquerda no final. O quarto de Miller é longo e cheio de ângulos. Há uma janela circular pela qual ele consegue ver o lago ao longe. Há mapas e cartões-postais nas paredes e livros em uma caixa apertada sob o parapeito da janela, onde há almofadas e uma manta de flanela grossa. A cama é grande e confortável, com uma colcha comprida. O cômodo cheira a Miller — laranja e sal. A bicicleta dele está encostada no armário. O chão range sob seus pés.

"Aqui está", diz ele, apontando para a cama. Este quarto é bem mais fresco. Há um ventilador na outra janela, deixando o ar entrar. Ele vai acender a luz, mas Wallace balança a cabeça.

"Não, assim está bem. Por favor, deixa."

Wallace sobe na cama e deita-se de costas, olhando para o teto, que parece muito baixo para Miller.

"Quer que eu vá embora?"

"Você vai perder a festa", diz Wallace.

"Eu quero ficar."

"E a garota do gelo?"

"Garota do gelo?"

"Você sabe... Ela estava picando gelo antes. Ela veio por sua causa. Você não deve desapontá-la."

"Zoe, você quer dizer? Ah, ela está bem."

"Ela te achou engraçado. Eu vi."

Miller está parado na frente da porta fechada, brincando de fazer barulho com a pequena maçaneta. "Eu não sei o que você quer que eu diga sobre isso."

"Nada", diz Wallace. Esse embate já está consumindo o pouco de energia que ainda lhe resta. Ele coloca o travesseiro de Miller sobre o rosto. Cheira tão bem, tão parecido com ele.

"Eu quero ficar."

"Então fique. É sua casa."

Miller sobe na cama ao lado dele e deita-se de lado. Coloca a mão na barriga de Wallace, o que o deixa inseguro. Ele tem vontade de afastar a mão de Miller, de ficar sozinho, de estar completamente sozinho. Miller chega mais perto, repousa o rosto sobre a curva do ombro de Wallace. Joga a perna por cima da perna dele. Como quando eles estavam na cama de Wallace.

"Alguém pode subir aqui", diz Wallace.

"Eu sei."

"Você não quer que as pessoas descubram."

"Descubram o quê? Yngve e Lukas fazem isso o tempo todo."

"Mas nós não somos eles. A gente nunca foi assim antes."

"Como é que a gente era antes?"

"Eu não sei, mais malvados? Você me provocava muito."

"Eu não. Você é que me provocava. Você estava sempre de cara amarrada pelos corredores. Por muito tempo eu achei que você me detestava."

"Como alguém pode detestar você?", Wallace pergunta. "Você é tão gostável."

"Eu tento ser."

Lá fora, o carro de alguém está com dificuldade para dar partida. E os filhos de alguém estão correndo pela rua. São os últimos dias de verão, os últimos em que o dia será mais longo do que a noite. Parece um grande desperdício gastá-lo dentro de casa com alguém que talvez esteja doente, talvez não.

"Você vai perder a festa", diz Wallace.

"Eu não me importo. Já acabou mesmo." A voz de Miller chega quente sobre sua pele e Wallace cede. Seria demais desistir, ficar sozinho no escuro, agora que já estava com Miller ali. O que ele teme, porém, e é um medo gélido, opressivo, reluzente que cresce nele, é que agora ele nunca mais seja capaz de enfrentar a escuridão sozinho. Que ele sempre queira isso, busque isso, uma vez que o tenha perdido.

Miller está esfregando a barriga de Wallace em um gesto que parece relacionado a outra parte de seu ser há tempos não vista. Wallace observa a borda de uma cortina branca esvoaçar. Yngve está lá fora, abaixo deles, rindo.

"Acho que Roman suspeita de algo. Ele disse algo estranho", diz Wallace.

"Esquece ele."

"Não te incomoda?"

"Não tanto quanto eu pensava que incomodaria."

"Ah."

"Incomoda você?", diz Miller, e há tanta hesitação e ansiedade em sua voz que Wallace tem vontade de chorar. "Você disse aquelas coisas mais cedo. Que você prefere ficar sozinho."

"Acho que prefiro ficar sozinho", diz Wallace no final de um longo pensamento, "mas não me incomoda ficar com você."

"Ótimo", diz Miller, rindo porque não consegue se conter. "Ótimo."

"Você tem uma aparência engraçada, então tem isso."

"É verdade. Uma vez você disse que eu parecia uma criança pequena num corpo de homem grande."

"Eu disse isso?"

"Sim, quando nos encontramos pela primeira vez na fogueira. Você disse isso bem na minha cara."

"Não é à toa que você pensava que eu te detestava."

"Não mesmo."

"Eu não queria ofender."

"Eu entendi isso. Meio tarde, mas entendi."

Eles se viram um para o outro. É diferente da vez no apartamento de Wallace, de ontem à noite, quando se viraram um para o outro desejando-se, por não saberem mais o que fazer com eles mesmos ou com seus corpos, quando o resultado daquilo lhes parecia tão imprevisível. Agora eles se viram um para o outro por sua própria vontade e é tão fácil. Wallace põe o rosto contra o peito de Miller e Miller coloca uma mão em sua coxa. Eles ficam deitados ali.

"Mas você prefere ficar sozinho", diz Miller. "Você não quer a chateação, eu acho."

"Eu prefiro ficar sozinho. Ou prefiro ser o tipo de pessoa que prefere ficar sozinha. É difícil querer estar com outras pessoas, porque elas simplesmente desaparecem, ou morrem."

"Não acho que vou morrer tão cedo."

"Você poderia. Poderia acontecer a qualquer momento. Eu poderia morrer."

"Você é tão mórbido. Você é tão, tão mórbido. Acho que nunca soube disso antes."

"Meu pai morreu cedo."

"Sinto muito, eu sei, sinto muito."

"As pessoas morrem antes de você conhecê-las. E então você se sente preso, e fica se perguntando, e se, e se."

"Minha mãe... bem, eu já te contei."

"Sinto muito", diz Wallace, beijando o pescoço de Miller, onde a barba arranha e é firme de cartilagem e músculo.

"O que quero dizer é que não tenho planos de morrer. Eu pretendo continuar por aqui."

"Já eu não posso dizer o mesmo", diz Wallace. "Você ouviu aquela merda no jantar."

"Eu espero que você fique. Mas espero que você saia, se é isso que quer. Você não pode ficar aqui por causa de ninguém a não ser por si mesmo."

"É estranho. Eles dizem, estude ciência e você sempre terá trabalho. E parece tão fácil. Mas eles não contam que há todas essas outras coisas vinculadas que vão fazer com que você odeie sua vida."

"Você odeia tanto assim?"

"Às vezes, sim, sabe... Todos nós odiamos, eu acho, era o que Emma estava dizendo antes."

"É, eu também. Mas eu amo mais do que odeio."

"Mas escrotos como Roman", diz Wallace, rosnando, "tornam isso aqui insuportável."

"Ainda não consigo acreditar que ele falou aquilo para você."

"Ninguém falou nada para ele; ninguém fez nada."

"Eu queria, mas acho que me acovardei."

Wallace faz uma pausa, imóvel nos braços de Miller. Sempre haverá este momento. Sempre haverá pessoas brancas boas que o amam e querem o melhor pra ele, mas que têm mais medo das outras pessoas brancas do que de decepcioná-lo. É mais fácil para elas deixarem que isso aconteça e avaliar a ferida depois, do que introduzir um elemento de incerteza na situação. Não importa quão boas elas sejam, não importa quão amorosas, elas sempre serão cúmplices, um risco, uma ferida esperando para acontecer. Não há amor suficiente que o aproxime de Miller em relação a isso. Não há desejo suficiente. Sempre restará um pequeno espaço entre eles, um espaço onde pessoas como Roman criarão raízes e dirão coisas feias e odiosas para ele. É o lugar no coração de toda pessoa branca onde o racismo habita e floresce; não é uma vasta planície aberta, mas uma pequena fenda, e isso é o suficiente.

Wallace aperta a língua.

"Pessoas brancas do bem", diz ele.

"Eu lamento."

"Tudo bem." O ar está ficando mais frio, mais escuro. O sol se foi. Vento nas árvores. Eles estão rachando a madeira lá fora, partindo-a. Estão fazendo uma fogueira. Seu brilho laranja se lança pela noite, e, aqui e ali, brasas passam pela janela como se fossem estrelas ou vaga-lumes.

"Wallace?"

"Sim?"

"Você vai me contar sobre você?"

"Por quê?"

"É que eu quero saber. Eu quero saber sobre você."

"Não tem nada para saber."

"Por favor", diz Miller, insistindo. "Por favor."

Wallace analisa, o ato de pedir, a intenção por trás disso. Um pedido bem estranho. Quanto tempo faz desde que alguém tentou conhecê-lo? Há Brigit, é claro, a pessoa com quem ele mais falou e para quem, talvez, também tenha dito menos. E Emma, que tentou conhecê-lo à sua maneira. Mas há pouquíssimos outros, porque, no momento em que ele chegou, decidiu trocar de vida como quem troca de pele. Essa é a coisa realmente maravilhosa de viver em um lugar com o qual você não tem conexão. Ninguém pode alegar que você era outro antes de chegar lá, e tudo o que os outros sabem sobre você é o que você lhes conta. No Meio-Oeste foi possível tornar-se uma versão diferente dele mesmo, uma versão sem família e sem passado, construída inteiramente como ele queria.

Nunca ninguém fora tão direto, um pedido para contar algo sobre si mesmo, uma história tão completa. Miller está perdendo a coragem. Wallace pode sentir pela maneira como sua respiração fica irregular. Tudo o que ele tem a fazer é deixá-lo esperando, dar tempo para surgir outra pergunta, algo mais fácil, mais suportável. Algo menos completo, uma tomada de contas imparcial dos eventos que o trouxeram aqui.

Ele poderia dizer algo sobre a vinda para cá em um ônibus interestadual. Poderia dizer algo sobre o Golfo do México ou as montanhas do norte do Alabama. Poderia dizer algo sobre os campos cheios de algodão branco, ou sobre o feijão colhido, que deixa as mãos roxas ou azuis. Existem tantos detalhes que ele poderia evocar, reflexos incompletos de algo maior e mais horrível. Mas essa não é a pergunta que Miller lhe fez. Não é o que Wallace foi convidado a revelar.

Sua história completa parece sombria e fria e distante, mas está nele, firme, como sangue secando. Os olhos de Miller estão abertos. Ele não está recuando.

"Me conta", diz ele. "Me conta."

Sua voz é insistente, mas suave, como quando você faz uma pergunta sabendo que ela é rude. O que ele vai falar, ou fazer? O que ele pode falar ou fazer? Nesta altura, parece impossível evitá-lo.

"Eu nem sei por onde começar", diz.

"Qualquer parte. Comece por qualquer parte." Miller está chocado com sua sorte. Ele estava blefando, jogando.

As vozes de seus amigos do outro lado do vidro chegam a eles. Mais risadas. Estão contando histórias.

"Você já sabe", diz ele.

"Não sei."

"Você sabe que sou do Alabama."

"Isso eu sei."

"É só isso, sério."

"Não, não é só isso."

"Por que você precisa saber?"

"Porque eu quero conhecer você."

"Saber sobre meu passado não vai fazer com que você me conheça. Eu sou quem você acha que eu sou. Eu não sou misterioso. Eu não sou cheio de segredos. Eu sou eu, e quem eu era no passado não era eu."

Miller suspira. Wallace suspira. Isso não os está levando a lugar nenhum.

"Você está tão determinado a ser insondável."

"Somos sempre insondáveis."

"Eu não sou", diz Miller. "Eu te contaria qualquer coisa sobre mim."

"Porque você é bom."

"Você é bom."

"Não sou."

"Você é."

"Não sou e é assim que as coisas são."

"Você é bom", diz Miller. Ele beija Wallace e rola por cima dele, e o beija novamente. "Você é tão bom."

Cada vez que ele diz isso, Wallace sente como se estivesse flutuando um pouco mais para longe, afundando um pouco mais para dentro de si mesmo, até dar de cara com a superfície fria e plana de seu passado. Está lá, sob ele, ondulando como um mar sob o gelo. Miller está beijando seu ombro e seu pescoço e sua boca, beijando-o porque, quando eles se beijam, eles não estão conversando, não estão discutindo, beijando porque é mais fácil do que essa discordância que ameaça separá-los. Wallace coloca as mãos sob a camisa de Miller, abre os botões e esfrega os dedos em sua barriga.

Miller se deita sobre Wallace, descansando a cabeça no peito dele. Eles não vão transar assim. Isso é óbvio para Wallace. Ele está imobilizado. A respiração de Miller se normaliza após alguns minutos. Ele está quase dormindo, e o peso e o calor de seu corpo estão deixando Wallace com sono também. Eles estão a ponto de adormecer completamente quando Wallace ouve um estalo alto lá fora, e um mar de fagulhas passa pela janela; por um momento, ele pensa em relâmpagos e trovões, essas forças gêmeas que definem o verão no Sul, onde o clima é imprevisível e cheio de uma magia estranha.

Wallace respira com dificuldade, mexe-se sob Miller, que coloca a mão nele no escuro, e, por um momento, nenhum dos dois diz ou faz nada. Eles respiram, e então Wallace diz: "Eu vou te contar."

5

CHOVEU MUITO FORTE o tempo todo — trovão e relâmpagos e um vento tão intenso que sacudia as árvores e às vezes as torcia e arrancava da terra. Choveu tanto num verão que a gente não conseguia manter nada no chão, e havia tomates e repolhos crescendo entre as roseiras bravas, porque as sementes tinham sido varridas até a areia pela chuva. Essa é a primeira coisa que me vem, o cheiro da terra molhada, o calor grudado no chão e a névoa cinzenta subindo depois de uma tempestade pesada. As nuvens eram arroxeadas, escuras, acinzentadas, e clareavam quando o tempo melhorava, e dava para dizer de que lado a tempestade tinha vindo porque as árvores ainda estavam partidas e havia uma trilha pelo bosque, como se algum animal enorme tivesse se esgueirado por ela. E na colina, olhando abaixo para a ravina, toda aquela água nas folhas brilhava como estrelinhas, pequenas galáxias presas à Terra, ganhando vida. Logo vinham as formigas e se agarravam ao que quer que tivesse se afogado na chuva e o removiam, pedaço a pedaço; uma vez, havia um rato que tinha morrido afogado perto do canto de casa, seu pelo cinza e branco todo emaranhado, e as formigas aglomeradas, entrando e saindo de sua boca como ar, como respiração feita de pequenos corpos escuros. Outra vez, eram passarinhos caídos dos ninhos, pele translúcida e azul como gelo fresco saído de uma máquina, com as bocas rosadas bem abertas. Trapinhos delicados de pele e penas, ossos tão leves que, em outra vida, poderiam ter flutuado pelo céu, viajando em correntes de ar quente, mas que agora estavam sujos de lama, sendo desmembrados por tantas formigas que chegavam a formar uma pele, escura e contorcida sob a sombra dos arbustos, quase invisível, exceto, quando se passa por ali, no momento em que o olhar baixa e as vemos, e, no corpo, um movimento assustado, horrendo, de que algo ali está morrendo e ao mesmo tempo já morreu. Era assim com as tempestades, chegando de repente e logo desaparecendo, deixando para trás coisas mortas cercadas de formigas escuras e de névoa que sai das árvores como fantasmas. Durante as tempestades, meus avós apagavam todas as luzes e nos sentávamos em casa suando e respirando no escuro, tentando não nos mover, exceto por nossos dedos torcendo e puxando os fios nos tapetes. Poeira e pedrinhas deslizavam entre os dedos da mão, grudando neles quando nos mexíamos e tentávamos ficar quietos. Moscas, gordas e escuras, movendo-se ao nosso redor, zumbindo perto de nossos ouvidos, e nós, voltando-nos uns para os outros, dando tapas uns nos outros tentando matar as moscas, mas errando, elas movendo-se para fora de alcance, para além de nós, mas ainda perto, tanto que podíamos senti-las deslizando ao redor, movendo-se perto de nossos olhos e depois afastando-se novamente. Meus avós sentavam em suas cadeiras, olhos apontando através da janela para o véu cinza de chuva despencando do céu, tornando-se branca e espumosa quando escorria pelas calhas e se juntava em grandes torrentes às águas acumuladas nos campos e no quintal. Muitas águas se encontravam ali, formando redemoinhos na banheira dos pássaros e pressionando firme e forte os arbustos. Quando acabava, havia ameixas e frutas vermelhas espalhadas pelo gramado, e pássaros mergulhavam para pegá-las e levá-las para ninhos cujo conteúdo havia sido saqueado pelo vento. Com a tempestade uivando, forçando nossas janelas, nós nos sentávamos e ouvíamos tanto os gemidos do lado de fora, o grande tumulto do mundo exterior, quanto o cantarolar de nossos avós, que nos contavam histórias ou entoavam cânticos religiosos. Eles nos falavam da Bíblia e de como um dilúvio se abatera sobre a Terra e afogara todos os ímpios, e que nós seríamos os próximos, se não ficássemos quietos. Eles nos diziam que em breve o mundo iria acabar, que Jesus retornaria para nos testar. A casa fedia a nosso suor e mijo, e o banheiro sempre cheirava a merda, porque a gente deixava o papel higiênico usado em uma pequena lata ao lado da privada. E naquela casa fétida, fedorenta e suada, aprendi tudo sobre as maneiras como uma pessoa pode causar um grande mal a Deus. Mentir, como na história do homem que tinha mentido a vida toda e, no final, foi golpeado na cabeça pela esposa com um martelo, mas, antes da martelada, recebera em seu sono a visita de demônios, lambendo, sorvendo seus pés com suas línguas chifrudas, e, no final, nem sentiu o barulho do martelo transpassando o seu crânio, porque ele mentira a vida toda, tinha manipulado, mentido e contado falsidades, dado falso testemunho contra aqueles em sua vida e contra a esposa, aquela pobre mulher, enlouquecida pelas mentiras dele, de modo que ela não tinha ideia de nada e, no fim, pegara o martelo para aliviar algo em si mesma. Você também podia ofender a Deus se procurasse algo pecaminoso no escuro — a forma de outro homem, por exemplo, como no meu caso. Você começa a querer o tempo todo, meu avô disse, começa a precisar tanto que não faz mais nada, perde o emprego ou a casa, não consegue manter uma família, e sai por aí e pega aids, e então acaba, é isso, você morre. Eu não precisava das luzes acesas para saber que ele estava falando sobre mim, falando para mim, através do espaço entre nós, entremeado com relâmpagos azuis riscando o céu, não, eu não precisava de nenhuma confirmação; desde aquele tempo, eu sabia que eu ia para o inferno, que não conseguia identificar em mim esse espaço que Deus deveria habitar, mas que em mim era apenas um buraco, como um dente esperando para apodrecer, minha alma uma escuridão, uma ferida azeda. Se você falasse enquanto Deus estava fazendo seu trabalho, você estava abrindo espaço para o diabo. Se você abrisse uma janela enquanto Deus estava fazendo seu trabalho, você estava convidando o diabo. Se você usasse qualquer eletricidade enquanto Deus trabalhava, você estava abrindo caminho para o diabo entrar em seu corpo. Tempestades foram a única igreja constante em minha vida, onde eu não conseguia dormir durante os sermões ou fechar os olhos para Deus. Você consegue ignorar as palavras de um pastor; é fácil não ouvi-las. Mas quando você vê a luz do relâmpago ou ouve um trovão estalar no céu, não há como negar a fúria de Deus, seu poder de quebrar o mundo com muito pouco esforço. E quando seus avós se balançam em suas cadeiras e cantam as canções que os avós deles cantavam, que os avós deles cantavam, que os avós deles cantavam, não há como negar o poder dos fantasmas, daqueles que estão sempre entre nós, movendo-se pelo ar e pela terra, pondo os dedos nisso ou naquilo, recolhendo o que está lá, deixando aquilo de que não precisam. Havia tempestades todos os dias — trovões e relâmpagos —, e eu aprendi a ficar tão imóvel que achava que poderia deslizar para fora do meu corpo, pensava que eu poderia morrer naquela hora e naquele lugar, deixar de ser, entrar na próxima vida como se ela fosse uma cama confortável, tão perfeitamente paralelas me pareciam esta vida e a próxima. Já naquele tempo, eu observava e esperava, vendo o mundo passar por mim em padrões repetidos, a visão dos relâmpagos na janela, suas sombras projetadas longe. Uma vez, havia uma biruta vermelha no quintal e um raio atingiu-a, tostando a tinta, e, sob a superfície dela, tinha a figura de um galo, um enorme galo preto que era feito de metal, mas que tinha sido pintado, e então, toda a minha vida eu achara que ele fosse vermelho e que, como o relâmpago o havia queimado e sua tinta sumira, ele havia retrocedido, voltado a ser outra coisa, algo novo. Nessa época, havia um menino de quem eu gostava, que vivia perto da estrada de terra da minha casa, em um trailer. Ele era alto, moreno e forte, e uma vez eu deixei ele me levar para o bosque, deixei ele montar em mim, deixei ele derramar-se dentro de mim, e fui para casa sangrando e feio e sujo, e entrei na bacia verde que deixávamos na banheira porque nossa banheira não funcionava, e tentei me lavar, tentei me limpar, e havia ninhos de passarinhos no peitoril da janela, e às vezes os bebês caíam pela tela e quebravam o pescoço na banheira, e naquele dia eu estava me lavando, tentando esfregar os hematomas entre minhas coxas, onde ele tinha aberto passagem com os joelhos, tentando fazer com que aquilo fosse embora, que voltasse a ser a minha pele sem machucados, sem marcas, sem manchas de merda e sangue e porra, e tentando me resgatar, o sentimento de integridade de antes de eu ter sido violado, de antes de eu permitir que ele me violasse, de antes de eu deixá-lo romper a membrana que mantinha o mundo do lado de fora. Não, é outra coisa, outra coisa. Havia um homem que dormia na minha casa. Ele não era meu irmão. Ele não era meu pai. Ele não era meu tio. Ele não era meu amigo. Ele era alto e negro e seu rosto parecia com o rosto da morte, e eu acordava no meio da noite e lá estava ele, balançando sobre mim, uma coisa feia do além, pendurada perto de mim, e ele me tomava em sua boca, e eu queria chorar e queria gritar, mas não chorava nem gritava, porque não conseguia, e ele continuava voltando, continuava subindo na minha cama, exceto pela última vez, quando minha mãe o pegou e o expulsou e então se virou para mim e me estapeou e me chamou de viado, me chamou de bicha e me chamou de tudo menos de filho, disse tudo exceto sinto muito que isso tenha acontecido com você, mas ela não tinha palavras para aquilo, não tinha palavras para desculpas, para sofrimento, porque ela tinha sido criada assim, porque o pai do meu irmão não era o meu pai, porque o pai do meu irmão tinha feito aquilo com ela, pegado ela no caminho da escola para casa um dia, escondido atrás de um arbusto de kudzu, a arrastado, a derrubado no chão com ele e montado nela como um animal qualquer. Essa é a história que eu sei. Essa é a única versão que eu conheço. Que eu tenho. Dela. Ela me disse que ele a estuprara. Ela me disse que não queria filhos. E sua mãe, minha avó, me disse que minha mãe queria sim. Que ela tinha merecido. Que ela teve o que queria. Portanto, não é surpreendente que, no dia em que ela o expulsou da minha cama, ela tenha me dado um tapa e me dito que era minha culpa. Que eu não deveria agir dessa forma, que eu era uma criança e não deveria ter feito aquilo, mas também que o sofrimento chega dessa forma, nos visita, e que, em nossa família, somos impotentes para fazer qualquer coisa, exceto abrir a porta e dar-lhe boas-vindas. E meu pai, naquele mesmo dia ensolarado, virou-se para mim e deu um sorriso faltando os dois dentes da frente, já se decompondo por dentro, já falhando, e disse que esperava que eu tivesse me divertido, que esperava que aquele homem, agora caminhando pela estrada, balançando os ombros magros e fortes, tivesse feito algo de bom para mim, por mim, que ele não ligava muito que eu gostasse de homens. E eu fiquei lá me contorcendo na varanda, sentindo-me machucado e abatido, alto demais para nove anos, com o corpo todo coçando. Queria abandonar a minha pele. Queria me esquecer de como, no meio da noite, o homem do sofá afastava o cobertor de lã para trás e se aproximava de mim, cheirando a óleo, cheirando a lagoa, a riacho, a peixe antes de ser limpo, e de como ele, tão liso lá embaixo, tinha me tocado, colocado seus dedos dentro de mim. E eu ficava lá, suando, olhando pela janela para a noite, onde havia árvores balançando, e eu pensava em como elas se pareciam com dinossauros. E então ele molhava os dedos um pouco mais e enfiava mais para dentro de mim, e a cama rangia enquanto ele abria espaço para si mesmo, e depois vinha o primeiro e feio ardor de ser arrombado, e eu queria morrer, a cada momento daquilo, eu queria morrer, conseguia me sentir cada vez mais distante de mim mesmo, encolhendo e encolhendo e encolhendo, afundando como uma pedra cada vez mais pesada, descendo por um vasto oceano interior. E o rosto dele, aquele rosto de caveira sorridente, sobre o meu, se movendo para dentro do meu corpo, mais besta que homem, e então acabava. E eu estava na varanda, tremendo, me contorcendo, tentando abandonar minha pele como acontece às vezes com aqueles peixes, quando você os limpa e sob as escamas eles são lisos e perfeitos, perfeitos e imaculados como a pele de um bebê. À noite eu não era mais imaculado, não era mais puro, não era mais intocado, era sujo. Mais tarde, quando dava a volta pela estrada para ver o menino de quem eu gostava, para tocar nos seus braços quando ele pedisse, apertar os lábios no pescoço e na barriga dele, e deixá-lo foder minha boca, pensava em todas as vezes em que eles deixaram aquele homem entrar no meu quarto, minha mãe por apatia e meu pai por orgulho doentio, e em como esse rapaz, agora, na minha boca no bosque, eu ajoelhado, folhas ondulando na brisa com cheiro de madressilva, sua pele com gosto de sabonete, em como eu estava lá, deixando-o me pegar por trás, agarrando nos galhos, agarrando nas vinhas, verdes, como um chicote, em como eu provoquei isso, em como esse desejo que eu sentia era o florescer de algo semeado em mim, e como Deus não poderia afastá-lo. Eu rezava muito naquela época, sobrepondo camadas de palavras como se elas pudessem formar uma cerca que me protegesse. Quando eu o deixei gozar nas minhas coxas, e quando eu o deixei me derrubar e me socar e me chutar e me quebrar, eu continuei rezando, pensando que a dor que sentia me absolveria, que o fogo que eu sentia nas entranhas cederia, me purificaria. E acima, árvores salpicadas de sol. Você não tem ideia de como lá o sol é lindo, como toca tudo e inunda tudo, suculento, como água, como umidade. Luz formando pérolas na pele, orvalho brilhando. Tanta luz, um oceano, um mar de luz espalhado por tudo. Ele chutou, chutou e chutou, e fui para casa para lavar tudo, as folhas e os hematomas e os lugares onde ele me machucara, me quebrara, me deixara de alguma forma mais feio, e quando esfregava a pomada na minha pele, continuava pensando, continuava esperando que Deus me fizesse puro novamente. Eu queria o que eu queria, mas não queria querer o que queria. Eu não sabia muito sobre Deus e o diabo, exceto o que você não deve fazer para convidar um ou o outro, mas eu sabia que queria estar tomado por um deles, e se não pudesse ser pelo que eu queria, então eu pegaria o outro. Que se Deus não quisesse nada comigo, então eu pegaria o diabo. Eu o tomaria de joelhos, no mesmo lugar onde havia tomado os homens, o deixaria me derrubar numa cama de kudzu e me foder, até que eu não estivesse mais vazio. Eu guardaria um pequeno Deus dentro de mim e, um dia, podia ser que eu me deitasse e deixasse as formigas me levarem. Quando eu deixei isso para trás, quando arrumei dinheiro para ir pra escola e fugir, fechei todo o passado, porque, quando você vai para outro lugar, você não precisa carregar o passado consigo. Você pode colocá-lo de lado. Você pode deixá-lo para as formigas. Chega um momento em que você tem que deixar de ser quem era, em que você tem que deixar o passado ficar onde está, congelado e impossível. Você tem que deixá-lo para trás se quiser continuar seguindo, se quiser sobreviver, porque o passado não precisa de um futuro. Ele é inútil para o que vem depois. O passado é ganancioso, sempre engolindo você, sempre tirando algo de você. Se você não o contiver, se não o represar, ele se espalhará, invadirá e o sufocará. O passado não é um horizonte que recua. Ao contrário, ele avança, um momento de cada vez, seguindo adiante, continuamente, até tomar conta de tudo e nós nos tornarmos novamente quem éramos; tornamo-nos fantasmas quando o passado nos alcança. Eu não posso viver enquanto meu passado vive. É um ou o outro.

6

QUANDO WALLACE ACORDA sozinho na cama de Miller, um pouco antes da meia-noite, tudo o que ele consegue dizer é: "Parece justo".

O quarto de Miller está escuro, exceto pela frouxa claridade azul que vem de um cordão luminoso emaranhado no piso abaixo. Há uma densa massa abaixo de sua barriga que dói, pressionando suas costas. Sua bexiga. O sono foi parcial e intranquilo. Sua cara está amassada por causa do contato com o travesseiro. Ele sente o cheiro do suor de Miller. Com o ventilador na janela, o quarto está fresco. As vozes no gramado sumiram. Não há vozes no corredor. Uma fina rachadura circunda a borda superior da parede, perto do teto branco inclinado. Tem uma claraboia ali, um trapezoide negro mais escuro, com algumas folhas amassadas presas nos cantos. *Estas casas velhas* — as palavras vêm à mente um pouco como música antiga, uma frase trazida da festa de fim de ano na casa da Simone no ano anterior, o último ano de Henrik.

Haviam pedido que ele e Henrik buscassem cadeiras no porão. Simone ficou no alto da escada observando os dois entrarem e saírem da piscina de luz abaixo, empilhando as cadeiras.

Henrik já estava bebendo gim, e seus lábios estavam vermelhos. Seus olhos, um pouco rosados. Wallace sentia aroma de pinho nele. Em um dado momento, os dois saíram da luz para a sombra no mesmo instante e pegaram a mesma cadeira e suas mãos se tocaram sobre o assento. Henrik resmungou e Wallace recuou, duro. Henrik levantou a cadeira em um movimento fácil e virou o queixo para a parede do fundo, para dentro da sombra sob a escada, onde havia uma tênue, quase imperceptível rachadura, ao longo do concreto. *Estas casas velhas*, disse ele. *Elas têm uns alicerces de merda*. O que na época não fez sentido para Wallace, porque como uma coisa com um alicerce de merda consegue envelhecer? Ele pensava nisso enquanto subiam as escadas juntos repetidas vezes, carregando duas cadeiras de cada vez, e a cada vez os degraus rangiam ou ameaçavam ceder sob o peso dos dois; ele pensou nisso tanto, até que se tornou uma espécie de canção. *Estas casas velhas*. A última festa de Henrik. O último ano de Henrik. *Estas casas velhas*.

Wallace se levanta para mijar. Ele puxa o cobertor de Miller para seus ombros. Estas casas velhas são frias, pensa. No corredor ele fica perto do corrimão da escada e espera. O hall de entrada está escuro. A cozinha está escura. Mas o silêncio não é completo. Ele consegue discernir um rascar suave de sussurros. Não as palavras, mas a marca do som pressionando o ar. Ele não está sozinho. Afinal, faz sentido que Miller ainda esteja na casa. E Yngve. Pessoas moram aqui. A vida delas continua. Não o deixaram totalmente sozinho. A incompletude de seu abandono lhe dá vontade de rir um pouco, mas tem também a estranha sensação de queda invertida da vertigem. A vergonha de ter revelado demais sobre si mesmo, especialmente para Miller. O desejo inconsciente de procurar abrigo, de se esconder, passa por ele. Houve um tempo — que durou até sexta-feira — em que revelar tanto sobre si mesmo teria sido um erro fatal. Ele teria que viver o restante de seu tempo na pós-graduação temendo represálias, com medo de que algo sobre ele fosse mencionado de maneira estranha, em momentos inusitados, tendo que sempre cuidar para que isso não acontecesse. Houve um tempo em que Wallace teria confiado nesse elemento de desconfiança próprio de sua natureza, teria confiado nele para manter-se seguro, mas ele tinha feito uma coisa idiota, uma coisa totalmente idiota ao contar tudo aquilo para Miller, e agora só lhe resta ter esperança, e ele nunca foi uma pessoa que pudesse contar com a esperança.

O banheiro está limpo, todo de vime e tons de branco, como um banheiro em uma cidade de praia. Ele urina com o cobertor enrolado nos ombros, cheirando a Miller, e observa a água na privada ficar amarela. O fedor de urina, café demais, cheiro de amônia. Enxágua as mãos, volta a enrolar-se no cobertor e então desce as escadas.

No ar: almíscar e lenha de pinho queimado. Leve vapor azul. Da beira da porta, ele os vê sentados no chão da cozinha. O brilho vermelho penetrante de um cigarro eletrônico. A porta dos fundos estala. As longas pernas de Miller e Yngve esticadas umas ao lado das outras. Miller com as costas apoiadas nos gaveteiros baixos. Yngve com as costas apoiadas na parede. Eles passam a caneta do vaporizador de um para o outro, calmamente, o que não está fumando olha pela porta noite adentro, onde os cobertores ainda estão jogados pela grama, umedecendo. Desse jeito, Yngve e Miller parecem irmãos, a não ser pelo rosto de Yngve, que é anguloso, e pelo corpo, que é meio atarracado, como se fosse feito de couro grosso. Miller é mais suave, aquele redemoinho estranho no cabelo, as bochechas e o queixo de bebê gordinho. Eles estão falando sobre barcos, mas o que exatamente Wallace não saberia dizer, seja porque não conhece o assunto, seja porque eles estão quietos, ou ambos, talvez. Mas ele está louco para saber, agarrando a beira da porta com tanta força que suas unhas doem. Ele precisa saber do que estão falando, porque tem medo — um arrepio crescente na nuca, o calor do sangue no nariz — de que estejam falando dele. Aguça os sentidos. O cheiro de gordura do jantar. O som metálico da água gotejando na pia. O silvo da resina queimando, enquanto a matéria vegetal na caneta vaporiza. Ele sente o cheiro do calor. Sente o gosto na ponta da língua. E observa o movimento lento e obscuro das bocas, os olhos de cada um voltados para o outro, brilhando, e Wallace dá aquele passo fatal para a frente, o chão sob ele range, e ali, pouco antes de Yngve virar-se para ele, Wallace percebe um músculo saltar em seu pescoço, sinal de que *certamente* sua cabeça vai se virar, e, no rosto de Miller, vê uma pulsação rápida na base da garganta. Naquele momento, Wallace vê tudo, o mundo inteiro, mais marcado e mais sombrio, consegue senti-los, consegue ouvi-los, sabe antes mesmo deles qual ação, qual movimento virá em seguida, e ele se endireita. Prepara-se.

"Wallace", diz Yngve animadamente. "Vem fumar com a gente."

"Ele não fuma", diz Miller com certa compostura, não exatamente formal, nem distante, mas séria. Wallace atravessa a cozinha, pega um copo do armário.

"Eu vou sentar com vocês", diz ele. Enche o copo quase até a borda e isso o faz recordar da noite passada, quando ele enchera o copo e fizera com que Miller bebesse. Seu rosto se esquenta com a memória. A inconveniência disso. A maneira sutil como eles são levados a recriar isso, só que, quando ele olha para Miller, não vê sinal de reconhecimento em seu rosto. O momento passa, o que é ao mesmo tempo um alívio e uma decepção. Wallace senta-se ao lado de Yngve. Yngve enrola o corpo com o cobertor; seus cotovelos e ombros se tocam. Ele sente frio sentado perto da porta aberta. Miller suga a ponta do vaporizador cinza. Seus olhos se fecham. Yngve se mexe rápido.

"Vai logo, vai logo", diz ele, apontando para si mesmo. Wallace consegue sentir nele o cheiro do vapor e da cerveja. Alguma outra coisa também, talvez alguma bebida mais forte. Yngve cheira a suor azedo. Miller está vestindo um suéter amarelo com costura aparente. Wallace observa as pontas chatas dos dedos de Miller, suas juntas grossas. Yngve cruza as pernas. Uma cicatriz branca em forma de foice em seu joelho, cicatriz apagada de trilhos de trem. Wallace se inclina, pressiona o polegar contra ela, consegue sentir a tensão no olhar de Miller como se fosse uma linha presa em sua mão. Yngve sente um arrepio involuntário sob o polegar de Wallace. Miller devolve o vaporizador a Yngve. O pelo loiro cerrado da perna de Yngve. Ele passa o dedo pela cicatriz; Yngve volta a sentir um arrepio.

"O que foi isso?", pergunta Wallace.

"Eu tenho isso há anos", diz Yngve. "É de antes da pós-graduação. Foi do futebol, muitos anos jogando. Articulações ruins." Um fio prateado de vapor no canto de sua boca. Ele encosta a nuca na parede. "Eles enfiaram a faca e limparam tudo."

Wallace ainda está acariciando a cicatriz quando levanta a cabeça e pega Miller olhando para ele. Wallace tira a mão. Yngve passa o vaporizador para Miller.

"Dói?"

"Não", diz Yngve. "Não dói. *Antes* doía demais. Mas agora, nada." Yngve pressiona a palma da mão no joelho e Wallace observa enquanto ele aperta, como se para reforçar o que diz. Wallace bebe.

"Que noite esta", Miller diz.

"Que noite", diz Yngve. É a vez de Wallace sentir um arrepio.

"Era disso que vocês estavam falando antes? Quando eu entrei?"

"Não", Yngve diz rapidamente, mas então ri. "Sim, acho que era."

"Eu não sabia de nada daquilo sobre Cole e Vincent", diz Miller.

"Nem eu, mas talvez devêssemos ter suspeitado."

"Quer dizer, eles brigam, mas não assim", diz Miller, franzindo a testa. "Mas acho que não dá para saber o que as pessoas fazem. Ou sentem."

Yngve cutuca a lateral de Wallace e Wallace não consegue entender se é porque Yngve está dizendo que foi Wallace quem começou tudo aquilo, ou se está dizendo que suspeita que algo esteja rolando entre eles dois, Wallace e Miller. Qualquer das conclusões deixa Wallace gelado de medo. Então ele dá de ombros e Yngve ri de novo. Não é uma risada do tipo debochado, vibrante e feroz. Tampouco é completamente insinuante, amigável. Depois de um tempo, Wallace percebe que Yngve está apenas rindo de Miller.

Yngve diz: "Escute o que este cara diz. Ele sabe tudo."

"Para com isso", Miller responde, mas tem um sorriso esquisito na cara dele.

"Vocês acham que eles vão se separar?", Wallace pergunta, mais por culpa do que por qualquer outra coisa. "Vocês acham realmente que eles vão terminar por causa disso?"

"Não, aquilo foi bobo", diz Miller. "Tenho certeza de que eles vão ficar bem. Eles foram pra casa juntos."

"Foram? Quando?", pergunta Wallace. "Meu Deus. Porra. Eu queria ter conseguido falar algo antes de eles irem embora."

"Você falou o suficiente", diz Yngve, ainda sorrindo. Ele coloca o braço em volta do pescoço de Wallace e o puxa para perto. "O pequeno Wally já fez o suficiente por esta noite, eu acho."

Miller murmura algo, concordando, e Wallace sente um rápido pulsar de mágoa. Mas eles estão certos, ele sabe. Nada que ele dissesse poderia melhorar as coisas. E mesmo assim ele subiu com Miller em vez de limpar a merda que tinha feito. Ele se deixou ser levado e consolado. Mas era consolo? Conversar com Miller, sentindo-se um pouco pior a cada palavra que dizia? É isso o que é estranho, pensa. Que ele tenha começado aquela história para se sentir melhor, ou para se sentir mais transparente, que tenha começado tudo aquilo porque parecia uma coisa ao seu alcance e Miller havia pedido a ele e era gostoso dar a Miller algo que ele queria. Mas Wallace não se sente melhor por ter contado tudo o que contou a Miller. Ele não se sente mais feliz ou consolado. Talvez isso fosse correto, no fim das contas, ele pensa. Uma espécie de justiça.

"Eles foram embora quando? Quando é que todo mundo foi embora?"

"Agora há pouco. Você estava dormindo."

"É, vocês dois sumiram", diz Yngve.

"Fiquei enjoado", diz Wallace.

Yngve não olha para Wallace. Ele olha para Miller.

"É mesmo?"

"E eu estava em dívida com ele pela noite passada. Por ter me ajudado."

"Vocês dois andam muito chegados ultimamente", diz Yngve.

"Eu odeio ele", diz Wallace. Yngve belisca a lateral do pescoço de Wallace.

"Não minta. Não precisa mentir. Somos amigos. Estamos entre amigos aqui."

"Lukas está aqui?"

"Sim, lá em cima", diz Yngve, mas então, se corrigindo, diz: "Ah, não. Ele está com Nate". Há algo em sua voz, não tristeza, porque seria muito fácil chamar isso de tristeza ou arrependimento. Há alguma coisa na maneira como ele diz isso, na maneira como ele se vira para trás, como se tivesse se convencido de que Lukas está dormindo lá em cima, são e salvo, como se por algum simples passe de mágica, tivesse passado a acreditar nisso. Um truque e, agora, diante da verdade, sua voz fica macia, matizada, como quando alguém levanta as mãos ao ser surpreendido fazendo algo errado. Os olhos de Yngve estão com as bordas vermelhas, brilhantes, azuis-cinza como pedras de rio.

Não é à toa que a casa esteja tão silenciosa.

Wallace oferece um pouco de água a Yngve, que sorri e pega o copo. Uma expressão de incômodo surge no rosto de Miller, mas passa, como se ele estivesse pensando que besteira, que infantil, deixe-o beber. Yngve bebe como quem está com pressa.

"Bem", ele diz. "Estou indo para a cama."

"O.k.", diz Miller. "Durma bem."

Yngve diz algo em sueco, beija o rosto de Wallace e então se vai. Eles ouvem Yngve subindo as escadas, seu peso marcando intervalos regulares, se arrastando para cima, ficando cada vez mais distante, até tornar-se indistinguível da substância da própria casa. Miller aponta com a cabeça o lugar ao lado dele e Wallace desliza para se sentar ao seu lado. Miller puxa um pouco do cobertor, da maneira como Yngve tinha feito.

Wallace coloca a perna sobre a de Miller e Miller põe a mão no joelho de Wallace.

"Você me abandonou", diz Wallace.

"Eu deixei um bilhete."

"Deixou?"

"Não", diz Miller, rindo.

"De todo modo eu não procurei."

"Você dormiu bem?", Miller pergunta. "Está se sentindo melhor?"

"Dormi. Estou", diz Wallace, apesar de estar se sentindo nervoso de novo. "Eu pensei que tinha espantado você."

"Não", diz Miller. "Você nunca me espantaria."

"Não sei se isso é verdade. Tudo bem se você estiver assustado ou algo do tipo. É muito, eu sei."

"Não estou", diz Miller. Ele mexe na barra do cobertor sem olhar para Wallace. Seu pescoço está corado, suas bochechas estão coradas. O jeito de menino, o lado dele que está sempre hesitando, vacilando, é tão evidente agora. Wallace beija seu ombro. "O.k.", diz Wallace. "Isso é bom. Estou feliz. É só que você não disse nada depois." Ele está se expondo, colocando sua insegurança aos pés de Miller para que ele a reconheça ou ignore. Ele poderia aceitar a palavra de Miller, acreditar nele, que o silêncio não quer dizer nada. Não vai insistir. Vai deixar pra lá. Vai ser descomplicado. Vai ficar calmo.

Miller não responde. Ele volta a olhar para fora, para a escuridão. É difícil enxergar qualquer coisa, apenas contornos tênues de formas e pessoas. Ele flexiona a mão novamente, os nós dos dedos grossos e duros. A tensão sobe pelo braço até o ombro, onde Wallace a sente latejar. Não é um silêncio de raiva. Não é nada disso. Mas há algo ali, o encontro de algo duro e inflexível, uma sensação de paralisia.

Será que ele fez isso? Será que Wallace causou isso? Ele deveria ter resistido e mantido o silêncio sobre seu passado e sua história. Deveria ter ficado de boca fechada.

"Bem, acho melhor ir andando", diz Wallace com suavidade na voz. A mão de Miller toca a sua sob o cobertor.

"Não, você devia ficar. Já está tarde."

"Meu caminho não é tão longo", diz Wallace. "Eu já incomodei o bastante."

"Você não incomodou."

"Incomodei, sim, e eu não quero. Não quero ser um aborrecimento."

"Eu gostaria que você ficasse", Miller diz com firmeza. "Eu quero."

"Você está sendo gentil. Não precisa. Tudo bem."

"Não estou", diz Miller. "Estou sendo egoísta. Quero que você fique." Miller está olhando para ele agora. Seja o que for que o silêncio signifique, há tanta sinceridade em sua voz e em seu olhar que Wallace cede. Miller o beija.

"O.k.", diz Wallace. "Eu fico." Miller pega sua mão e Wallace sente o peso gostoso de seus dedos, seu calor, sua textura. Ele encosta a cabeça no ombro de Miller. Ele quer dormir, poderia dormir.

"Se você está cansado, podemos subir."

"Aqui está bom."

"Tem certeza? Você não tem que ficar aqui embaixo por minha causa."

"Você não acabou de pedir para eu ficar?"

"Disse, mas..."

"Então tudo bem", diz Wallace, interrompendo-o. Miller ri. O nervosismo diminui, assim como a náusea, a sensação perturbadora de ser alvo de fofoca. Você tem que aprender a confiar nas pessoas, acreditar que elas não querem te prejudicar, pensa Wallace.

"Desculpa", diz Miller depois de alguns momentos. "Por antes, por não saber o que dizer."

"Tudo bem", diz Wallace. Ele já perdoou qualquer dano que o silêncio tenha causado. Ele já superou. Ele vai sobreviver.

"Lamento que tudo aquilo tenha acontecido com você, que eu tenha feito você me contar."

"Você não fez nada de errado. Além disso, acho que eu só estava esperando alguém perguntar."

"Estava?"

"Talvez", diz Wallace. "Talvez estejamos todos. Sei lá."

"Quando eu te contei aquela coisa sobre minha mãe na noite passada, eu não sabia sobre seus pais, sobre o que ele fez. Eu me sinto um idiota", diz Miller.

"Ah", Wallace diz. "É disso que se trata. Você se sentindo um idiota. Entendi."

"Jesus. Eu não disse nada disso, Wallace. Não foi isso o que eu quis dizer. Você fala cada coisa."

"Parecia que era isso que você queria dizer", diz Wallace, porque ele não consegue se conter e porque está habituado com esse tipo de coisas entre eles. A natureza crítica e hesitante do relacionamento deles é um conforto para ele neste momento. Miller aperta os dentes e respira forte pelo nariz. Wallace nota um monte de pequenos cravos pretos no canto do nariz de Miller.

"O que você quer de mim?", pergunta Miller.

"Nada. Eu não quero nada de você."

"O.k., certo, tudo bem, então", Miller diz, rígido, concordando com a cabeça. Ele encosta a cabeça no balcão baixo. Fecha os olhos. "Você é cansativo. Você é extremamente cansativo."

"Então eu devia ir para casa."

"Se você quer que eu diga para você ir para casa, eu não vou dizer. Se você quer ir, vai. Para de tentar inventar desculpas."

"Você acabou de me chamar de cansativo."

"Porque você é", diz Miller, apertando os olhos com força. Wallace pressiona o polegar contra a superfície enrugada das pálpebras de Miller. Ele está quente. A umidade do ar frio entra pela porta aberta, mas ele está quente. Seu peito é largo. A mão de Wallace escorrega para sua garganta. O ritmo baixo e constante da circulação de Miller. Wallace sabe que não deveria agir assim. Ele sabe disso. Ficar brigando por coisas mesquinhas, coisas invisíveis.

"Se eu sou tão cansativo, por que você não me manda embora?", diz ele, enquanto monta no colo de Miller. Ele deixa seu peso ir para trás até tocar o topo das coxas de Miller. "Se eu sou tão cansativo, me diz para cair fora." Wallace pressiona o polegar sobre a cartilagem lisa e rígida sob o pomo de Adão de Miller. As superfícies prateadas dos olhos de Miller passam pelos vincos das pálpebras, que agora se abriram como se tivessem sido liberadas pela pressão feita por Wallace em sua garganta. Como uma maquininha. Um brinquedo. Aperte aqui e abra ali. Miller umedece os lábios. Seu rosto se aproxima de Wallace, mas Wallace o empurra para trás, com a mão aberta em sua garganta, de modo que Miller sente a resistência do corpo de Wallace. Quanto mais Miller pressiona, mais a mão de Wallace aperta sua garganta. Eles estão presos nessa posição, separados por distâncias nítidas, arestosas. Miller grunhe embaixo dele. Wallace o sente engolir.

Miller relaxa. A tensão em seu corpo diminui e, por um instante apenas, Wallace teme ter feito algo terrivelmente estúpido. Ele solta a garanta de Miller e, naquele instante, em um espaço de tempo do tamanho da cabeça de um alfinete, Miller agarra os pulsos de Wallace e puxa as mãos dele para sua barriga para que os dois se aproximem ao máximo. Wallace pisca e subitamente lá estão eles juntos, rostos tão próximos que os narizes se tocam, os lábios se tocam, as faces se tocam. Eles estão tão próximos que Wallace sente que consegue ver o vermelho no interior das pálpebras de Miller, tão próximos que ele consegue ouvir o sangue correndo no corpo de Miller, tão próximos que ele pode confundir aquele sangue com o seu próprio.

"Truque barato", diz Wallace, sem conseguir liberar os pulsos. Miller o prendeu firme. Wallace se debate um pouco mais, mas Miller não o solta. Ele força para trás e para o lado, mas não consegue se mover. Miller é mais forte do que ele. Não é exatamente medo o que Wallace sente neste momento. Não tem aquele sabor forte, selvagem. Há outra coisa em seu lugar: arrependimento.

Miller o observa por debaixo de suas pálpebras pesadas. "Pede o que você quer", diz ele.

"Vai se foder."

"Seja um bom menino."
Bom menino.
"Eu nunca fui bom."
"Nem eu", diz Miller.

"Até parece", diz Wallace, mas então a expressão de Miller entristece um pouco, e Wallace lembra o que Miller lhe contou. Sobre sua mãe, que tinha morrido, e como nem sempre as coisas tinham sido fáceis e boas entre eles. "Ah. Desculpa. Eu não quis dizer isso."

"Claro que você quis. Óbvio que você quis."

"A gente só estava conversando."

"Só conversando", Miller diz com uma ponta de maldade. "Era o que a gente estava fazendo. Quem sabe?"

Há um pouco mais de folga no aperto de Miller e Wallace aproveita para escapar. Seus pulsos ardem da força das mãos de Miller, da forma do aperto. Na parte de dentro dos braços de Wallace, onde ele é mais claro, dá para ver a impressão vermelho-escura das palmas das mãos de Miller. Ele desliza do colo de Miller de volta para o chão. Miller fechou os olhos de novo. É como se os últimos minutos nunca tivessem acontecido.

Wallace se pergunta se isso quer dizer que ele deve ir embora. Ele pressiona o polegar contra o dorso da mão de Miller, onde ela toca o chão. Ele aperta a unha do polegar na pele de Miller, e Miller move-se novamente, salta de volta à vida. É como antes, com Yngve. Que parte dele é essa, Wallace se pergunta, que o faz provocar as pessoas dessa maneira? O que é que ele tem?

Pede o que você quer, Miller disse. Agora isso faz sentido para Wallace. É sua maneira de pedir. Ele não consegue simplesmente dizer o que quer. Porque ele não sabe o que quer.

"Wallace. Não me provoque", diz Miller. "Você não vai gostar."

"Eu não estou provocando", diz Wallace, mas já vibrando por dentro. Ele mal consegue conter uma imediata sensação de calor dentro de si. "Eu não estou provocando ninguém." De alguma forma, parece essencial que ele diga isso a Miller, embora suspeite que sim, está. Ele coloca os lábios no pescoço de Miller e respira. Sente Miller engolir. O calor de sua pele. O ritmo dos músculos subindo e descendo. A maciez de seu cabelo contra o nariz de Wallace. A pelagem de um animal macio. A pele se arrepia sob sua respiração. O arrepio da vida. Ele afunda os dentes no pescoço de Miller e fecha os olhos para o golpe branco de ser empurrado para trás e imobilizado contra o chão. Miller está sentado em cima dele. Suas mãos estão presas sobre a cabeça, onde seu cérebro nada, uma bagunça viscosa. Isto também parece necessário. Miller se inclina sobre ele.

"Eu disse para você não me provocar", diz Miller, mas sua voz é trêmula, insegura. Tem algo de estranho nela. A cabeça de Wallace dói, lateja. "Eu disse."

"Eu não provoquei", diz Wallace. Miller está tentando se conter, lutando contra algo. Wallace nunca presenciou esse lado dele, embora, agora que está perto o suficiente, ache que talvez já tenha tido alguns vislumbres disso. Teve aquela vez no primeiro ano em que Wallace por acidente deixou a porta da máquina de gelo bater bem quando Miller estava colocando o braço para encher o balde. Tinha sido um acidente de verdade, uma pequena coincidência de mau momento e com má leitura de intenções. Wallace estava pegando um pouco de gelo, a porta apoiada no quadril, quando Miller veio correndo e lhe disse algo enquanto ele olhava para o outro lado, e Wallace deixou a porta correr e fechar e quase cortou a mão de Miller. Miller ficou lá atordoado, olhando para a própria mão como se ela tivesse sido decepada. Wallace ficou apavorado. Então, lentamente, seus olhos se encontraram, e Wallace viu que Miller estava decidido a lhe dar um soco na cara. Ele viu os dedos se fecharem. Ele assistiu ao punho erguer-se com lenta solenidade, como uma cabeça que se baixa para rezar. Mas aí algo mudou. Em lugar dele, Miller socou a porta inclinada da máquina de gelo e soltou um xingamento. *Que porra, Wallace,* ele disse. Então chutou a máquina. *Você é egoísta pra caralho.* Outra vez, na hora do almoço, no segundo ano, eles estavam sentados em pares em um labirinto de bancos de pedra — Miller e Yngve, Cole e Wallace, Lukas e Emma — quando Miller e Yngve começaram a brigar por alguma coisa. Parecia de brincadeira, mas então, depois de algum episódio de orgulho ferido, Miller subitamente empurrou Yngve com força e Yngve despencou do muro para o concreto abaixo. Por um momento, Miller ficou ali sentado olhando para ele, com postura rígida, cabeça erguida, como se sentisse orgulho. E então, mais rápido que tudo, ele pulou atrás de Yngve e o resto deles veio correndo atrás. Yngve estava bem. Naquele dia, ele voltou para casa com uma concussão. E Lukas ficou com ele. Wallace se perguntou se aquilo não teria sido o começo da coisa entre eles dois. Agora, na cozinha, Wallace não se surpreende ao ser imobilizado por Miller. Ele não se choca. Não era isso o que ele procurava? Por que incitá-lo mais? Wallace levanta o joelho até tocar o peito de Miller.

"Por que você está me empurrando, Wallace?"

"Não sei", diz Wallace. "Acho que é para você me falar para ir embora."

"Não vou falar", diz Miller.

"Nem mesmo depois disso tudo?"

"Nem doeu. Você é um bebê."

Isso fere o orgulho de Wallace, um orgulho que ele não sabia possuir até este exato momento. Com algum constrangimento ele percebe que se considerava capaz de machucar Miller. Ele não feriu Miller contando-lhe todas aquelas coisas sobre si próprio? Não é por isso que ele fez isso aqui, para atrair a raiva de Miller sobre ele? Já que ele se achava capaz de causar dano, de tirar algo de Miller? E então ser informado agora de que ele é apenas um bebê.

"Conte-me sobre o *seu* trauma", diz Wallace.

"Você não precisa conhecer meu trauma."

"Acho que você quer que eu conheça", diz Wallace. "Isto tudo tem a ver com isso, não é? Você quer que eu saiba."

Ele se mexe sob Miller. As costas dele doem. Sua cabeça dói. O mundo ainda é irregular, cheio de pontas. Como pedacinhos de um espelho que se encaixam de forma imperfeita. Miller parece caleidoscópico, em cinza, preto e prata, seu rosto um sombrio corredor de espelhos, uma profusão de formas.

"Eu machuquei alguém, Wallace. Sério. Pra caralho", diz Miller.

Wallace absorve o choque seco das palavras.

"Meus pais me mandaram embora depois disso. Acho que era uma espécie de acampamento. Mas aquele garoto... O coração dele parou. Foi isso o que as pessoas disseram lá em casa, de todo modo. O coração dele parou três vezes na ambulância."

"Espere aí, Miller... Por quê?"

"Não sei, acho que acontece isso. Com choques, arritmias. O cérebro dele sangrou onde eu o acertei. Ele teve sequelas por muito tempo."

"Não", diz Wallace. "Digo... não foi isso o que eu quis dizer."

Miller recua. Wallace o segue. Miller se levanta. Wallace se levanta. Ele pega o cotovelo de Miller, tenta fazê-lo virar.

"Por que você fez isso com ele?"

Os olhos de Miller estão tristes e abatidos. Ele se afasta de Wallace. Derruba o copo. A água fria em seus pés. No chão. O vidro trinca, mas não quebra.

"Merda", diz Miller. Wallace respira. O vento recua passando pelas árvores. O ar está frio e escuro. "Não quero mais falar disso, o.k.?"

Wallace assente. Ele fecha a porta de correr, enquanto Miller recolhe o copo. Com a porta fechada, o ambiente fica subitamente silencioso.

"É essa sua resposta?", Wallace pergunta.

"Eu não tenho uma resposta", diz ele, encostado no balcão. "Eu não tenho, Wallace. Era um garoto lá de Indiana. Ele vivia atrás dos meus amigos e de mim. Não era como aqui. Eu não sou como Yngve. Ou Lukas ou Emma. Eu não sou *daqui*." Ele gesticula amplamente, abrangendo a casa e o quintal e os vizinhos que dormem tranquila e profundamente, incluindo o capitólio e a praça e os lagos e as árvores e todo este brilhante mundo. "De qualquer forma, o pai dele era engenheiro na fábrica onde meu pai trabalhava, e esse garoto só falava que estava indo estudar em Purdue. *Admissão antecipada.*" O rosto de Miller está tenso. Contraído, como se ele estivesse vendo tudo de novo. "Ele era só um garoto chatinho, Wallace. Ele era tão convencido."

"Você atacou uma pessoa porque ela era *convencida*?"

"Não", diz Miller, balançando a cabeça. "Não, não foi isso. Mas foi, eu acho. No fim das contas é isso. Ele era convencido. Tudo o que eu tinha esperando por mim era um trabalho fazendo sapatas de freio como o meu pai. E esse garoto desfilando, tipo: *Estou indo para Purdue. Eu vou ser engenheiro!* E eu fiquei louco de raiva, porque ninguém lá me queria. Nada que eu quisesse me queria de volta."

"Eu entendo isso", diz Wallace.

"Você entende? Um dia roubamos alguns cigarros. E estamos atrás da velha mercearia, fumando e falando merda. O de sempre. Esse garoto, de um metro e meio de altura, se inclina e simplesmente tira o cigarro da minha boca." Miller sorri enquanto a lembrança emerge, como se ele pudesse sentir o sabor exato de sua raiva. Ele respira fundo. "E ele diz, *Eu vou sentir saudades de vocês, de verdade*. Falando que ia sentir falta da gente enquanto fumava *meu* cigarro. E eu, tipo, *Esse garoto. Esse garoto está merecendo. Então eu me vinguei.*"

Wallace se sente um pouco tonto. Ele se pergunta se machucou a cabeça. Miller, tendo agora se entregado à história, parece contente. Ele umedece os dentes e depois os lábios. Tem um traço de riso em sua expressão, como se ele estivesse se divertindo, ou estivesse habitando a versão de si mesmo que gostava de machucar as pessoas. Vingança soa como o grito de guerra de pessoas fracas, que não têm outra maneira de negociar com o mundo. O que isso significa, Wallace se pergunta. Não houve dano a Miller nessa história. Do que é que ele estava querendo se vingar? Miller vira-se para ele e seu rosto se transforma. Seus olhos se arregalam ligeiramente. Wallace sente um toque momentâneo de pânico, sente que foi surpreendido e que Miller pode ler sua mente e sabe o que Wallace pensa dele. Não, pensa Wallace. Miller está com medo. É isso. Ele tem medo de ser mau e de que ninguém o queira de volta.

"Você queria se vingar", diz Wallace com calma.

"Eu só queria que ele se sentisse como eu. O que mais eu podia fazer?" A voz de Miller embarga quando ele diz isso. Isso não é uma memória distante, algo lembrado relutantemente. Esteve ali perto da superfície esse tempo todo. *O que mais eu podia fazer? Qualquer outra coisa*, Wallace quer dizer. *Você não precisava machucar aquele garoto*. Mas Miller não está perguntando para se justificar. Não. Ele quer que alguém esteja do seu lado.

"Era impossível", diz Wallace. "Você estava em uma situação impossível." Que coisa complicada isso tudo.

Então Miller se vira para ele por completo. Puxa Wallace para perto e coloca o rosto em seu pescoço.

"Eu não queria", diz Miller. "Eu não queria fazer aquilo. Eu tento ser bom. Tento ser bom. Eu tento ser bom."

"Você é bom", diz Wallace, ligeiramente alarmado consigo mesmo.

Miller sorri friamente. "Não sei, Wallace. O que eu acabei de lhe contar me faz soar como uma pessoa má de verdade."

"Não existem pessoas más", diz Wallace, com um encolher de ombros. "Pessoas fazem coisas más. Mas depois de um tempo elas voltam a ser apenas pessoas."

"Então isso significa que você perdoou seus pais?", diz Miller, e um fio agudo de dor surge no fundo dos olhos de Wallace. "Eu achava que não." Ele faz uma pausa. "Existem pessoas más. Eu fiquei pensando no rosto daquele garoto enquanto você me contava o que aconteceu com você. Eu conseguia sentir os ossos dele se quebrando. E todos os meus ossos se quebrando. E eu simplesmente continuei. Porque eu estava com raiva. Isso é doentio, não?"

"Você estava tentando escapar da sua vida", diz Wallace.

"Abrindo um buraco na de outra pessoa."

Wallace fica quieto. O que quer que seja que Miller queira dele, não é isso.

Miller pega sua mão. "Vamos para a cama", diz. Wallace concorda e o segue escada acima. Há tantos problemas no mundo. Há pessoas sofrendo em todos os lugares, a todo momento. Quem consegue ser feliz, feliz de verdade? O que uma pessoa pode fazer com isso tudo, a não ser tentar escapar pela lateral de sua vida para qualquer zona cinzenta que a aceite?

O quarto de Miller está como eles o deixaram. Ele fecha a porta e Wallace sobe de volta na cama. Miller sobe com ele, e os dois deslizam para baixo da colcha. Logo será outono, frio demais para apenas uma colcha, mas a essa altura pode ser que Wallace esteja a centenas de quilômetros de distância. Ele pode estar em algum lugar quente. Pode estar em qualquer lugar. E Miller continuará aqui, neste quarto, trocando as roupas e as cobertas para o inverno. O contraste deixa Wallace incomodado — quão desenraizado ele se sente em relação a este lugar, quão frágeis são seus vínculos. Miller coloca os braços em volta dele e, por um momento pelo menos, Wallace se sente ancorado, atracado.

"Espero que você não me odeie", diz Miller. "Não é idiota? Contar para você o que eu sou e depois dizer: *Por favor, não me odeie*?"

"Eu não te odeio", diz Wallace.

"O.k. Fico contente."

Wallace se vira para ele e eles se beijam de novo, desta vez mais profundamente. Quando Miller se move dentro dele, Wallace fecha os olhos para não ter que ver Miller olhando para ele. Ele não confia em si mesmo em relação a esse sentimento estranho que ganha impulso. Miller pede que ele se vire de barriga para baixo e Wallace se vira, está aliviado por não ter mais que fechar os olhos tão apertado. Miller beija seus ombros, suas costas. É suave. Mas ainda assim é uma foda e ainda assim dói, o que, neste momento, é uma bênção, porque dá a Wallace algo em que se ancorar. Quando Miller acaba, ele cruza o corredor e volta com uma toalha morna. Wallace se limpa, mas Miller timidamente desvia o olhar, ainda incapaz de lidar com o desconforto inevitável de foder um homem. Wallace ri, e Miller levanta os olhos bruscamente.

"O que tem de tão engraçado?"

"Nada", diz Wallace e volta para debaixo da colcha. "Eu só estava rindo."

"De mim?"

"Não, de mim mesmo, acho. É engraçado. Por um longo tempo eu não transei com ninguém, e agora é uma coisa simples."

"Foi bom?"

"Sim", diz Wallace. "Foi legal."

"Foi legal", diz Miller, apertando os olhos. Wallace o beija.

"Não se machuque", diz ele. "Não pense tanto."

"Você...?"

"Eu o quê?", Wallace pergunta, e Miller olha para baixo, sugestivamente. "Ah, está tudo bem."

"Tem certeza?"

"Sim", diz Wallace, e está tudo bem, porque ele acha que não conseguiria ficar duro nem se quisesse. Não tem nada a ver com Miller ou com não o querer, ele se dá conta. É que agora, de repente, ele se sente desconectado da parte dele que é necessária para foder ou gozar. "Estou cansado."

"Eu também", diz Miller.

Eles ficam ali deitados por um longo tempo, apenas respirando um ao lado do outro. Parece com a noite anterior, pensa Wallace. Exceto que agora eles estão na cama de Miller em vez da sua, exceto que agora eles estão nesta parte da cidade e não no centro, exceto por todo o demais; parece com a noite anterior, mas deslocada de alguma maneira, o mundo invertido, um reflexo oblíquo ao longo de uma estranha linha de simetria. Wallace tem uma sensação infantil de alegria com essa revelação, uma pequena ponta de felicidade por ter percebido isso. Mas não há espaço para contar, não dá para ele articular isso e apresentar a Miller.

Quando ele adormece, Wallace puxa os braços e desliza para fora da cama. Veste as roupas o mais silenciosamente que pode. Move-se pelo quarto escuro, recolhendo seus sapatos e sua camisa e seu suéter. Faz frio, e o mundo lá fora está acinzentado com a chegada da manhã. Quando está vestido, escapole para o corredor escuro e desce as escadas. Deixa para trás a tigela que trouxe. Não vale a pena. E sai para a rua, certificando-se de que a porta atrás dele está trancada.

Devem ser quatro ou cinco horas agora. Há alguns carros. O céu está clareando. Wallace pisa firme com seus sapatos e envolve os braços ao redor de si mesmo. A rua se inclina numa subida. Há as casas de sempre, as fachadas idênticas com pequenas variações, creme e verde-musgo e azul-marinho. As portas firmemente fechadas. Aqui e ali uma varanda com móveis de madeira ou um sofá com estofamento feio. Grama descuidada na calçada. A árvore estranha. Carros estacionados ordenadamente nas laterais das casas. Ele vai subindo a rua, seus passos ecoando suavemente. O ar está frio e úmido. Ele está dolorido e se sente todo ferido por dentro. À sua frente, vê-se o topo do capitólio; mais além, a massa cinza do lago. Está quase em casa.

Será que Miller realmente quase matou alguém? Quebrou a cara de alguém porque não sabia o que fazer consigo mesmo? A raiva pode ser assim, passar de uma pessoa para outra como uma doença ou uma praga. A maneira como o próprio Wallace foi cruel no jantar, lançando aquela granada em Vincent por causa do que haviam dito a ele. Ou como ter contado a Miller sobre o Alabama fizera com que Miller lhe contasse sobre Indiana, os dois passando crueldade um para o outro, como um baseado. Talvez amizade seja no fundo apenas crueldade controlada. Talvez seja exatamente o que eles estão fazendo, dilacerando um ao outro e querendo bondade em retorno. Ou talvez seja apenas Wallace que não tem amigos, que não tem entendimento de como a amizade funciona.

Mas ele compreende crueldade. Ele compreende violência, mesmo que não entenda a amizade. Da mesma maneira que ele consegue sentir a mudança do tempo, ele consegue discernir na mudança das marés a forma da violência no horizonte. É seu elemento nativo, sua língua materna — ele sabe como as pessoas podem mutilar umas às outras. Ele sentiu isso na cama com Miller, quase caindo no sono — que, se ele ficasse, algo terrível aconteceria. Talvez não naquele momento, nem mesmo no dia seguinte. Mas logo algo terrível viria em sua direção. Por que ficar então? Por quê, se ele conseguia sentir isso na dor em sua barriga, na pressão que se acumulava atrás de seus olhos?

Wallace chega ao alto da colina, onde a rua fica plana e vira uma lateral adjacente ao capitólio. Há cafés e padarias aqui, mas não estão abertos. Ele caminha rapidamente passando por um pequeno pátio, onde as pessoas dormem em cobertores encharcados ou em bancos pintados. O cheiro de urina e comida velha apodrecendo paira no ar. O quão facilmente ele poderia ter se tornado um deles; o quão simples teria sido para ele ser um morador de rua aqui, ou no Alabama. Isso também é um tipo de vida, uma forma de as coisas darem errado para uma pessoa.

Quando Wallace finalmente chega ao seu apartamento, percebe que deixou o celular na casa de Miller. Isso é uma complicação, mas nada sério. Amanhã é segunda-feira. Ele verá Miller no edifício de biociências onde trabalham. Pedirá a ele que traga o telefone na terça ou outro dia — um simples favor, apenas dois amigos ajudando um ao outro. Limpo, eficiente, nada de ficar xeretando a vida dos outros, mexendo no passado como quem separa a gema da clara de um ovo.

Wallace prepara um banho quente e entra na banheira, que é funda e branca. Mal consegue aguentar o calor da água, que é azul e fica na altura de seu peito. O banheiro é silencioso e claro demais. Se ele não tivesse medo de se sentar na banheira no escuro, apagaria as luzes, mas isso pode fazer com que adormeça, e ele não gostaria disto, se afogar na banheira sozinho. Quem o encontraria? Um vizinho? Seu senhorio? Quando o cheiro de seu cadáver putrefato saísse e chegasse ao corredor? Quando alguém reclamasse? Ou será que Miller viria procurá-lo?

Wallace junta os joelhos. A água ondula. Ele afunda no calor escaldante. Ele está ficando da cor de argila, sua pele se avermelhando, ardendo como se estivesse queimando na água. Ele se ensaboa e, em seguida, enxágua-se completamente, e a água fica acinzentada com sabão, pele morta e sujeira. Ele ainda cheira a fumaça da fogueira e, talvez, da história de Miller da época em que ele, fumando, socara um garoto até sangrar. Wallace coloca o rosto na água, limpa a fumaça dos olhos. Desliza mais fundo, até a água chegar à altura do queixo. Suas pernas flutuam. Ele se afogaria em um instante.

Por volta do meio da manhã, Wallace é acordado por uma batida persistente em sua porta. Ele se arrasta para fora da cama, onde esteve cochilando por horas. Está vestindo um suéter verde e shorts de algodão azul. O apartamento está intensamente claro, mesmo com as cortinas fechadas. Wallace abre a porta e lá está Miller, parado na frente dele, com o cabelo molhado de banho, com a pele esfregada e vermelha e fresca. Tem algo bruto nele.

"Você foi embora", ele diz. "Você foi embora. Depois de toda aquela merda que eu disse, você foi embora."

"Eu sei. Eu sinto muito. Eu só não queria ser uma chateação."

"Mesmo depois que eu disse que você não era chateação nenhuma, mesmo depois que eu disse que queria que você ficasse. Você foi embora. Você *foi embora*, Wallace."

Wallace já está cansado. Eles vão ficar perseguindo um ao outro desta forma? De um lado para o outro da cidade, de cama em cama? Ele se encosta na porta. Miller estende seu celular.

"Você deixou isso lá."

"Obrigado. Eu ia pedi-lo a você amanhã."

"Amanhã?", Miller pergunta. Há mágoa em sua voz e aborrecimento. Wallace suspira.

"Quando eu visse você no trabalho. Isso não é problema. Você não precisava trazê-lo."

"Você foi embora", Miller repete. Ele está vestindo uma espécie de camiseta cortada por baixo de um cardigã. Roupa de academia. Sua barriga se contraindo e relaxando. Está sem fôlego. Suor em sua pele. Ele veio correndo até aqui, Wallace se dá conta. Algo nele se suaviza.

"Você quer entrar?"

Miller o beija na boca com força, dá dois passos para a frente, fecha a porta atrás dele. Sua boca tem um gosto fresco de pasta de dente, é claro. Seus lábios estão quentes e próximos, insistentes. Wallace deixa-se ser beijado e pressionado contra a parede. Eles derrubam a vassoura com um estalo alto no chão.

"Eu não sabia se você ia querer falar comigo de novo", diz Miller. "Quando foi que isso se tornou tão importante para mim? Não sei."

Wallace quer rir daquilo, ou se sentir insultado, mas não consegue. Miller é tão sério, tão sincero em sua dúvida, que fazer graça com isso seria feio. Em vez disso, ele cuidadosamente se separa de Miller. Senta-se no sofá perto da janela e dobra as pernas sob si próprio. Miller começa a mexer no banco do bar, movendo-o ao redor.

"Bem, obrigado por trazer meu celular", diz ele. "Valeu mesmo."

"A gente vai tomar um brunch", diz Miller rapidamente. "Alguns de nós, quero dizer. Você é bem-vindo."

Wallace já está quase rejeitando a oferta quando Miller diz: "Eu gostaria que você viesse".

Pequenos favores, pensa Wallace. Específicos e pequenos favores claramente definidos. Ele molha os lábios.

"O.k.", diz ele.

"Ótimo", diz Miller. "Ótimo."

Eles vão para o brunch juntos. É um dos lugares na praça onde há mesas do lado de fora, atrás de divisórias verdes. Eles se sentam em uma mesa larga, apenas os dois no início. Miller aperta o joelho de Wallace ansiosamente sob a mesa. Wallace olha para baixo para o seu café. O mundo está luminoso demais, saturado demais. Ele preferiria dormir, estar dormindo. O trânsito na praça é lento. Famílias visitando o capitólio, o sotaque forte do Meio-Oeste navegando no ar. Mais ao longe, ele ouve fragmentos de música, artistas de rua se aquecendo para o dia. Sente o sol quente no pescoço. Seu suéter tem um desenho de pato.

Logo, seus amigos aparecem. A mão de Miller cai de seu joelho. Lukas e Yngve e Thom e Cole e Vincent e Emma. Eles se mudam para uma das mesas compridas. Wallace ainda consegue sentir o cheiro de bebida na pele deles. Todos estão usando óculos escuros. Cole e Vincent estão de mãos dadas sobre a mesa. As coisas já devem ter se acertado por lá. Wallace está aliviado. Emma coloca a cabeça em seu ombro. As lentes de Vincent refletem o olhar de Wallace.

"Estou morrendo de fome", diz Yngve. "Lukas, o que você vai pedir?"

"Crepes, eu acho", diz Lukas, estudando o menu cuidadosamente. Ele é meticuloso ao pronunciar a palavra, como costuma ser com essas coisas. Cole beija o rosto de Vincent e depois seu cabelo. Vincent olha através de Wallace. Ou melhor, as lentes dos óculos de sol de Vincent apontam mais ou menos na direção de Wallace. Para onde os olhos atrás delas apontam é um mistério. O garçom traz as bebidas. Cappuccino para Emma, expresso duplo para Thom, mimosas para Cole e Vincent, que estão claramente querendo celebrar, e refis de café preto para Lukas e Yngve. Miller não está bebendo nada. O cardigã dele tem um buraco no ombro.

Todos acabam pedindo crepes, como se não conseguissem resistir ao poder de sugestão. Wallace não está com fome, mas pede assim mesmo.

"Ouvi dizer que perdi uma festa da pesada ontem à noite", diz Thom. "O que aconteceu?" Seus olhos brilham. Ele passou a noite toda lendo Tolstói, diz, trabalhando na interpretação de algum texto obscuro. Wallace preferiria falar disso do que sobre a festa, sobre qualquer outra coisa menos a festa.

"Nada, nada", Cole diz, sorrindo. "Não foi tão ruim assim."

"Sim", diz Vincent, mas sem sorriso, nem no rosto nem na voz. Ele olha para a rua. Wallace bebe seu café.

"Não foi isso que eu ouvi", diz Thom, sorrindo. Ele se choca contra a mesa, balançando-a ligeiramente. "Ouvi dizer que foi uma cagada geral."

"Não foi tão grave", diz Lukas. "Yngve, açúcar?" Lukas passa a Yngve vários sachês de açúcar. Yngve os pega, abre e despeja o conteúdo em sua xícara. Thom começa a parecer um pouco desanimado com a história. Ele se vira para Emma.

"Amor? Achei que você tinha dito que foi uma loucura."

Emma ergue a cabeça do ombro de Wallace e encolhe os ombros. "Não vale a pena voltar a isso. Eu te disse." As coisas ainda não se recompuseram totalmente entre esses dois, percebe Wallace.

Thom cometeu um sério erro de cálculo, presumindo que o que quer que fosse que Emma mencionara era algo que os outros se sentiriam à vontade para discutir. Ele provavelmente achou que ela estava se referindo a alguém ter ficado muito bêbado, ter dito algo um pouco indecente, ou começado algum tipo de concurso idiota. Ele não presumiu que a loucura a que Emma aludiu fosse algo pior. Os ombros de Thom caem e Wallace sente pena dele. É sempre assim. Ele está sempre por fora das coisas. Mas então Wallace se lembra de que Emma e Thom estão brigando e sua pena diminui, encolhe. Afinal, ele tem suas próprias merdas para resolver.

"Não acredito que o fim de semana acabou", diz Cole. "E vocês?"

"Não", diz Lukas. "Tenho que ir ao laboratório hoje e preparar as coisas para amanhã. Esta semana vai ser longa."

"Eu também", diz Yngve, concordando com a cabeça. "Preparações de proteínas."

"Fragmentação genômica."

"O pior", diz Emma, recostando-se de novo no ombro de Wallace.

"Eu só tenho que transferir minhas células", diz Cole. "É... bem, vocês sabem."

"É fotossensível?"

"Sim", Cole diz. "E eu tenho que fazer isso na sala fria. Por horas."

"Melhor levar um casaco", diz Lukas.

"Quanto tempo você vai trabalhar?", Vincent pergunta, e Cole se vira para ele já com um olhar de desculpas.

"Ah, amor. Não muito. Provavelmente até as cinco."

Os lábios de Vincent se transformam em uma linha fina. Wallace não precisa ver os olhos dele para saber que estão cheios de decepção, que a frágil trégua que eles estabeleceram já corre risco de se romper. Wallace quer chutar Cole por baixo da mesa para que ele preste atenção, mas não é seu papel. O sol está alto agora. A comida chega, tudo crocante, dourado e macio. Os crepes de Wallace são simples, só polvilhados com açúcar de confeiteiro e morangos à parte. A acidez das frutas e a doçura do açúcar são agradáveis, apaziguam algo nele. Ele mastiga regular e lentamente, olhos no próprio prato. Disseca a comida com cuidado em segmentos comestíveis. É a única maneira de manter as coisas sob controle.

Miller o observa do outro lado da mesa. Yngve e Lukas estão conversando, discutindo baixinho.

"Você não disse que não voltaria", diz Yngve. "Você disse que iria levar Nathan para casa e voltar."

"Eu estava cansado, Yngve. Aliás, o que aconteceu com Enid? Ela não ia dormir lá?"

"Ela teve que levar Zoe para casa."

"Bem, isso foi legal da parte dela."

"Você não respondeu minhas mensagens de texto."

"Eu estava dormindo."

"O.k."

"Tudo bem."

"Eu só não sabia que você não ia voltar para casa, só isso. Eu fiquei esperando. Miller e eu usamos o seu vaporizador."

Lukas dá de ombros e Miller ri para dissipar a tensão. Yngve e Lukas nunca brigam de verdade. Só arranham a superfície. O cabelo de Lukas brilha no sol do verão, e ele é tão sardento que parece bronzeado. Ele é todo cor de cobre. Miller cutuca Lukas com o cotovelo.

"Você está quieto", Emma diz a Wallace, o que o assusta.

"Ah, estou só comendo", diz ele.

"Tudo bem com você?"

"Aham." Ele sorri para ela, mas ela consegue lê-lo. Põe a mão na perna dele.

"Tudo bem mesmo?", ela pergunta de novo, e sua voz diminui para que só ele consiga ouvi-la. O que é que ele deveria responder? Que ele está bem mas não está, está aqui mas não está, desejando estar em seu apartamento?

"Estou só cansado", diz ele.

"Que horas você voltou para casa?", Vincent pergunta, e pela franqueza de seu olhar, mesmo através dos óculos de sol, Wallace sabe que foi desmascarado por algo.

"De manhã", diz ele, antes que consiga pensar em alguma outra coisa. "Voltei caminhando."

"É, porque estávamos todos lá fora e você simplesmente desapareceu", diz Vincent. "O que é engraçado, considerando que tudo na... noite passada foi causado por você."

Wallace lambe o açúcar no canto da boca e respira firme. "Foi causado por mim? Achei que tinha a ver com algo entre você e Cole."

"Ah, não, Wallace, foi você."

"Vincent", Cole diz.

"Você abriu o bocão e aí quis fazer... Sei lá que porra você quis fazer, mas de repente você sumiu. O que aconteceu, Wallace?"

"Eu não queria criar nenhum problema", diz Wallace. "Eu sinto muito que as coisas tenham acontecido do jeito que aconteceram, mas eu não queria criar nenhum problema."

"Mas você não estava criando?" A voz de Vincent o transpassa. "Será que você não estava criando problema porque está infeliz? Porque está com raiva? Porque não sabe o que quer? Não será isso?"

"Não", diz Wallace, mas baixinho.

"Eu acho que você devia era cuidar da sua vida, Wallace. Você vai acabar arruinando a vida de alguém um dia destes."

"Isso não é justo", diz Miller. "Para com isso."

"Por que, Miller? Ele se meteu onde não era chamado."

"Amor", Cole diz. Seu rosto está corado. Ele olha para Wallace com expressão de desculpas, mas Wallace apenas balança a cabeça. Ele merecia isso, afinal. Ele merecia isso tudo.

"Não é justo pôr a culpa no Wallace. Nós somos amigos. Nós às vezes fazemos cagadas, mas puxa vida", diz Yngve.

"Está tudo bem, Yngve. Eu não ligo", diz Wallace, encolhendo os ombros. "Vincent está claramente muito zangado comigo. Tudo bem."

"Tudo bem", diz Vincent. "Sabe, Wallace, só porque você não tem ninguém não significa que o resto de nós também tenha que sofrer."

"É verdade", diz Wallace. "Você está certo."

"Vincent", Emma diz. "Melhor se acalmar."

"Não, Emma. Isso precisa ser dito. Ele não entende. Ele não entende que os relacionamentos dos outros não são brinquedos para ele brincar. Que ele não pode cagar a vida das outras pessoas. Isto é o mundo real, Wallace. Você entende isso? É o mundo real."

Wallace assente com a cabeça lenta e cuidadosamente, se assegurando de que o gesto seja imaculado, perfeito, uma contrição sem defeitos. Ele consegue fazer isso. É uma habilidade na vida saber cumprir esta função, arrepender-se, prestar reverência.

"Desculpe", diz ele. "Desculpe por ter causado tanto problema. Por magoar você. Eu não pensei."

"Você não pensou", rosna Vincent. "Você não pensou que isso teria consequências. Que outras pessoas sofreriam. Não é um jogo. É a minha vida. É a vida do Cole. Da próxima vez, pense nos outros."

"Eu pensarei. Sinto muito", Wallace diz baixo, voz quente, como asfalto derretendo. Miller e Cole trocam um olhar de horror, de choque. Emma emite sons suaves, esfregando seu joelho. Vincent volta para sua mimosa.

"Wallace", Cole começa, mas Wallace olha para ele e sorri.

"Está tudo certo, Cole. Está tudo bem."

Os outros à mesa ficam num silêncio tenso, que é finalmente quebrado pelo barulho de seus garfos e facas. É uma recriação do jantar da noite passada, de como, depois que Roman o humilhara, todos voltaram a comer, sentados em educada recusa de reconhecer o golpe desferido contra Wallace. Ele não está triste. Ele não está tomado de pesar ou tristeza por isso. Ele se preparou para isso, afinal. É um golpe que Wallace já esperava desde a noite passada; ele só se surpreendeu por ter demorado tanto para chegar. Limpa a boca com o guardanapo, corta outro pedaço de crepe e come.

O gosto é insípido, mas ele mastiga mesmo assim. Miller olha para ele com ansiedade, como se Wallace pudesse a qualquer momento desaparecer. Wallace bebe seu café.

"Emma, o que você vai fazer no resto do dia?", pergunta Wallace.

"Ah, provavelmente vou tirar uma soneca", diz ela, rindo. "Talvez eu leia."

"Eu também", diz Wallace. "Estou com aquele livro que Thom mencionou. Até agora estou gostando, acho."

"Você está gostando?", ela diz ironicamente. "Não deixe Thom ouvir; ele nunca mais vai parar de te sugerir coisas."

"Tudo que eu mais quero", diz Wallace. Thom está muito ocupado devorando seus crepes e bacon para prestar atenção neles. Ele tem um apetite nervoso. Quando ansioso, come com uma ferocidade obstinada. Wallace se identifica. Seu apetite aumenta quando ele está nervoso. "O que você está lendo?"

"Estou numa dieta estrita de Judy Blume", diz Emma. "Clássicos, sabe."

Eles dividem uma risada um pouco amarga. Os olhos de Emma estão vermelhos. Ela está novamente com raiva por ele, mas, como os demais, permanece calada.

"O que vocês dois estão cochichando aí?", pergunta Yngve. "O resto de nós também gosta de rir."

"Estamos falando sobre livros", diz ela sugestivamente. "Grandes livros."

A expressão de Yngve parece mais curiosa, e ele fala em voz alta: "Eu amo grandes livros".

Emma não tem certeza de como interpretar isso. Wallace ri. Lukas diz, a título de explicação, "Na verdade ele não está mentindo. Ele adora os russos. E Muir,* por alguma razão."

---

* John Muir (1838-1914), conhecido como o "Pai dos Parques Nacionais", foi um naturalista e pioneiro na preservação da vida selvagem nos EUA. (N.T.)

Emma franze a testa. Thom ergue os olhos com interesse renovado.

"Russos? Estou escrevendo uma análise crítica da literatura russa", diz. "Toda aquela infidelidade." A palavra faz Cole e Vincent tremerem. Wallace observa isso acontecer, o jogo lento da fisionomia, o aumento da tensão e o cessar de movimento em seus rostos. "Os russos, vocês sabem, e sua moralidade. Muito rígida."

Yngve concorda com a cabeça, mas, sabendo o que sabe da situação, se contorce desconfortavelmente.

"Sim, querido, muito bom", diz Emma. "Muito rígida, sim."

"Alguns pensam que Tolstói..."

"Vamos velejar hoje?", Miller pergunta a Yngve.

"Você quer? Podemos."

"Eu gostaria de velejar", diz Emma.

"Eu também", diz Lukas.

"Você quer vir, Wallace? Podemos pegar um barco grande", diz Yngve. A ideia de passar o dia na água sob o sol, balançando, dá vontade de vomitar. O que ele quer é encolher-se na escuridão fresca de seu quarto e dormir por toda a eternidade ou mais.

"Não, não, tudo bem. Acho que vou ficar por perto de casa."

Há uma expressão de decepção no rosto de Miller, mas Wallace faz que ignora. Ele não consegue passar mais tempo fora, no mundo exterior. Quer submergir cada vez mais, esconder-se.

"Que pena", diz Yngve. "A gente se divertiria muito se você viesse."

"Você tem que vir", Emma diz, puxando seu braço. Ele lança a ela um olhar que espera que seja suficientemente apologético e patético. Está cansado das pessoas e cansado do mundo. Não aguenta mais. Está cheio. Não suporta nem um momento a mais. Não pode continuar assim, com eles.

"Não dá", diz ele. "É melhor eu ir." Parece sexta-feira. Os dias se repetem. Ele beija o rosto de Emma.

"Eu também vou", diz Miller.

Wallace quer gritar. Ele não sabe se consegue suportar reviver o fim de semana inteiro. Não sabe como vai sobreviver ao tempo se repetindo de novo. Mas ele não grita. Abafa.

"Mas nós vamos velejar", diz Yngve, tentando extrair uma promessa antes que Miller deixe a mesa.

"Vamos. Às três, talvez."

"O.k., vou ligar antes para reservar o barco."

"Perfeito. Obrigado, Yngve."

"Imagina", diz Yngve, acenando. Wallace já está se levantando da mesa e Miller corre para o seu lado. Quando eles viram a esquina, longe dos amigos, Miller procura sua mão. Wallace deixa que ele a pegue.

"Você está bem?", ele pergunta.

"Estou bem", diz Wallace. "Mas estou cansado e quero ir para casa. Queria ficar sozinho, se não tiver problema."

"Tudo bem", diz Miller. "Sinto muito pelo que Vincent falou."

"Eu merecia", diz Wallace, olhando para a rua à frente deles. Miller aperta sua mão, em um gesto que Wallace presume que se destina a consolá-lo, a trazer algum tipo de segurança. Do que é que Miller está tentando assegurá-lo com esse gesto? O que ele está tentando suavizar ou consertar?

"Você não merecia", diz Miller. "Você não merecia aquilo."

"Quem é que merece qualquer coisa?", Wallace pergunta.

"Deixa disso."

"Não", diz Wallace. "Está tudo bem."

"Não está."

"Não consigo ter essa conversa nem mais uma vez, Miller." Wallace para abruptamente. Puxa a mão. "Eu não consigo. Eu não estou bravo. Eu não estou com raiva. Mas eu não consigo ter essa conversa de novo."

"Wallace."

"Não, Miller. Eu não consigo." É talvez a coisa mais verdadeira que ele disse toda a manhã. A recusa de seguir em frente, de repetir o padrão, de deixar-se envolver nesta linguagem que rouba o mundo de toda a sua honestidade. Ele não quer ser engolido por isso novamente, por essa maneira de ver as coisas sem enxergá-las, por esta maneira de falar ilusória e oblíqua. Dizer que sente muito, ou dizer que alguém não merece algo não apaga os fatos do que aconteceu ou deixou de acontecer, ou de quem participou ou não. Wallace está cansado.

"Não consegue o quê?", Miller pergunta. "O que você não consegue fazer? Você não quer falar comigo? Tudo bem. Tudo bem que você não queira ficar perto de mim. Vai. O.k. Tá bom."

"Não foi isso que eu quis dizer."

"O que foi que você quis dizer então?"

Que ele quer ficar sozinho. Que ele não quer falar com ninguém. Que ele não quer estar perto de ninguém. Que o mundo o desgastou. Que não tem nada que ele gostaria mais do que escapar desta sua vida e entrar na próxima. Que ele está apavorado, com medo. Que ele quer se deitar aqui e nunca mais se mover. O que ele quer dizer é que não sabe o que quer, só sabe que não é isso, um caminho futuro feito de palavras que eles já falaram e de coisas que eles já fizeram. O que ele quer é escancarar tudo e tentar de novo.

"Eu não sei", diz ele, "eu só quero ficar sozinho no meu apartamento. Eu só quero dormir."

"Tudo bem", diz Miller. "O.k."

Miller remexe nos bolsos de seu cardigã. Retira um maço de cigarros e acende um, dá uma longa tragada e exala. Passa a mão pelo cabelo.

"Merda", diz ele. "Merda."

"Não estou bravo", diz Wallace.

"Eu sei. Tudo bem. É que eu estou mal com isso."

"Com o quê?"

"Sei lá, Wallace. Com você, comigo, com a cagada com Cole e Vincent. Eu nem quero velejar. Só falei aquilo para evitar drama."

"Eu sei. Eu imaginei. Quer dizer, sinto muito."

"Mas eu vou velejar", disse ele, dando outra tragada. "Eu vou, sim, nessa bosta de passeio com Yngve e os outros."

"Eu não posso ir, Miller."

"Eu sei que não. Te vejo mais tarde?" Sua voz é suave, baixa.

Wallace toca a barra do cardigã de Miller, escorrega a mão para dentro de sua malha grossa, para o lugar onde sua pele está nua. "Eu não sei, Miller. Talvez."

"Eu preciso de mais do que um talvez, Wallace", diz ele, soltando fumaça pelo canto da boca. "Eu preciso de alguma coisa. Um sim. Um não. Mas algo mais do que um talvez."

"Mas por que você quer me ver?"

"O fim de semana ainda não acabou", diz ele, sorrindo, mas é aquele sorriso tímido de antes, aquele que deu início a todos os problemas. Wallace desvia o olhar.

"Me liga", ele diz. "Vamos ver."

"Combinado", diz Miller e puxa Wallace para um abraço. Ele cheira a fumaça e cinzas e também a laranja. Wallace coloca os braços em volta da cintura de Miller e ele não tenta sair. Por mais que ele diga que quer ficar sozinho, agora que foi trazido para perto de outra pessoa, ele se dá conta de que o que mais gostaria no mundo era de estar nos braços de alguém. Mas agora ele não consegue pedir isso e, se conhecendo, mudaria de ideia mais tarde, se arrependeria no momento em que conseguisse o que queria.

"Bem, é melhor eu ir", diz.

"Já que você diz", Miller fala. Wallace ri e dá um passo para trás, para fora dos braços de Miller.

"Até mais", diz.

"A gente se vê."

Wallace desce a rua e de vez em quando olha para trás. A cada vez Miller está lá fumando, observando-o. Há mais gente agora. O sol saiu. Está claro. Está quente. No final, é impossível distinguir Miller entre todas as pessoas atravessando a rua ou indo e voltando em direção ao capitólio. No fim das contas, são apenas pessoas levando a vida, fazendo compras e comendo, rindo e brigando, fazendo o que as pessoas no mundo fazem. Isso também é a vida real, ele pensa. Não é só o acúmulo de tarefas, coisas a serem feitas e resolvidas, mas também os choques contra outras vidas, a insignificância de cada um de nós se tomados e observados em conjunto.

Ele para na esquina e se apoia num prédio, fechando os olhos. O mundo gira, move-se sob seus pés. A semana está à sua frente, esperando, com todas as suas demandas, sua estrutura, e em breve outro ano acadêmico começará. Se Wallace avançar em direção a ele, aproximando-se cada vez mais, será que ele irá engoli-lo, até que o som de seu peso avançando seja absorvido pelo todo, até que sua vida se torne tão irreconhecível para quem está de fora quanto as vidas dos outros na rua o são para ele?

Gostaria de dormir por muito tempo, mas há o laboratório, os nematoides, e mesmo que ele vá para casa, sabe que terá de sair de novo. Ele se afasta do prédio, reúne forças e ruma na direção de casa — um pouquinho de descanso, ele pensa, ele merece isso.

7

UM PÁSSARO BATEU contra a janela e está caído de costas, morrendo, Wallace descobre quando chega ao prédio de biociências. O dia ainda não tem nuvens e o céu é de um azul quase iridescente, como pode acontecer no final do verão. A visão o assusta. Ele tem medo de pássaros desde a infância. Esse é um daqueles comuns do Meio-Oeste, acinzentado, com a barriga branca. Sua cabeça está quase esmagada para dentro do corpo e suas longas patas escuras parecem galhos de arbustos. De vez em quando, suas asas se abrem em espasmos. Uma linha de formigas escuras já se forma de um banco próximo até o pássaro, e Wallace sabe, sem pensar muito, o que acontecerá a seguir.

O ressurgimento da morte nesta imaculada cidade do Norte — a surpresa com que ocorre o afeta quase tanto quanto o pássaro em si. Não consegue se lembrar da última vez que viu algo morrer de verdade, sem contar os vermes que ele queima na ponta do fio de titânio. Quanto tempo faz desde a última vez que ele deparou com uma ilustração tão clara e presente da ordem das coisas, da vida terminando, seguindo adiante? Tempo suficiente para deixar de se incomodar com a morte acontecendo em outro lugar, à margem. Ou talvez ele esteja exagerando, dando a este momento mais importância do que merece, em consequência de tudo o que contou a Miller sobre o Alabama.

Qual a aparência de seu pai na hora de sua morte? Ou depois, no funeral? Ele foi enterrado em um dia como este? Não, devia estar mais quente, com certeza, no Alabama, no auge do calor, as cigarras cantando. Wallace respira, se vira. Sobe os degraus e entra no prédio. Chega disso, ele pensa.

O barulho familiar das máquinas o saúda e ele relaxa. Está seco e fresco do lado de dentro; ele sente o tecido úmido de seu suéter começar a secar. Pega o elevador para o terceiro andar, deixa os dedos deslizarem ao longo do corrimão de madeira enquanto passa pela varanda. Na parte de baixo, um campo de azulejos roxos representando as estruturas moleculares de vários açúcares e biomoléculas. Há um erro em algum lugar, um carbono com cinco ligações — um carbono texano, eles o chamam, por causa do número de pontas da estrela na bandeira do Texas. Alguém mostrou para ele durante a orientação e ele teve de se esforçar para conseguir ver, apertando os olhos, enquanto os outros apenas riam e balançavam os ombros. Eles não precisavam ver para entender a piada. Alguém teve que explicar a ele mais tarde: é porque cinco ligações em um carbono é impossível. Ele sorriu, concordou com a cabeça. Claro: um carbono pode fazer até quatro ligações, não mais. Ele sabia disso. Tinha aprendido isso em química.

Ele se formara em química em uma pequena instituição universitária no Alabama. Sua pesquisa de graduação fora sobre reações de adução orgânica, e tentava explicar como e por que as moléculas se fundem, tornam-se outras moléculas, dentro do contexto específico da química ambiental. Seu orientador, um homem alto e magro com um caminhar inclinado e largo e um leve tremor, era um respeitado, ainda que menor, pesquisador no campo da chuva ácida. Seu trabalho descrevia um processo, o lento acúmulo no ar de partículas que, uma vez combinadas, se tornam tóxicas ou ácidas, caindo do céu em rios e cidades, destruindo edifícios e casas. A tarefa de Wallace naquela época era auxiliar enquanto o professor misturava várias soluções em um fino tubo capilar e o colocava em uma máquina para medir seus espectros.

Nessa época, coisas desse tipo estavam além do entendimento de Wallace, mas ele era bom para memorizar e fazia anotações detalhadas. Ele era suficientemente interessado em ciência, o bastante para saber que era a maneira de sair do Sul para sempre. Naquele dia, durante a orientação, quando o guia turístico contou a eles sobre o carbono texano, Wallace piscou lenta e burramente. Ele nunca tinha ouvido falar de tal coisa. Os diagramas nos quais ele tinha aprendido química não deixavam qualquer espaço para piadas ou humor. Nunca havia lhe ocorrido que poderia haver cinco ligações em um carbono, mesmo sarcasticamente. Ele aprendera química da mesma maneira como se aprende francês na escola: tudo muito certinho, com muita repetição e rotina, memorizando todas as regras, o que, é claro, não é o jeito de se aprender um idioma que se pretende utilizar.

A porta do laboratório já está aberta, e Wallace coloca sua bolsa sobre a escrivaninha. Um e-mail o espera — de Simone. Ele não precisa respondê-lo. Não precisa lê-lo. Mas o fará mesmo assim, certo? É só uma questão de tempo. No mais, se ele não responder a este, virá outro e outro e outro, uma chuva de e-mails caindo sobre ele como facas, até que finalmente ele tenha de fazê-lo.

Do lado de fora da janela, os pássaros sumiram. Ele morde o canto do lábio, abre o e-mail e dá uma olhada. Entre as respostas ao seu último relatório de progresso, duas linhas iluminadas em vermelho saltam sobre ele: *Vamos conversar. Estou preocupada.*

Wallace fecha o e-mail imediatamente. Sente uma cólica na barriga. Fecha os olhos, apertando-os. O rosto de Simone brota na escuridão de sua mente, seus olhos azuis inteligentes olhando para ele, impassíveis, sabedores. O que ela vai dizer naquela imaculada sala dela, com seus delicados entalhes dinamarqueses e desenhos a nanquim? O que quer dizer preocupada? Wallace está farto da preocupação de outras pessoas, farto de seus cuidados que o perseguem desde sexta-feira, como uma tosse seca persistente.

"Ei, Wallace", uma voz vem de sua esquerda. É Katie, chegando a sua bancada com um olhar de determinação feroz no rosto. "Eu queria checar com você esses resultados. Qual é a situação?"

"Ah, Katie", diz ele. "Estou em processo de contenção de danos. Tentando recuperar a linhagem da melhor maneira, você sabe." Ele odeia a oscilação de insegurança em sua voz, o tremor dela. Encolhe os ombros.

"O.k., mas em que pé estamos, digamos, no quadro geral?"

"Desculpe, não entendi a pergunta", diz ele, com uma sensação de pavor agudo. A paciência de Katie já está diminuindo, suas pequenas feições se contraindo. Ela encosta o quadril na bancada e cruza os braços.

"Você ia fazer alguns experimentos de coloração, certo?" Wallace assente. "O.k., então o que estou perguntando é, onde você vê eles se encaixando neste projeto? Porque estou resumindo algumas ideias para um artigo e me dei conta de que, para falar a verdade, eu não tenho ideia de que diabos você está fazendo."

"A coloração deve repetir os resultados anteriores", diz ele depois de um momento, lentamente, pensando em como responder da melhor forma, tentando recordar por que, afinal, ele havia começado isso. "É do seu trabalho do ano passado. Precisávamos repetir, então eu estava fazendo isso... repetindo."

"E levou um mês."

"Sim, Katie. Levou um mês."

"Eu só acho que poderia ter feito isso eu mesma, mais rápido, em vez de ficar esperando."

"Bem, sim, você poderia, mas é o meu projeto."

"Mas não é o seu nome no artigo, Wallace, é? Não é sua tese."

"Meu nome está no artigo."

"Como terceiro autor."

"Sim, bem, mas ainda é o meu nome. Ainda é meu trabalho."

"Mas você realmente não... você não está realmente..." Katie não chega a franzir a testa para ele. Ela não chega a olhar para ele. Wallace sabe que ela está apenas tentando chegar ao cerne de algo que é confuso para ela, que não consegue entender. É a aparência de alguém filtrando os pensamentos, descobrindo coisas. O que ela quer dizer, ele nota, é que ele não está trabalhando duro o suficiente, que sua dedicação é falha de alguma maneira. A seu modo, ela está tentando dizer isso da forma mais suave e gentil que consegue.

"É meu trabalho", diz ele. "É meu trabalho, Katie. E eu estou fazendo o melhor que posso. E se isso não é rápido o bastante para você, então me desculpe."

"Certo, tudo bem, mas você não pode simplesmente fazer no seu ritmo quando o trabalho de outras pessoas está em jogo, Wallace."

"Eu não estou fazendo no meu ritmo. Estou fazendo meu trabalho", diz ele. "Estou fazendo o que posso."

"Bem, eu acho que às vezes você tem que se afastar quando o melhor que consegue não é suficiente. Tipo, objetivamente, se você não está dando conta, então é egoísta ficar atrapalhando."

"Estou te atrapalhando, Katie? É isso que você pensa?"

Katie não diz nada. Não olha para ele. Ela está inteiramente encostada na bancada agora e cruzou os pés. Tem uma batida repetitiva na outra parte do laboratório, o chocalhar de vidro. Água correndo. Wallace sente frio. Seus dedos estão duros.

Se ele estiver atrapalhando Katie, ele se afastará. Se estiver atrapalhando Katie, então vai fazer o que ela quer. Mas ela sabe tão bem quanto ele que o fato de ela poder realizar o experimento melhor e mais rápido não significa que ela tenha tempo para fazer o trabalho dele além do próprio. Havia uma razão para o projeto ser dividido desta forma, Wallace assumindo o trabalho técnico, enquanto Katie executava a linha de experimentação mais rigorosa: porque ela não podia fazer tudo. Chega um momento em que você tem que reconhecer suas limitações, em que a capacidade de fazer algo não é um mandato para fazê-lo. Ela está frustrada com isso. Está na sua cara a irritação. Ela suspira.

"Vamos terminar logo essa merda, eu estou cansada de esperar", diz ela, virando-se. "Termina isso, Wallace."

"Tudo bem", diz ele. As palavras dela espetam. Sua cabeça dói. O laboratório é de uma claridade penetrante. O que fazer? Ele mal tem tempo de pensar antes que Simone surja da pequena sala de descanso. Quando ela o vê, vira-se e se aproxima dele.

"Wallace", diz ela, a voz rouca e com um inexplicável sotaque sulista, "você tem um minuto?"

"Claro", ele diz. "Claro."

"Perfeito", diz ela, agora sorrindo. "Vamos para a minha sala."

A sala de Simone é de canto. Tem vista para a ponte ao longe e para uma fileira de árvores pequenas, mas robustas. Há também um pé de zimbro e, desta altura, dá para ver as quadras de tênis e até um pedaço do lago. A sala em si é ampla e branca. Há livros e papéis espalhados sobre a mesa, mas no geral ela parece arrumada, limpa, organizada, tudo classificado de acordo com seu critério particular. Simone é alta. Ela gosta de linhas definidas. Seu corte de cabelo é um chanel estiloso e seus óculos são formais, como os de uma bibliotecária em um desenho animado. Ela afasta uma cadeira para Wallace e se senta em frente a ele, cruzando as pernas.

"Então, Wallace", diz ela, abrindo os braços um pouco. "Eu ouvi que anda difícil."

Ele demora um pouco para reagir a esse primeiro movimento. Se concordar muito rapidamente, ela jogará tudo na cara dele. Se fingir que não está entendendo, negar totalmente, ela vai acusar seu blefe, apresentar informações confidenciais de Dana e Katie e outros no laboratório, ou de colegas ou professores, um exército invisível de espiões que observa cada movimento seu. Ela espera com uma expressão graciosa de empatia.

"Há quanto tempo", diz ele, sorrindo, tentando neutralizar seu comentário crítico.

"Nem me fale. Lamento ter ficado fora." Onde ela esteve? Copenhague ou Londres. Ela tem um apartamento em Paris com o marido, Jean-Michel, que é americano, mas francês de nascimento. Há longos períodos do ano em que Simone está ausente de sua vida. Ela viaja com frequência, dando seminários e palestras tanto sobre sua pesquisa — a pesquisa do laboratório — quanto sobre a natureza da própria ciência em si. Nesse sentido, ela tem um quê de evangelizadora, e Wallace com certeza consegue entender por quê. Ela é boa em fazer você se sentir o centro do universo, como se mesmo as suas preocupações mais triviais fossem dignas de atenção. O problema, entretanto, é que essa mesma gravidade é aplicada às suas falhas, não importa quão pequenas sejam. Exceto por Dana, ele pensa, que parece imune ao lado avesso da atenção de Simone.

"Têm sido muito confusos, eu acho. Meus experimentos..."
"Sim, seus estoques foram contaminados."
"Isso. E perdi todos os dados do verão."
"Bem, isso é uma pena", diz ela, franzindo a testa. "Lamento saber que você tem tido dificuldades."
"Tudo bem", diz ele pensativamente. Ela coloca as mãos em volta dos joelhos e balança a cabeça, lentamente, várias vezes.

"Recebi um e-mail de Dana ontem à noite, e tenho de dizer, Wallace, que eu fiquei arrepiada."

"Ah, é?", ele pergunta. "E-mail sobre o quê?"

"Por favor, não faça isso, Wallace. Por favor, não finja que você não sabe do que trata o e-mail."

"Entendo", ele diz. "Entendo. O.k."

Simone franze a testa, tensiona o queixo. Ela continua: "Minha preocupação é que vocês dois estão batendo cabeça e isso está criando um ambiente tóxico."

"Eu entendo por que você tem essa impressão", diz Wallace. "Essa não é minha intenção."

"Eu não posso ter um misógino em meu laboratório, Wallace", diz ela áspera e diretamente, olhando nos olhos dele, o que lhe dá uma vontade súbita de chorar. Uma onda de lágrimas ácidas chega à borda de suas pálpebras, mas se contém. Ele respira fundo, lentamente.

"Eu não sou misógino", diz. "Não sou."

"O e-mail de Dana era... eu nunca li algo tão horrível na minha vida, Wallace. E eu pensei, isso não pode ser verdade."

Um lampejo de esperança, um pequeno alívio. Wallace concorda.

"Mas eu tenho que levar isso muito a sério. Eu tenho que pensar sobre o que é certo para você e para Dana e para o laboratório. Logo vou me aposentar, como você sabe, e não posso ter esse tipo de situação." Ela levanta as mãos e as separa, como se dissesse que, por um lado, ela quer que ele fique, mas, por outro lado, bem...

Wallace sente um abismo se abrindo embaixo dele. Ele poderia contar o que Dana dissera a ele. Poderia dizer que ela é racista, homofóbica. Poderia falar sobre qualquer uma das coisas que ele queria contar desde que chegou aqui, sobre como o tratam, sobre como o olham, sobre como é quando as únicas pessoas que se parecem com ele são os faxineiros, e eles também o olham com desconfiança. Poderia falar um milhão de coisas, mas ele sabe que não adiantaria. Nada disso significaria nada para ela, para nenhum deles, porque ela e eles não estão interessados em como ele se sente, exceto quando os afeta.

"Entendo", diz ele novamente, com expressão vazia.

"Não quero pedir para você sair do laboratório, Wallace. Mas eu realmente quero encorajá-lo a pensar sobre o que você quer."

"O que eu quero?"

"Sim, Wallace. Pense bem nisso. É isto que você quer? Ser um cientista? Passar a vida na academia? Eu tenho que ser honesta; eu realmente, realmente tenho que ser honesta. Eu gosto de você. De verdade. Mas, quando olho para você, eu não acho que você quer isto. Não como Katie. Não como Brigit. Não como Dana. Você não quer."

"Eu quero", ele diz. "Eu quero isto. Eu quero estar aqui."

"Você quer estar aqui ou você... você simplesmente não quer estar em outro lugar?"

Wallace olha para as próprias mãos, que estão pousadas em seu colo. Seus lábios e sua garganta estão secos. Ele pensa naquele pássaro de novo, caído de costas, comido por formigas, comido enquanto morre, enquanto está morrendo. Os shorts dele são de algodão azul, desbotado por muitas lavagens. Ele aperta o dedo no joelho. Afinal, o que ele quer?

"Não sei", diz ele.

"Foi o que eu pensei. Por que você não tira um tempo para pensar sobre isso?"

"Tudo bem", diz ele. "O.k."

"O.k.?" Ela põe a mão em seu ombro. Ele não está chorando nem nada, mas se sente meio destruído, abalado. O mundo está se deslocando novamente, como que se realinhando a algum novo eixo. O toque dela é firme e morno. Ela passa a mão por todo o braço dele, de cima a baixo. Ele supõe que deva ser um gesto de consolo.

"Isso é tudo?", ele pergunta.

"Isso é tudo", diz ela e sorri novamente, mostrando os dentes imperfeitos, a descoloração que vem com a idade e o café e a vida vivida, mesmo que brevemente, fora desse círculo encantado.

Na beira do lago, ele consegue ouvir o trem chegando. Wallace sempre para, não importa onde esteja na cidade, para ouvir o som do trem passando. É um grito solitário, como o ladrar de cães no bosque, um som ao qual ele está particularmente habituado. Houve um tempo em que, muito jovem e muito impressionável, ele acreditava nas histórias do avô sobre cães fantasmas que viriam e o levariam se ele se distraísse brincando sob as árvores. O som de qualquer cachorro uivando ou ganindo à distância provocava um calafrio nele e ele corria para a frente, sem se importar se estava indo na direção de casa ou não, porque sabia, com certeza, que chegaria a um dos lados do bosque e estaria seguro com suas tias de um lado, ou seus avós do outro. Mas, nos dias em que a coragem não faltava, ele permanecia completamente parado entre os pinheiros, colocava os ombros para trás e uivava para o claro céu azul. Algo nele era selvagem querendo se libertar, se soltar, e ele uivava a todo pulmão, sua vozinha se achatando, depois se enfraquecendo, até não haver mais ar em seu peito e ele ficar oco.

Depois de alguns momentos, o trem passa.

Wallace está novamente no caminho à beira do lago, embora desta vez ele tenha virado à direita e passado pela casa de barcos, onde os garotos estão uma vez mais lubrificando seus barcos. Seus calções de banho caem baixos nos quadris, e a pele deles é bronzeada, lisa e melada de suor. Juntos, são o retrato da saúde. Ocasionalmente, um deles dá uma toalhada, deixando uma marca nas costas de outro garoto. Há patos gordos dormindo nas pontas do cais. Wallace passa por um dormitório. Ele vê pessoas dançando em uma varanda, aproveitando o fim de semana. Uma grande bandeira branca com a mascote da universidade está pendurada na frente da casa e homens estão jogando *frisbee* no pequeno gramado. Wallace observa enquanto um deles, alto e pálido, inclina-se para trás e arremessa o disco amarelo numa posição grotesca. O objeto oscila no início, depois se estabiliza em um nítido arco que passa sobre a cabeça das pessoas sentadas em um sofá estofado em padrão floral no gramado, até que outro homem, atarracado e moreno, salta e o agarra no ar. Observando-os, Wallace sente uma espécie de paz.

O ruído dentro dele silencia. Ele se sente capaz de pensar com clareza agora. Está de pé no cascalho amarelo da trilha, de costas para o lago. Há ciclistas passando, suas sombras em movimento. A amoreira está repleta de animais gritando em staccato e, lá na água, há gente velejando. Seus amigos podem estar por lá, ele se dá conta. Afinal, esse era o plano deles para o dia, passar as últimas horas de luz natural do fim de semana no lago, juntos.

Wallace imagina Yngve e Miller pilotando um barco pequeno e compacto rumo ao centro do lago, onde eles vão ficar por um tempo, enquanto as pessoas tomam pequenos goles de uísque ou cerveja, enquanto ficam sonolentas e com calor e bêbadas. A paz que Wallace sente se aprofunda ao imaginar esta cena em toda a sua completude, Emma na parte de trás do barco, pernas cruzadas, cabelo desgrenhado com o vento. Thom lendo ou tentando ler, ficando enjoado, frágil e delicado. E Miller olhando por sobre a água, sempre olhando para longe. Yngve estaria sentado com Lukas encostado nele, os dois grudados. E um vento suave e claro, morno do calor do verão que pesa sobre eles, que empurra o barco para cada vez mais longe, talvez para a margem oposta, onde eles podem descer e ir jantar na parte rica da cidade. E então a volta para casa, tropeçando no cais, bronzeados, queimados, ressecados pelo sol e pelo vento, o ar esfriando como acontece nesta época do ano. Para onde eles irão depois — algum lugar na praça, talvez? Ou para a casa de Yngve e Miller, para beber mais e fumar? Eles mal pensarão nele, Wallace sabe, exceto por Miller. Não vão perceber sua ausência, mas a culpa é dele mesmo. Ele deveria ter dito algo no brunch.

Seria tranquilo estar com eles se ele não tivesse cortado a conexão e dito que estava indo para casa, sabendo muito bem que não ia, que iria para o laboratório no momento em que os deixasse, caminhando todo o percurso até lá, parando só para pegar sua bolsa. Seria tranquilo estar com seus amigos se ele não tivesse feito tudo para assegurar que não dava. Mas isso ele também previu, não é? No momento em que abraçara Miller na esquina para se despedir, ele sabia que se arrependeria de deixá-lo; ainda assim, ele pensa, melhor estar aqui agora, lamentando não estar lá, do que estar lá, lamentando não estar aqui. Melhor imaginar seus amigos felizes do que ver a infelicidade deles de perto. E infelizes, com certeza, eles estariam — não foi essa a lição do fim de semana? A tristeza de cada um, a persistência da infelicidade, talvez seja a única coisa que os conecta. É apenas a perspectiva de infelicidade maior que os mantém no circunscrito mundo da pós-graduação.

Wallace se senta em um banco sob algumas árvores em um trecho arenoso adjacente à pista de corrida, perto do lago. Ele enfia as pernas debaixo do banco. As ripas de metal estão quentes, mas agradáveis. A vista da água é deslumbrante. Faixas azuis e cinzentas de água por toda a distância até o contorno escuro da península, que se projeta, como uma esfinge, para dentro do lago. Barcos à distância. Os galhos baixos e cobertos de musgo da árvore sobre ele fornecem sombra. Algumas nuvens chegando, sim, escurecendo. Vai chover, ele sabe, e depois esfriar bastante. O outono está tão perto que ele quase sente seu gosto no ar.

Ele é tomado por uma necessidade urgente de ligar para o irmão. Eles não se falam desde aquelas semanas frenéticas, quando o irmão ligava todos os dias para comunicar a ele os fatos e cifras da morte do pai. O primeiro prognóstico, que tinha sido bom, sua voz leve e cheia de esperança. As perspectivas se reduzindo, o tumor se recusando a parar de crescer, as vitórias insignificantes, um tubo de alimentação que atravessa o corpo do pai instalado com sucesso, então o acúmulo de água nos pulmões, o inchaço, a falência dos órgãos, um a um, cada órgão recebendo sua própria chamada — primeiro rins, então fígado e, finalmente, coração. A voz do irmão era como aquelas rezas de infância que eles costumavam fazer antes de ir para a cama, palavras já naquela época sem sentido para Wallace, e ainda assim, por alguma razão, de pronúncia necessária. Wallace sabia desde o começo como seria, que a esperança na voz do irmão era uma questão de autoengano, e ainda assim, quando o fim chegou, ele se descobriu surpreso, apesar do que sabia, porque seu irmão tinha de alguma forma convencido uma pequena parte dele a ter esperança também, a acreditar também, que as coisas podiam mudar.

O desejo de ligar para o irmão, então, é outro impulso para o autoengano a respeito do fim de algo, as últimas horas de sua vida aqui nesta cidade, à beira deste lago. Ele poderia ligar para o irmão na Geórgia, onde ele trabalha como carpinteiro para o estado, ligar para ele e contar-lhe os fatos. Seria fácil. E talvez o irmão tivesse alguma esperança para ele também, uma crença na bondade das coisas, na capacidade do mundo de dar meia-volta e mudar de ideia. Wallace pega o celular e fica olhando para o aparelho. Ele poderia fazer isso. Poderia ficar menos sozinho apenas por ligar.

"Que idiota", diz para si mesmo. "Que idiota, Wallace." Ele guarda o celular, levanta do banco e segue pelo caminho na margem do lago que leva de volta ao cais, onde as pessoas já estão se reunindo para a noite. Ainda é fim de tarde, mas lá estão eles, garantindo as famosas mesas multicoloridas. Este é o local da cidade para onde confluem os estudantes universitários e o que Wallace e seus amigos chamam de pessoas reais; isto é, moradores locais que não têm relação com a universidade. É surpreendente para ele pensar o quão rápido ele se esqueceu de como se mover entre essas pessoas, que parecem rudes e feias quando olham para ele, todos com rostos inchados e dentes faltando. Elas se movem pelo mundo com uma espécie de tranquilidade desajeitada, como se não se importassem com o que vai acontecer no dia seguinte porque são muito poucas as possibilidades para elas. Essas não são pessoas que passam a vida pensando em mudanças mínimas no seu destino; elas são como os peixes felizes, bem-alimentados, que crescem em viveiros, incubados e desenvolvidos até a idade adulta em espaços minúsculos e controlados. E então colhidos como alimento.

Wallace sobe os degraus acinzentados da beira do lago para a plataforma e olha em volta. Ele está perto de seu apartamento. Seria fácil voltar para lá agora, mas ele não gosta dessa ideia. Está muito agitado para ficar em casa. A biblioteca fica perto. Ele podia ir até lá e ler por algumas horas, passar um tempo em um canto calmo e fresco, observando a água. Um menino e uma menina passam correndo por ele, de mãos dadas. Eles têm uns sete, oito anos, ele acha, pequenos e brancos e velozes. Estão rindo, suas cabecinhas loiras saltitando enquanto se vão. Seus pais vêm atrás, um homem atraente de meia-idade — Wallace o viu no aplicativo, ele acha — e uma mulher com rosto tenso e cara de malvada, cabelos escuros, olhos verdes, muitas sardas, a pele como uma casca de banana envelhecida.

No nível inferior da plataforma, uma banda está se preparando, universitários brancos gordinhos com moletons escuros e jeans surrados. O equipamento parece caro. Há alguns negros espalhados pelas mesas, mas não juntos, separados. Um deles, uma jovem com tranças longas e pele tão lisa e escura que ele perde o fôlego quando seus olhos a encontram, se vira para ele e sorri. Há um lampejo de reconhecimento, o relaxamento de alguma tensão dentro dele. Ela está com um grupo de meninas brancas, todas usando vestidos de verão coloridos com estampas florais. A negra está vestindo amarelo. É a mais bonita entre elas, mas estão todas conversando longe dela, entre si ou com um grupo de meninos brancos que estão na plataforma abaixo, em bermudas cáqui e moletons. Um dos meninos está com a perna sobre a plataforma onde as meninas estão, os dedos enfiados dentro do passante do cinto, balançando a cabeça agressivamente. A negra alisa o vestido, joga as tranças por cima do ombro e dá risada, embora haja tédio em seu rosto.

Wallace sente pena dela, mas também de si mesmo, porque essa tem sido sua vida desde que veio para este lugar, sozinho entre pessoas brancas. Ele voltou a suar. O suor se acumula em sua testa. O lago se move suavemente, sua água turquesa e cinza, tranquilizadora. Passarinhos marrons saltam entre as mesas dobradas, ciscando pedaços soltos de comida. Ele talvez pudesse pegar uma mesa, sentar-se um pouco. Isso podia ser legal, simplesmente estar em um lugar. Ele podia pedir a Brigit para vir, passar uma hora ou duas à beira do lago. A perspectiva de ver Brigit, que pode estar a caminho do laboratório e portanto por perto, o anima. Ele se sente capaz da tarefa, manda uma mensagem de texto rapidamente, antes que perca a coragem. Ela está por perto, diz, e poderia dar uma passada lá. Parece ótimo, diz ele, e olha em volta em busca de uma mesa vaga para os dois.

Eles acabam pegando uma mesa longe da banda. Isso é proposital. A música é sempre alta demais e não muito boa, como se o volume quisesse compensar a falta de música de verdade sendo tocada. Brigit está vestindo roupas confortáveis, o cabelo em uma trança folgada caindo pelas costas. Eles estão dividindo um saco de pipoca. Wallace bebe água. Ela bebe cerveja light em um copo de plástico. Os pés de ambos estão sobre uma terceira cadeira, seus braços levemente entrelaçados.

"Como foi o fim de semana?", ela pergunta.

"Tudo bem, tudo certo, você sabe", diz ele, pensando em como eles tinham se visto ontem e como, mesmo então, ele não tinha sido inteiramente sincero com ela sobre seus sentimentos. "Foi tudo bem."

Ela o observa com o canto do olho, mas não diz nada. Ela rola uma pipoca entre os dedos. O lago está escurecendo à medida que o sol se põe. O ar está ficando frio e parado. Os barcos estão voltando, embora muitos permaneçam lá na escuridão crescente. As luzes das margens estão florescendo. Wallace leva o copo aos lábios, mordendo a borda de plástico.

"Meu pai morreu", diz ele, e sente Brigit engasgar e tremer e virar-se para ele. "Mas antes que você surte, faz semanas. Estou bem, estou bem."

"Meu Deus, Wally, meu Deus", diz ela.

"Desculpa por não ter dito nada. Desculpa."

"Não se desculpe comigo. Não. Você está bem? Ah meu Deus."

Ele está quase dizendo que está bem, que está o.k., mas não diz. Brigit olha para ele, esperando uma resposta, e ele sabe que poderia dar-lhe uma, a que tornasse mais fácil, mais simples para eles superarem este momento. Mas ele não quer fazer isso. Não quer dar a ela essa resposta. Ele quer falar algo sobre a coisa toda com seu pai e o Alabama e Miller e Dana e Simone. Ele quer dizer que mal está conseguindo dar conta, que por dentro está ferido, triste e numa espiral cada vez mais descendente. Mas como é que ele começa a contar isso, a manifestar isso neste mundo, que resiste a todas as durezas da vida? É real demais o que ele quer dizer. Não existem parâmetros. Quando alguém fica abalado desta forma, você não o abala mais. Você o faz se sentir melhor.

"É", diz ele, concordando com a cabeça, sufocando a palavra. "É."

"O que isso quer dizer exatamente, Wally? 'É'? O que isso quer dizer?"

"É só... Está difícil. Tem sido difícil", diz ele, embora não tenha certeza se a dureza pertence a seu pai, à estranheza daquele pesar ou a tudo mais que deu errado. O que tem sido difícil? Especificidade. Particularidade. Verificar. Navegar. O que dizer? Como falar. "Mas eu estou vivo." Tem uma dor molhada em sua voz. "Estou vivo."

Brigit lhe dá um abraço bem forte. Ela pressiona o rosto contra o cabelo suado dele e simplesmente o aperta contra si. Ela também atingiu o limite de seu vocabulário para essas coisas. Não tem como consolá-lo pelas coisas que ele não tem como expressar e, assim, eles se aproximam o máximo que podem para conseguir isso. Ele pode ouvir o coração dela batendo forte. Seu cheiro é doce, misturado ao aroma da pipoca que estão comendo. O corpo dela é macio e morno. Há gaivotas sobre eles, circulando, cavalgando as correntes de ar, o que deixa Wallace inquieto.

"Bom, agora você sabe. Desculpa por não ter contado nada antes."

"Meu Deus, Wallace. Quando foi o enterro?"

"Ah, semanas atrás."

"Você não foi."

"Não, era longe demais, não valia a pena."

Brigit não comenta essa observação, pelo que Wallace fica grato. Ela começa a comer mais pipoca. Ele bebe a água, que está ficando morna. A banda está começando, algo triste, dissonante e abafado pela reverberação.

Tendo contado a ela sobre seu pai, ele não sente necessidade de lhe contar mais nada. Parece suficiente de certa forma, uma parte revelando o todo.

Eles deslizam mais para baixo nas cadeiras, que rangem um pouco quando suas coxas se esfregam contra o metal. Eles riem do som, cômico no momento. Suas risadas crescem além de seu contexto, até que se tornam desproporcionais, até que eles não estão mais rindo, mas chorando lágrimas quentes. Wallace solta o gemido sincopado de uma criança pequena, ou de alguém que perdeu o controle. Aí vem tudo, todas as lágrimas, a frustração, a dificuldade. Ele tem pequenas convulsões, treme, com lágrimas e muco e tosse, chora, coloca as mãos espalmadas sobre os olhos, os ombros chacoalhando, quentes, tão quentes e úmidos. E Brigit está chorando em seu ombro, um som em staccato como animais num matagal, aquele grito fraco e repetitivo.

Naquela época, no Alabama, depois que o homem foi embora da casa, Wallace chorou. Seu pai se abaixou, segurou-o pela cintura e perguntou-lhe: *Por que você está chorando, por que você está chorando?* A razão parecia óbvia para Wallace, mas quanto mais seu pai lhe perguntava, mais Wallace questionava por que chorava, até que, depois de um tempo, ele parou. Seu pai tinha feito algum truque de mágica, transformado certeza em dúvida, com o único esforço de perguntar: *Por que você está chorando?* Por que ele tinha chorado? Por quê?

Mas aqui, com Brigit, a razão se aguça com uma clareza aterradora. Ele chora porque não consegue se reconhecer, porque o caminho adiante é pouco claro para ele, porque não há nada que ele possa fazer ou dizer que vá lhe trazer felicidade. Chora porque está alojado entre esta vida e a próxima e, pela primeira vez, não sabe se é melhor ficar ou partir. Wallace chora e chora, até que finalmente está oco e vazio e não há mais nada para chorar, sente-se exaurido.

Eles estão se sentindo um pouco saturados quando tudo acaba e também sentem certa vergonha de si mesmos, autoindulgentes. Há algo de muito americano nisso, Brigit diz— que tudo o que é gostoso tenha que despertar vergonha.

"É porque somos todos protestantes", continua ela.

"Você não frequentou uma escola católica a vida toda?", ele pergunta e ela ri dele.

"Sim, mas minha teoria continua valendo."

Eles entram para pegar sorvete. Wallace pede um copinho de baunilha, pelo qual Brigit zomba dele. Brigit, por sua vez, pede chocolate em uma casquinha, que Wallace não acha que seja nem um pouco mais audacioso do que baunilha. O corredor é decorado com um tipo de mural, retratando as ações de caridade de um certo homem branco de muito tempo atrás; ele distribuindo doces para crianças pequenas com expressões estranhamente demoníacas; a cena toda é ao mesmo tempo bucólica e aterradora. Há muita gente por ali, tomando sorvete, conversando, comendo cachorros-quentes. A música de fora soa mais alto ali; a banda mudou para covers de rock bem honestos.

Ao lado, um homem está comendo algo numa tigela de papelão. Ele tem o tipo de rosto magro em que os músculos das mandíbulas ficam visíveis quando trabalham. Wallace observa os músculos deslizarem e se deslocarem sob a pele do homem, que é azeitonada. Há também o espessamento dos músculos do pescoço enquanto ele engole, a comida descendo e descendo pela garganta para dentro da escuridão de seu corpo. Esse é um ato comum, tão comum que se torna invisível, mas quando esses atos são analisados, percebe-se neles uma selvagem estranheza. Considere como a pálpebra desliza para baixo sobre o globo ocular e volta a cada piscar, e o mundo é coberto por um instante de escuridão. Considere o ato de respirar, que vem regularmente e sem esforço — e, ainda assim, a grande onda de ar que tem de entrar e sair do nosso corpo é um evento quase violento, tecidos empurrados e comprimidos e separados e abertos e fechados, sangue demais em todo o processo. Atos corriqueiros assumem contornos estranhos quando vistos de perto.

Wallace o deseja também, mas o ato de desejar não se confunde com fantasia sexual. Ele consegue entender isso simultaneamente em dois níveis, o que significa desejar — embora ele quase sempre se limite ao primeiro deles, o mais superficial, olhar, encarar, a avaliação do objeto, o fetiche, o símbolo. Sob isso, é claro, está o próprio ato, articulado por meio de inúmeras possibilidades. Meter e chupar e mastigar e beliscar e se esfregar e deslizar e puxar e jogar e rolar e provar e lamber e morder; você pode ser segurado, pode ouvir sussurros no ouvido, ser empurrado para baixo, jogado contra a parede e mantido lá. Muito disso é geográfico, fisiológico, tudo muito específico. Existe sexo na mente, que decorre da identificação de objetos com potencial sexual. Na verdade, o potencial sexual é apenas o reflexo da possibilidade sexual projetada adiante; nós sabemos que desejamos alguém por causa de tudo o que poderia acontecer se simplesmente estendêssemos a mão e disséssemos: *Ei, olhe para mim*.

Mas quando Wallace olha para essas pessoas, pessoas que deseja, ele sempre se sente muito pior depois. Prestar tanta atenção no corpo deles o faz prestar atenção no próprio corpo, e ele se dá conta de como o seu é, ao mesmo tempo, uma coisa sobre a terra e um veículo para toda a história de sua vida. Seu corpo é ao mesmo tempo um eu tangível e a sua depressão, sua ansiedade, seu bem-estar, sua doença, seus distúrbios alimentares, o medo de que seu sangue se esvaia. É, ao mesmo tempo, ele e não ele, imagem e pós-imagem. Ele se sente infeliz quando olha para alguém bonito ou desejável, porque sente a distância entre ele e o outro, seu corpo e o corpo do outro. A soma das falhas de seu corpo passa pelos seus olhos e ele vê o quão longe da beleza ele foi concebido e feito.

Não é nem que ele queira ser os outros — apesar de o desejo queer incluir esse aspecto, então é melhor dizer que não é *apenas* que ele queira ser os outros. Ele quer não ser ele. Ele quer não estar deprimido. Ele quer não ser ansioso. Ele quer ficar bem. Ele quer ser bom.

Existem maneiras de modificar as dimensões de um corpo, mas essas dimensões correspondem apenas ao espaço físico que ele ocupa. Como modificar um corpo que é irreal? Como modificar as histórias de nosso corpo, que são inseparáveis do próprio corpo e estão sempre se ampliando? Como mudar ou formatar essa parte de nós? Wallace não está bem. Ele está se desmontando. Soa piegas, ele sabe, mas também é verdade. Quando vê um bom corpo pelo mundo, ele descobre que não consegue desviar o olhar nem dele nem de si mesmo. O que é realmente terrível da beleza é que ela nos lembra de nossos limites. A beleza é uma forma de crueldade implacável. Ela pega a verdade, afia-a com uma agudeza aterrorizante e a usa para nos cortar até os ossos.

Um bom corpo é uma coisa monstruosa; ele espreita e nos persegue nas menores partes de nós mesmos. Ele extrai de nós verdades dolorosas. Quando Wallace vê um bom corpo, o que ele sente é sede, ou então uma dor, que é a sensação da beleza forçando sua entrada adentro.

A questão com o corpo de Miller é que não é um corpo bonito, não como o deste homem, e, assim, Wallace é capaz de interagir com ele como um objeto sexual. Está ao seu alcance. Há algo definitivamente humano no corpo de Miller, seu peso, seu comprimento, seus ângulos estranhos, suas bolsas de gordura e carne. Os lugares em que, de repente, fica mole ou duro, onde inesperadamente é macio ou forte ou tenso. O corpo de Miller é acessível, compreensível do mesmo jeito que é falho. É legível para Wallace. O homem comendo joga fora o resto de sua comida e se vai. O sorvete deles está pronto, Brigit lhe passa o copinho e eles saem para o ar da noite.

Escureceu muito, a água quase invisível. As nuvens de mais cedo estão acima, densas e roxas. Sopra um vento úmido. Wallace consegue prever, mesmo desta distância, que logo virá chuva, trovão no horizonte. Vai chover, com certeza.

A mesa deles está ocupada quando eles voltam, então encontram outra, infelizmente perto da banda, onde se via que as mesas tinham ficado vazias. Centenas de pessoas estão reunidas agora no cais e pelas mesas, lotando a área. Talvez seja o último fim de semana com tempo bom para essas coisas. Em breve, terão que fechar tudo. Faltam apenas algumas semanas para o fim.

Eles estão em uma mesa amarela. Brigit está com os dois pés sobre uma cadeira, lambendo o sorvete pensativa. Wallace come devagar. Seu estômago ainda está perturbado, apertado, instável. Vespas dançam na noite, atraídas pela cerveja seca grudada sobre a mesa e por seus sorvetes. Ele franze a testa, como se isso as fosse espantá-las. Brigit ri.

"Dá para acreditar que amanhã é segunda-feira?", ela pergunta gemendo, jogando para trás a cabeça e sacudindo-a. "Não consigo acreditar nisso."

"Acontece toda semana. Acho que é algum tipo de tendência."

"Você não é uma pessoa engraçada."

"Sei disso. Todos nós temos nossas falhas. E nossos talentos."

"Você é rude", diz ela, secamente, mas sem ameaça. "Eu soube que você conversou com Katie."

"Quem te contou isso?"

"Katie."

"Ah, eu devia ter imaginado", diz ele.

"Se você quiser... bem, você sabe."

"Eu sei", diz ele. "Eu sei, obrigado. Mas a única coisa a fazer é seguir fazendo, acho."

"O.k.", diz Brigit, sem se convencer. Dá para ver a preocupação se acumular em seu semblante. Wallace se pergunta o que será que Katie disse, como ela apresentou a questão. "Ela não gostou de você ter saído hoje, aliás."

"Eu sei, ela parecia irritada. Mas ela sempre parece irritada."

"Isso é verdade. Parece mesmo. Mas isso é só porque ela está se formando — em breve ela não estará mais aqui e tudo ficará bem."

"E aí, você", Wallace diz calmamente. "Aí é a sua vez."

"E depois é a *sua* vez!" Brigit cantarola, o que faz Wallace se retrair, se aquietar. O sorvete está fresco, perfeito. Baunilha é um sabor sem graça. Ele passa a colher em volta dos lábios, deixando-os anestesiados. Agora a embalagem de papel que envolve a cestinha de waffle está empapada. Brigit, sentindo que cruzou alguma linha entre eles, lança um olhar de desculpas. Mas pelo que é que ela está se desculpando? De que adianta ela se desculpar com ele a esta altura?

"A Simone...", ele começa, pressionando a língua contra a parte de trás dos dentes, olhando para a água. "A Simone pediu para eu pensar no que eu quero. Se quero mesmo continuar aqui. Ficar na pós-graduação."

"Ah, meu Deus", Brigit diz, revirando os olhos. "Que vaca pretensiosa."

"Brigit", diz ele.

"Ela é. Que tipo de pergunta é essa?"

"Uma pergunta bem séria. Deu uma merda com a Dana ontem. Não vale a pena voltar a isso, mas a Simone está me pressionando."

Brigit fica mais séria. "Ela está pensando em te mandar embora?"

Wallace não responde. Ele coloca mais sorvete na boca, saboreia sua frieza perfeita. Brigit aperta seu braço.

"E aí, ela está?"

"Ela quer que eu pense com muito cuidado sobre o que eu quero da vida", diz ele. "E é justo. Eu entendo."

"Eu não", diz ela. "Eu não entendo nem um pouco."

"Deixa disso, Brigit. Você sabe que está sendo difícil."

"É difícil para todo mundo."

"Para você não."

"Isso não é verdade", diz ela. "Tem sido difícil para mim também. Tem sido difícil pra caralho."

"Tem mesmo?", Wallace pergunta e percebe que a pergunta a magoou. A expressão de choque, surpresa, se transforma em indignação.

"Você às vezes é tão egoísta, Wallace. Sim, está sendo difícil para mim. Você acha que eu gosto de estar em um lugar cheio de brancos, trabalhando como uma louca o dia inteiro? Você sabia que a Simone me pediu receitas japonesas?"

"Você não é japonesa", diz Wallace, tentando ser engraçado, mas Brigit faz um pequeno som de desagrado.

"Então, nada que eu faço é bom o suficiente, Wally. Eu poderia literalmente descobrir a cura do câncer e a Simone olharia para mim, tipo, *Claro, é isso o que seu pessoal tem que fazer*. Aqui eu não sou uma pessoa, Wallace. Eu não sou a Brigit. Eu sou a garota asiática. Para eles eu sou apenas um rosto. E às vezes nem isso."

"Eu sinto muito", diz ele. "Eu sinto muito mesmo." Ele detesta isso, a maneira indireta com que responde a ela. *Eu sinto muito* tem tão pouca utilidade, é de tão pouco valor, que oferecê-lo parece quase um insulto. Ele quer engolir suas palavras, sufocá-las. Nos olhos dela, enquanto ela absorve as palavras vazias, ele percebe a superfície dura e plana que separa até mesmo eles, os mais próximos no grupo. Eles pressionam, cada um de um lado, mas não conseguem rompê-la, não conseguem chegar ao que é real. "Brigit."

"Não, tudo bem."

"Brigit."

"Wallace", diz ela.

Ambos estão tensos. O sorvete escorre pelos dedos de Brigit e ela levanta a mão para lambê-lo. Há lágrimas nos cantos de seus olhos. Ele subestimou o sofrimento dela.

"Se você for embora", diz Brigit, estudando sua casquinha de sorvete. "Se você for embora, eu não sei o que vou fazer da vida, essa é a verdade. Mas se ficar é tão horrível para você, eu quero que você vá."

"Não quero deixar você", diz ele, "e não quero ser um fracasso."

"Mas você não vai ser", diz ela. "Você não vai ser um fracasso por ir embora. Especialmente se isso te fizer feliz."

"E você?"

"Eu terei que viver sem você", diz ela e ri de novo. "Mas ficarei feliz por você."

"Vamos fugir daqui juntos", diz ele, talvez mais seriamente do que gostaria de admitir. "Vamos deixar isso aqui e nunca mais olhar para trás."

"Seria um sonho", diz ela, então, balançando a cabeça. "Mas o problema dos sonhos é que a gente tem que acordar, Wally."

"E eu não sei disso?", diz ele, mas a ideia de uma vida com Brigit, simples e fácil, baseada apenas na noção do que os faria felizes, parece irresistível. Eles poderiam viver na casinha dela no East Side, com seu jardim, fazendo geleias e molhos e lendo em tardes ensolaradas e preguiçosas. Poderiam viver inteiramente entre si, à parte de tudo e de todos.

Eles terminam o sorvete e se levantam, duros e doloridos. Brigit o abraça forte uma última vez e ele quase se recusa a deixá-la ir.

"Fique", diz ele. "Por favor."

"Ah, Wally", diz ela e beija seu rosto. "Você vai ficar bem. Se cuida, tá?" Ele a acompanha até a plataforma e lhe acena com um tchau. Observa-a ir, seu suéter branco se afastando na escuridão. Os outros têm pouca importância para ele. Eles não interessam. Eles não interessam. Eles não interessam.

Wallace está subindo a rua em direção a seu apartamento, cansado e cabisbaixo. O sol o deixou com uma sensação de calor e sonolência. Ele gostaria de preparar um banho de banheira e ficar lá muito tempo, só cochilando. Sente uma vontade súbita de se teletransportar, mas felizmente a caminhada é curta. Ele segue ao longo da rua cheia de árvores, à luz de lâmpadas brancas. A esta hora, na noite passada, ele estava do outro lado da cidade com Miller. Apenas vinte e quatro horas atrás — uma rotação do mundo, um deslocamento no espaço e no tempo.

Existe uma teoria de que todos os momentos de nossa vida estão acontecendo o tempo todo, simultaneamente. Ele pensa de novo naquele trecho de *Ao farol*: e todas as vidas que algum dia vivemos. Todos os momentos. Tanto a noite anterior, com Miller, quanto todos aqueles momentos ao longo da sua linha de vida, que o trouxeram até este momento; o homem no escuro, sua cara de caveira vindo na direção de Wallace, suspensa lá para sempre, e a sensação de ser rasgado, permanentemente, para sempre; aquele menino que Miller atacou, seu sangue jorrando quente enquanto Miller o socava sem parar — tudo disso ao mesmo tempo.

O mero peso disso o faz parar. Ele apoia a mão nos tijolos de seu prédio e vomita na viela. Uns garotos fortinhos descendo pela calçada param e olham para ele.

"Você está bem?", perguntam com seu sotaque aberto do Meio-Oeste. "Cara, tudo bem com você?"

Wallace acena positivamente, e eles, sem cerimônia, continuam com sua noite. Na rua, as pessoas chamam pelos amigos. As pessoas fazem fila no bar mais abaixo na rua, algumas delas fumando. O ar cheira a chuva e cigarro, cerveja e mijo. Wallace limpa o canto da boca. Seus olhos estão quentes.

Em casa, ele volta para a banheira novamente, como mais cedo. A água não está pelando, mas está quente o suficiente. Ele apoia a cabeça contra o azulejo, deixa a água subir. Suas entranhas estão em chamas, revirando-se. O azulejo é amarelo, e a luz forte foi suavizada por um lenço azul que ele pôs sobre o espelho da pia, sob o risco de causar um incêndio, mas ele não planeja ficar na banheira tanto tempo assim. O que será que Miller está fazendo neste momento? Ele disse que ligaria, mas não ligou.

Ele provavelmente está em casa com Yngve e Lukas, talvez Emma e Thom, ou Cole e Vincent, talvez todos eles juntos. Wallace joga água no rosto, esfrega os olhos, tenta superar este sentimento de incerteza. Poderia ter sido diferente se ele tivesse ficado na cama de Miller hoje de manhã; poderia ter sido outra coisa.

Mas é inútil pensar nisso agora, querer que as coisas sejam diferentes do que são. Quando foi que isso funcionou para ele? Quando foi que ele teve esse poder, mudar o mundo com base em seus desejos ou necessidades? O mundo o deixa para trás, dispara na sua frente; ele não está acostumado a estar satisfeito com o estado das coisas. Encosta a cabeça na lateral da banheira, olhando para o tapete marrom com fios soltos de cabelo.

Depois de um tempo, Wallace sai da água e fica parado na frente do espelho. Ele toca sua barriga, que pende em direção às coxas, passa a outra mão pela ponta do pênis flácido. Toma-o nas mãos e tenta imaginar uma cena de sexo enquanto olha para o próprio corpo. Tenta fazer o pênis ficar ereto, tenta encontrar alguma faísca ou brasa de desejo enterrado bem fundo nele, mas não há nada, nada se mexe dentro dele. Algo necessário morreu ou não quer se manifestar. Ele não consegue gozar, não consegue ficar duro o bastante para se masturbar. É um desejo fugaz que logo morre. Ele se enrola numa toalha e vai para o quarto, onde está escuro e fresco.

O ventilador está ligado. Ele coloca a cabeça debaixo do travesseiro e tenta dormir, tenta contar de trás para a frente algum número enorme, mas não consegue. O sono não vem.

Ele pega o celular, vai descendo pela tela até encontrar o número de Miller. Não é tão tarde, pensa. Ele clica e espera. O sinal chama e chama. Ninguém responde. Nada. Ele espera. Liga novamente. Nada. Wallace deita-se de costas e estica os braços. Liga novamente, observando sua sombra na parede oposta. Ninguém responde, apenas o silêncio que se abre do outro lado depois do correio de voz. Desliga. Tenta de novo, desta vez pressionando o botão com mais força, como se isso fosse provocar uma resposta de Miller. Nada.

Wallace não dissera mais cedo que não conseguia suportar a ideia de um único momento se repetindo? E aqui está ele, ligando sem parar, compulsivamente, como um louco, repetindo-se e esperando que Miller chegue e repita aquela manhã com ele, esperando que, a cada segundo que se renova, Miller atenda e diga: *Sim, estou indo; estou indo te ver*. Mas só há silêncio e mais silêncio. Onde ele está? O que estará fazendo? Uma agitação vibrante cresce dentro de Wallace.

Ele vai até a cozinha e faz café. Na sala, deita no chão e bebe, devagar e sem parar, o café preto quente. Ele está olhando para seu celular, seu brilho reconfortante no escuro. Está lendo um artigo on-line escrito por algum poeta obscuro do Kansas sobre uma nova arte queer, uma nova poética do corpo — e entendendo muito pouco dele — quando o artigo desaparece e é substituído por uma tela de chamada. O telefone vibra. O nome de Yngve aparece.

"Alô?", responde.

"Alô", diz Miller. "Oi, Wallace."

"Miller?", Wallace pergunta, e há alegria em sua voz, surpresa. "E aí, como estão as coisas?"

"Tudo bem, ah, deixei meu celular cair no lago. Desculpa por não ter ligado antes. Você está em casa?"

"Imagina, estou", diz Wallace. Há ruído no fundo, música alta, gente falando, gritando.

"Ótimo, então, posso passar aí daqui a pouco?", pergunta Miller.

"O.k.", diz Wallace.

"Perfeito, certo, ótimo, até então", diz Miller, e sua voz some, junto com o ruído. Ele está bêbado, Wallace percebe. Bêbado e passeando com os outros, em algum bar ou no cais. Quem sabe? Mas ele está vindo, ou planeja vir, e isso é algo em que Wallace pode depositar alguma esperança. Apoia a xícara contra o rosto e tenta respirar. Ele não está nervoso por ver Miller. Muita coisa já aconteceu entre eles para que seja esse o caso. Mas agora existe algo mais, não exatamente urgência, mas um tipo de selvageria.

Ele coloca a xícara na mesa e tenta encontrar algo para fazer consigo mesmo, com suas mãos. Está sentado na beira da cama, esperando. Lá fora, na viela, as pessoas voltaram a gritar, como na sexta-feira, na primeira vez que ele esteve aqui com Miller. Há uma batida na porta e Wallace precisa se segurar para não sair correndo da cama. Ele abre a porta e lá está Miller, olhando para ele com cara de bêbado. Ele ainda está com as roupas da manhã, a camisa cinza cortada, cardigã, cheirando a cerveja e a lago, todo queimado de sol. Suas bochechas estão ressecadas e vermelhas.

"Wallace", diz ele com uma voz crua e um pouco rouca. "Como você está?"

"Bem", diz Wallace. Eles acabam de fechar a porta.

"Wallace, Wallace", Miller diz, quase cantando.

"Como você está?", Wallace pergunta.

"Ótimo, super, maravilhoso." Ele bate os dedos na barriga. "Fomos velejar. Você devia ter ido."

"Estava ocupado."

"Ah, você estava?", Miller pergunta, apertando os olhos. "Você estava ocupado?"

"Estava", diz Wallace, concordando com a cabeça, desnecessariamente sério. Miller resmunga e depois rói a unha do polegar.

"Você sabe. Você sabe. Você sabe", Miller começa. Seus olhos estão injetados, os nós dos dedos vermelhos, machucados. Wallace olha mais de perto e o que ele achou que era queimadura de sol é, na verdade, outra coisa, ralados e arranhões. Seu corpo está vibrando de calor.

"O que aconteceu com você?"

Miller parece pensar nisso, sorri lentamente. Os lábios dele também estão rachados, cortados, inchados.

"Nada", diz ele, arrastando a língua. "Não aconteceu nada comigo."

"Você sofreu algum acidente?"

"Não. Não. Não", diz Miller, sacudindo o dedo e depois roendo as unhas novamente. Há sangue seco sob elas. "Não foi um acidente."

"Bem, o que aconteceu?"

Miller ri, balança a cabeça. Estica os braços e agarra os ombros de Wallace. O medo toma conta de Wallace e ele se afasta, mas Miller não permite, não o solta. Seu domínio é absoluto. Ele enfia os dedos nos ombros de Wallace, e dói. Miller ainda está rindo, mas, desta vez, seus olhos estão fechados. Ele puxa Wallace para perto de si. O calor é negro e próximo. Ele coloca a boca na de Wallace e Wallace consegue sentir o gosto da cerveja, das cinzas, do sangue, do ferro, quente demais para sua língua. Ele tenta se desvencilhar, mas Miller é mais forte. Miller vira Wallace, prende o braço em volta de seu pescoço, sem sufocá-lo, mas quase, segurando-o contra seu peito e barriga.

"Eu entrei numa briga", Miller sussurra. "Eu entrei numa briga num bar, sabe?"

"Sei o quê?"

"Você sabe... Você está com medo de mim agora?"

"Não", Wallace diz. "Não estou." Agora Miller aperta a garganta de Wallace com o braço e está ficando mais difícil de o ar passar.

Ele coloca a cara do lado da orelha de Wallace e ri, aquela risada grave e sombria, e diz, quase baixo demais para escutar, "Você conhece aquela história do lobo, Wallace?"

8

O CALOR DA RESPIRAÇÃO de Miller contra sua pele deixa Wallace incomodado no escuro de seu apartamento. Assim como o peso pressionando sua garganta, que o faz sentir-se como se estivesse pendurado de uma grande altura, por cabos finos e flexíveis. A pele endurecida dos dedos de Miller está sob o queixo de Wallace, onde ele segura o próprio punho para mantê-lo imobilizado. Ele não está propriamente estrangulando Wallace, apenas apertando, mas como ele é mais alto e mais forte, qualquer aperto casual de seu braço parece oferecer perigo. Wallace, desorientado pela rapidez do momento, fecha os olhos por um segundo para se recompor, para se centrar. Deixa os braços caírem, deixa o corpo imóvel.

"Você se lembra?", pergunta Miller. "Da história, com o lobo e os porcos?"

"Você quer dizer *Os três porquinhos*?", pergunta Wallace. "É essa que você quer dizer?"

"Sim", diz Miller, rindo. "Essa mesmo."

"O que é que tem?", pergunta Wallace. "O que é que tem essa história?"

Miller pressiona a bochecha contra a de Wallace, mais atrito e abrasão, pele sobre pele. Uísque ou alguma outra coisa, bafo de bebida. Ele está apertando Wallace contra si, quase embalando seu corpo. Seria terno se não fosse também um estrangulamento. Wallace poderia entregar-se a tal abraço, se ele também não contivesse a ameaça de violência — não que Miller o esteja ameaçando propriamente, mas Wallace já foi imobilizado assim antes, por pessoas mais fortes e maiores do que ele, pessoas que lhe queriam fazer mal de verdade.

"Você me deixou entrar", diz Miller. "Eu bati na sua porta no meio da noite e você me deixou entrar. Eu poderia ser um lobo."

"Você é?", pergunta Wallace.

"Não sei. Eu poderia ser."

"O que aconteceu com você, Miller? Por que você está assim todo machucado?"

"Eu briguei em um bar. E depois eu vim até aqui."

"Você brigou por quê?"

Miller estala a língua. Wallace consegue sentir o queixo de Miller apertando o topo da sua cabeça.

"Isso não é resposta", diz Wallace, sentindo-se mais relaxado porque o gestual mudou, se transformou em algo menos ameaçador. Mas ele ainda não está livre para se mover, o que, ele imagina, deveria preocupá-lo mais do que o preocupa no momento.

"Eu não dei uma resposta", diz Miller.

"Por que não?"

"Alguém se importa?", pergunta Miller, suspirando. "Alguém dá a mínima? Eu estou aqui agora." Ele soa tão cansado, tão absurdamente cansado. Então por que a pergunta sobre o lobo, sobre os porcos? Por que se preocupar com isso? Wallace coloca as mãos nos braços de Miller e os acaricia lenta e ternamente.

"Eu me importo", diz Wallace, sabendo que parece um pouco sério demais. "Eu gostaria de saber o que aconteceu com você — quer dizer, se você está bem."

"Você gostaria?"

"Sim."

Não há resposta. Wallace espera por algo, qualquer coisa, mas há apenas o silêncio de suas respirações.

"Não pareceu que você se importava", diz Miller, finalmente. "Você não pareceu dar a mínima."

"O que que é isso, Miller? Do que você está falando?"

"Hoje, depois do brunch. E na noite passada também, acho, quando você foi embora. Eu te contei todas aquelas merdas sobre mim e você foi embora no meio da noite. Mesmo antes disso, antes do jantar, você me disse que não estava interessado. Eu devia ter escutado. Por que foi que eu não escutei?"

"O que isso tem a ver com o assunto? Ou com o estado lamentável em que você se encontra?"

"Que pergunta", diz Miller, com um leve choque na voz. Ele ri. "Que pergunta foda." Ele tira os braços dos ombros de Wallace, empurra suavemente suas costas para abrir algum espaço entre eles. Com relutância, Wallace dá um passo à frente e depois se vira. Ele fica incomodado com isso, um hematoma escurecendo em algum lugar dentro dele. Sente que, naquele momento, até mesmo perguntar o que Miller quer dizer com aquilo é provar algo de si mesmo que ainda não consegue compreender. A luz da viela cobre Miller com uma sombra azulada. Seus olhos não são visíveis, a não ser pelo brilho das partes brancas. Seus traços estão distorcidos, pela sombra ou pela raiva, ou ambas. Ele é aterrador, mas seus dentes cintilam.

"O que foi que eu te fiz?"

"Você fodeu com a minha cabeça", diz Miller. "Você não sai da minha cabeça e isso fodeu tudo. Eu nunca conto essas coisas para ninguém. Nunca deixo ninguém saber dessa parte de mim. Mas eu te contei. E você foi embora."

"Desculpa", diz Wallace. "Eu pressenti que algo terrível ia acontecer se eu ficasse."

"Algo terrível", Miller repete, sua voz aumentando em volume e tom, ficando mais agressiva, trêmula. "Você achou que eu ia fazer algo terrível contra você? Que porra eu ia fazer contra você, Wallace?"

"Não, não é isso", diz Wallace. "Não, eu senti simplesmente que algo terrível ia acontecer com a gente. Sei lá. Desculpa."

"Você se desculpa", diz Miller. "Você sempre se desculpa, não é, Wallace? Os outros também têm problemas, sabe? Os outros também têm medo."

"Do que você tem medo?", pergunta Wallace, sem conseguir se conter. A pergunta sai dele como um passarinho veloz.

A mandíbula larga de Miller mastiga algo que Wallace não consegue ver, moendo. Os tendões flexionam-se e se dobram. Há dureza em seu rosto.

"Da mesma merda de que todo mundo tem medo, Wallace. De ser abandonado. De ser deixado de lado. De não ser bom o bastante. De ser um puta monstro. Você sabe como me senti quando você foi embora?"

"Não, me conta", diz Wallace.

"Eu me senti como o lobo daquela história. Eu me senti como se tivesse acabado de matar alguém. Quando acordei e você já tinha ido embora, pensei, que merda, Miller, realmente tem algo contigo, cara, você de fato está fazendo alguma merda, não é?"

"Não era minha intenção que você se sentisse assim", diz Wallace.

"Não, você nunca tem intenção, não é? Como com Cole e Vincent, ou com aquela garota em seu laboratório. Você nunca tem a intenção, mas está sempre envolvido de alguma forma. Os *seus* sentimentos, os *seus* sentimentos. Os de ninguém mais. Pelo menos, não os meus." Miller suga o ar por entre os dentes e encolhe os ombros. "Os meus sentimentos, não."

"Isso não é verdade", diz Wallace, embora agora ele se pergunte se não seria. Miller cruza os braços sobre o peito, lança a Wallace um olhar entretido e irritado.

"Então, lá estou eu num bar hoje de noite", diz Miller. "Estou num bar e estou bebendo com Yngve e Lukas e começamos a conversar. Mas eu não consigo prestar atenção no que eles estão dizendo. Eu ainda estou pensando nesta manhã. Eu ainda estou pensando no que aconteceu quando eu acordei e você tinha ido embora, e fico pensando em como esse cara de quem eu gosto, um cara ótimo, sem sacanagem, em como eu gosto dele e, agora, de repente, não sou mais bom o bastante. Sou um lixo. Ele só me usou e foi embora. Esse cara que eu pensei que conhecia. Eu contei a ele coisas de mim que eu não conto a ninguém, e ele me contou coisas dele que ele não conta a ninguém, e pensei, estupidamente, pensei que isso significasse algo, mas, bem, o resto você conhece, não é?"

Wallace não diz nada. Ele olha para baixo, para o espaço entre eles. Não consegue reconhecer Miller. Quando eles se separaram mais cedo, as coisas estavam tensas, mas pareciam bem. Ele não imaginava, é verdade, que Miller pudesse estar abrigando tanta frustração ou raiva em relação a ele. Wallace tomou o tchau amigável dele como um sinal de que as coisas estavam bem, sem problemas entre eles. Mas, como disse Miller, ele só está pensando em si mesmo, no seu próprio sentimento de inadequação, de ser algo que ninguém quer. Ele não parou para pensar que Miller, tendo acabado de revelar sua história de violência, podia estar se sentindo vulnerável também. Ele não parou para pensar em como Miller se sentiria ao acordar de manhã e se ver sozinho, pela segunda vez. É verdade, pensa Wallace, que ele é culpado de certa miopia, e a consciência desse fato se abate sobre ele.

"Mas como você entrou nessa briga?", pergunta. "Por que você entrou numa briga, Miller? Disso eu não tenho culpa."

"Você tem razão", diz Miller, concordando com a cabeça. "Você tem razão, Wallace, não tem culpa. Um cara esbarrou em mim e eu disse: *Olha por onde anda*, e ele me chamou de viado. Dá para acreditar nisso?" Outra risada curta e sombria. "Ele me chamou de viado, então eu tive que corrigi-lo. Porque eu não sou viado, Wallace. Eu não sou." Cada vez que ele diz a palavra *viado* é como se ele a estivesse cuspindo, dando um soco na barriga de Wallace. A palavra o esmaga.

"Você não é", diz Wallace, balançando a cabeça. "Você deixou isso claro."

"Bom", diz ele. "Estou contente."

"Por que você veio aqui, então? Só para gritar comigo? Você só veio aqui para me chamar de viado egoísta? Você quer me bater também?" Wallace olha para cima, arregala os olhos, sua boca abrindo apenas ligeiramente, como ele fazia lá no Alabama, procurando a atenção e a violência dos homens no bosque. Ele alarga os ombros, dá um passo à frente. "Você quer me bater também? Você veio aqui para me foder? É isso?"

Uma veia grossa salta no pescoço de Miller, contorcendo-se como um pequeno verme sob a pele. Wallace consegue vê-la no ângulo da luz que ilumina o ombro e a garganta dele, a gola de seu suéter bem aberta. Miller cerra os dentes e dá uma inspirada longa e irregular. Suas narinas dilatam.

"Não me tente", diz ele. "Não me tente, Wallace."

"Vai", diz Wallace. "Faz isso se você quiser."

A mão de Miller dispara tão rapidamente que Wallace mal consegue acompanhar seu movimento. Ele agarra a garganta de

Wallace, a aspereza da mão aberta quente em sua pele. Seus dedos se cravam, sem tirar sangue, mas apertando, pressionando. O rosto de Miller é uma máscara impassível, distante.

"Você não quer", ele resmunga. "Você não vai querer isso, Wallace."

Wallace estica o braço e pressiona a mão aberta sobre o pau de Miller por cima do jeans, aperta-o, sente-o encher-se de sangue.

"Parece que você quer", diz Wallace, e Miller aperta mais forte, levanta o queixo de Wallace.

"Vai se foder, Wallace", diz ele. "Vai se foder." Mas então ele aperta sua boca na de Wallace, puxa-o para perto e morde seu lábio tão forte que tira sangue. Wallace mergulha no imediatismo daquilo, sente-se solto e entregue à sensação de falta de gravidade, tonto com isso. Miller o gira em torno de si e baixa os shorts de Wallace, enfia os dedos nele, e dói tanto que Wallace tem vontade de chorar, mas não chora. Ele apenas respira durante a horrível intensidade daquilo, a exploração invasiva e bruta dos dedos de Miller. Miller empurra a nuca de Wallace para baixo, apertando seu rosto contra a bancada fria e lisa. O impacto inicial é forte e intenso, e o mundo brevemente adentra na escuridão e sai em seguida, ainda cinzento nas bordas.

Os dedos de Miller são grossos, ásperos e duros, suas extremidades largas forçando, ameaçando arrombá-lo. Há um calor intenso que emana da lateral de seu rosto e pescoço, um aroma de suor, pele, sabão e cerveja. Seus olhos ardem. Miller retira os dedos de dentro de Wallace e Wallace dá uma respirada sôfrega, subitamente fria. O raspar no chão dos sapatos se afastando. Wallace puxa o short para cima, mas não se vira; ele continua deitado sobre o balcão, seu corpo pesado, muito pesado para que consiga movê-lo.

"Eu não tive a intenção", diz Miller. "Eu não tive a intenção." A voz dele é áspera e fria, como cascalho molhado contra a parede de uma casa. "Eu não tive a intenção."

Wallace sente o gosto de sangue na boca. Onde ele foi penetrado ainda lateja, quente como uma ferida. Ele levanta e se estica — uma dor aguda o atravessa e ele se dobra, tem que se segurar no balcão para se manter em pé.

"Droga, droga", diz.

"Wallace", diz Miller e estende a mão, toca o quadril de Wallace, mas Wallace se esquiva dele para o lado, para que eles fiquem frente a frente. Wallace se segura no encosto de uma das cadeiras. Miller está na sombra, inclinado em sua direção.

"Tudo bem, estou bem", diz. Toda aquela coragem o abandona, deixando apenas brasas, inadequadas para a tarefa, para qualquer outra coisa, exceto encarar Miller dessa forma.

"Desculpe", diz Miller. "Desculpe. Eu não sei por que fiz isso. Não sei."

"Porque você é um lobo", diz Wallace, com as narinas dilatadas, tentando rir, mas fracassando, dando apenas uma espécie de soluço entrecortado. "Porque você é a porra de um lobo." Ele observa a barriga de Miller se contrair e se expandir, a forma como ela meio que vibra quando ele respira. Miller fecha o punho, e algo correspondente em Wallace se contorce. Então era aquela a mão que estivera dentro dele?

"Wallace", diz Miller, mas ele não tem nada a dizer, é óbvio. O que se pode dizer depois daquilo, depois de tal violação? Ele deveria ir embora, pensa Wallace. Um dos dois deveria ir embora já. Mas nenhum deles se move para ir, nem parece capaz de partir. Na viela, ouve-se um som rascante horrível de alguém no bar da esquina arrastando uma lata de lixo pelo chão da calçada. O barulho aumenta e aumenta no apartamento até que se sobrepõe aos dois. O tempo todo eles se observam, os olhos de Miller pousados em Wallace, os de Wallace, em Miller. Eles trocam olhares, tentando ler o silêncio um do outro da mesma forma que algumas pessoas afirmam serem capazes de sentir a energia em uma sala pela configuração de seus móveis. O que será que Miller vê no posicionamento do queixo de Wallace, na umidade de seus olhos, na tensão em sua garganta, onde ele já tem um hematoma, na maneira inquieta como ele desloca seu peso porque agora não consegue sentir-se confortável na própria pele? O que Miller pensa dele, Wallace se pergunta. Será que Miller consegue enxergar sua dor da maneira que Wallace consegue enxergar a dele? Enxergar a dor requer um correspondente, se você for egoísta. Será que Miller tem um correspondente para a dor de Wallace como ela é agora, pronta e aguardando por um canal para o mundo exterior?

A crueldade, pensa Wallace, na verdade é apenas o conduto da dor. Ela a leva de um lugar para o outro — do lugar com concentração mais alta para aquele com concentração mais baixa, da mesma forma que o calor flui. É um sistema de distribuição, da mesma forma como certos vírus transmitem doenças, enfermidades, danos irreparáveis. Eles estão todos infectados com dor, ferindo-se uns aos outros.

Wallace lambe o sangue morno do canto da boca. Miller dá um passo em sua direção. Wallace se força a ficar parado, o que surpreende Miller. Subitamente, eles estão perto demais. Agora Wallace consegue sentir o cheiro de sexo no ar, do seu interior, vindo de Miller.

"Eu provoquei você", diz Wallace.

"Não, você não me provocou", diz Miller. "Não foi você. Eu é que caguei tudo aqui. Não você."

"Eu provoquei você e você reagiu. Tudo bem."

"Você não me provocou, Wallace. Por favor, para de dizer isso."

"Eu provoquei você, foi só isso", diz Wallace, sua voz saindo de seu corpo, mas parecendo originar-se em algum lugar, logo atrás e à esquerda dele. Ele se dá conta de que o mundo ainda parece nebuloso e cinzento, ondulando nas bordas, mudando de direção como uma bandeira ao vento. Seu equilíbrio está comprometido. "Eu provoquei você e você reagiu."

"Você não me provocou, Wallace." Miller agarra seu ombro e Wallace recua, baixando a cabeça. "Por favor, Wallace. Desculpa."

Wallace fica de boca fechada simplesmente porque sabe que vai se repetir. Ele se sente como um daqueles brinquedos que soltam uma frase única quando pressionado: *Eu provoquei você e você reagiu. Tudo bem.* Ele disse que está tudo bem tantas vezes neste fim de semana que já não sabe mais o que isso significa. O que significaria estar bem neste momento? Sobretudo depois de ter provocado isso. Foi ele que provocou isso, não foi?

Miller parece bastante arrependido. Seus olhos estão tristes, não mais cerrados ou obscurecidos ou cheios de mistérios. Wallace os vê claramente agora, brilhando com arrependimento. Miller veio aqui com raiva, fulo, quase perdendo os limites, mas agora está suave, juvenil, contrito. Esvaziou-se de sua raiva. Miller coloca os braços em volta de Wallace e Wallace permite. Ele reprime a parte de si mesmo que quer recuar e fugir, oprime e sufoca, até que ela fique completamente imóvel e flexível. Miller beija sua boca e diz novamente que sente muito, sente muito por ser assim, por magoá-lo. Ele beija Wallace na boca várias vezes e Wallace permite, o beija de volta, fecha os olhos. Corre os dedos pelos cabelos de Miller, alisa-os, beija a ponta de seu nariz e suas bochechas. Miller diz várias vezes que está arrependido, beija a garganta, o ombro e a clavícula de Wallace, beija-o e tenta tirar suas roupas e eles estão se despindo no chão, naufragando um no outro.

Quando Miller o penetra desta vez, Wallace respira fundo durante a agonia, durante seu incômodo. Ele refaz o rosto como uma máscara de prazer. Suspira quando Miller o toca, geme quando Miller desliza para dentro e para fora dele, se contorce quando Miller o beija de novo. Mas sob a superfície de seu prazer existe uma enorme e turbulenta raiva.

É isso que toda a sua vida se destina a ser, o acúmulo da dor dos outros? Suas tragédias diversas? Wallace crava as unhas o mais forte que pode nas costas de Miller, enterra-as tão fundo quanto consegue; ele as arrasta para baixo até os quadris de Miller, deixando cortes longos e escuros. Miller solta um grito agudo de dor e então olha para baixo, nos olhos de Wallace. O que será que ele vê lá, Wallace se pergunta. Qual olhar emana do agitado mar negro de sua raiva? Que estranhas pedras escuras se revelam a ele? Miller tenta beijá-lo e Wallace morde seu lábio, aperta seus joelhos o máximo que pode na lateral de Miller.

Miller sente-se encorajado com isso e mete com força em Wallace, e Wallace só morde mais forte, aperta mais forte, como se estivesse escalando alguma grande montanha, como se sua vida dependesse disso.

"Vai se foder", diz Miller, inchaço nos lábios. "Vai se foder, Wallace."

"Vai se foder, Miller", diz Wallace e se joga para cima, enfia os dentes no ombro de Miller, que está queimado e quente do sol, mesmo horas depois. Morde-o como um selvagem. Miller o empurra para baixo e sua cabeça bate com força contra o chão, e eles começam a socar e lutar e chutar e rolar e atirar tudo o que podem um no outro.

Miller é lançado com força contra a lateral do balcão, mas então estica sua longa perna branca e empurra Wallace para longe, para trás, contra o sofá. Wallace, respirando quente pelo nariz, sangue latejando forte na cabeça, dá um soco na coxa de Miller, marcando-a. Miller estica o braço em sua direção, então agarra seu pulso e o imobiliza no chão sujo. Wallace assiste ao ventilador de teto girar e girar sobre eles. Miller está ofegante sobre ele, suando. Faz calor em toda parte. Suor pinga da ponta do nariz de Miller sobre o peito de Wallace. E então mais outra gota. Uma pequena poça se formando sobre a pele de Wallace, água salgada, um mar florescendo no deserto marrom de seu corpo. Miller tenta recuperar o fôlego. Wallace cospe nele e Miller se afasta, o que permite a Wallace puxar o pulso e liberá-lo. Ele dá um soco no peito de Miller. Ele soca de novo. E de novo, no mesmo lugar, repetidamente, e Miller deixa. Ele absorve aquilo. Wallace soca e soca, sua mão ficando quente e depois dormente do impacto, forte ou fraco tanto faz, não causando mais nenhum dano, apenas agindo com base na memória muscular. Miller coloca os braços em volta dele, o puxa para perto. Chega de socos. Chega.

Na cama de Wallace, eles se deitam. Miller está de lado, exibindo feios hematomas no peito e nas costas. Wallace está deitado de barriga para baixo. O ventilador está ligado, puxando o ar úmido de fora. Eles não estão dormindo, mas estão em silêncio, deitados como pedras.

O braço de Wallace ainda está dormente dos socos e dos tapas e da luta. Seus dedos estão inchados e grossos. Temor demais. Colisão demais com um corpo sólido. Entre o entorpecimento e o inchaço, há a dor lancinante de algo mais. Ele espera que não esteja quebrado. Quando tenta mover os dedos, é como torcer uma lâmina embaixo da pele. Mas pelo menos ele consegue movê-los. Há esperança.

A presença de Miller na cama está próxima. Ele consegue sentir os olhos de Miller nele, observando-o. Wallace olha fixamente para o espaço sob seu travesseiro, onde ele dobrou o braço.

"Wallace", diz Miller.

"O quê?"

"Vamos conversar sobre isso?"

"Prefiro não", diz Wallace. "Eu prefiro só ficar deitado aqui."

"Você quer que eu vá embora?"

"Não...", Wallace diz, começa a dizer, mas então para. "Eu não quero que você vá embora." Mas o que ele quer dizer é que ele não quer nem que Miller fique nem que vá, que há nele uma total e fria indiferença, temperada com sua propensão para agradar. No fundo, o que ele quer é apenas agradar os outros. Miller relaxa, se distende. Eles ainda estão nus, suas peles meladas de suor e poeira do chão.

"Desculpe ter machucado você", diz Miller. "Me desculpe por ter sido tão duro, agido de modo tão feio com você."

As palavras aterrissam e são como pequenas quantidades de água batendo contra uma vidraça. Cada palavra um pequeno impacto, um som suave e oco, vazio. O que querem dizer essas palavras? Qual é o significado delas? Do que é que Miller está se desculpando agora? Eles já não se machucaram? Eles já não resolveram tudo com seus corpos? Wallace tosse, depois ri, depois tosse.

"Não se preocupe", diz ele. "Está tudo o.k."

"Não me sinto o.k.", diz Miller. "Eu me sinto como se tivesse feito uma cagada horrível aqui. Eu me sinto péssimo pra caralho, Wallace."

"Sério?", Wallace pergunta. "É mesmo?"

"Wallace."

"Eu acho que você se sente culpado porque acha que me magoou, e talvez tenha magoado. Mas eu também te magoei, obviamente. Então por que se desculpar?"

"Esse não é o ponto, Wallace. Isso não torna nada melhor. E daí que você me magoou? Eu não deveria ter magoado você primeiro. Eu não deveria ter feito isso com você."

"Talvez não. Mas você fez."

Miller solta um suspiro forte e sua respiração esbarra na face de Wallace.

"Mas você fez", Wallace prossegue. "O que estou dizendo é que acho que não faz diferença para mim. O que você fez. Não importa. Nada disso importa."

"Claro que importa", diz Miller com veemência. "O que você quer dizer? Do que você está falando?"

Wallace vira de costas cuidadosamente e coloca o travesseiro contra o peito. Miller se move para perto e a cama range constrangedoramente sob o peso deles se deslocando. Há sombras no teto, projetadas pelo exterior e pelo outro cômodo, onde a luz do banheiro desenha uma trilha angular até o quarto de Wallace. Ele olha para o ponto onde as paredes se encontram e a luz se atenua, amarelo cada vez mais difuso, até que se funde com a cor da pintura do teto. Wallace passa a língua atrás dos dentes. Está em carne viva e dolorida. Ele consegue sentir a polpa carnuda das gengivas. Sua visão periférica ainda está trêmula.

"Quando eu entrei no ensino médio, meu pai saiu de casa", diz. "Ele se mudou para um pouco acima na estrada, para outra casa que o pai do meu irmão tinha construído. Tinha sido uma galeria de arte ou algo assim. Primeiro casa, depois galeria de arte, depois novamente uma casa. De qualquer forma, meu pai se mudou para lá e vivia lá. Eu não tinha permissão para visitá-lo. Ele disse que não queria mais nos ver. Eu perguntei por quê. E ele disse que não importava o porquê; era assim. Ele não queria nos ver. A mim. Nunca mais."

Wallace está circundando a borda dessa antiga amargura, consegue ouvir a voz do pai se erguendo do passado, aquela risada rouca. Ele sacudiu a cabeça e sorriu para Wallace, colocou a mão no seu ombro. Eles tinham quase a mesma altura naquela época, seus dedos ossudos e cheios de calos. Ele disse simplesmente, *eu não quero você aqui*. E foi isso. Wallace não obteve uma explicação para a ruptura, para o rompimento de sua família que o deixou em casa com a mãe e o irmão — ele aprendeu então que algumas coisas não têm motivo, que não importa como ele se sinta, ele não tem direito a que o mundo lhe dê uma resposta.

Seus olhos estão ardendo novamente. Ele coloca o polegar na ponte do nariz. As lágrimas se acumulam ao longo de seus cílios, o sal morno juntando, mas ainda se contêm. Ele sente a tristeza como fibra de vidro, como um tufo de algodão enfiado na cavidade dentro de sua face, atrás das maçãs do rosto, ocas.

"E agora ele está morto, e eu não sei por que ele não me queria por lá. Quase nunca mais o vi depois disso. Ele morava a apenas cinco minutos pela estrada, mas é como se tivesse desaparecido completamente da minha vida, simplesmente evaporado. Sumido. Eu não sei por quê. Nunca saberei por quê. E, você sabe, ele estava certo; não importa o porquê. Não havia nada que eu pudesse fazer para ele mudar de ideia. Não havia nada que qualquer outra pessoa pudesse fazer. Não importa por que ele fez isso, apenas que ele fez. E o mundo continuou. Sempre continua. O mundo não está nem aí para você, para mim ou para nada disso. O mundo simplesmente continua."

"Wallace..."

"Não, Miller. É como eu disse antes, na sua casa. Não importa. Fico com raiva o tempo todo e isso não importa. As pessoas esperam que eu reaja. Faça alguma coisa. E eu não consigo. Porque eu fico pensando sobre isto — sobre como não importa o que eu faça, não dá para mudar a coisa que eu gostaria de mudar. Eu não consigo retroceder as coisas. Eu não consigo apagá-las. Não dá para eu voltar atrás. Não importa. Você fez aquilo. Agora é parte de nós. Faz parte da nossa história. Não dá para pegá-las e jogá-las de volta como um peixe que você pescou. Não dá para substituí-las como uma vidraça quebrada. Elas simplesmente estão lá. São permanentes."

"Eu não entendo", diz Miller. "Eu não entendo o que você quer dizer. Não é porque já aconteceu que não podemos falar sobre isso. Eu acho que é justamente o contrário, certo? Precisamos conversar sobre isso."

Wallace balança a cabeça, o que o deixa tonto. Ele coloca o travesseiro sobre o rosto e suspira, deixando sua respiração se impregnar no tecido. Ele quer gritar. Ele não sabe como transmitir isso a Miller, essa sensação, a inutilidade dessas palavras preenchendo o ar. A garganta dele está quente e seca. Ele gostaria de colocar a cabeça debaixo d'água e beber por toda a eternidade.

"Acho que é essa a diferença entre nós", diz Wallace. "Você quer falar sobre isso. E eu não vejo razão."

"Não posso fingir que não aconteceu."

Wallace sorri, lentamente, sob o travesseiro. "Mas é isso, Miller. Não preciso falar sobre isso para saber que isso aconteceu."

"Então por que você não está com mais raiva de mim? Por que não está puto comigo? Por favor, alguma coisa, faz alguma coisa."

"Já tivemos essa briga", diz Wallace. "Já estou cansado dela. Eu superei."

"Você não superou. Prefiro que seja honesto comigo."

"Estou sendo honesto com você."

"Isso não parece honestidade, Wallace. Não parece real."

Wallace tira o travesseiro do rosto e se senta. Dói quando ele se mexe, mas ele se mexe. Ele força o movimento até estar sentado e olhando para Miller.

"Você acha que, se eu te machucar o suficiente, você vai sentir culpa o suficiente para conseguir superar isso. Porque você se sente um monstro. Mas eu não devo isso a você", diz Wallace. "Eu não te devo mais dor do que já dei. É egoísmo da sua parte."

"Não é", diz Miller, mas se detém. Ele está deitado de barriga para cima e coloca o braço sobre os olhos. Wallace está ao lado dele, seus ombros se tocando. É neste pequeno ponto de contato que Wallace se foca enquanto cai no sono, o mundo se apagando e recuando até que ele se sente à deriva em um mar feito de folhas macias. O som da respiração de Miller entra e sai, entra e sai; para Wallace, parece estranhamente familiar, como o vento movendo-se através do arbusto de kudzu.

Quando eles despertam, estão enrijecidos, machucados e cobertos de sangue seco. Eles se arrastam da cama de Wallace na metade cinza da noite, a parte que irrevogavelmente se volta para a manhã, e entram no chuveiro juntos. Wallace encosta na parede do fundo e Miller mexe na torneira até acertar a temperatura e a pressão. A água bate em seu peito e, depois de alguns ajustes, cai sobre os dois. A água está quente, virando vapor no chuveiro, e Wallace fecha os olhos, deixando-a escorrer pelo corpo e pelo rosto. Miller desliza pela lateral para ficar atrás de Wallace, já que é mais alto, e apoia os braços contra a parede para se manter ereto. O tamanho do chuveiro é adequado para uma pessoa, mas, para dois, fica complicado.

A água quente cai gostosa no rosto e nos ombros de Wallace. Ele a junta nas palmas das mãos e a joga sobre os olhos e a boca. A água nesta cidade é dura, por isso é tratada agressivamente com produtos químicos. Tem gosto alcalino e cheira fortemente a algo como cloro, embora Wallace não tenha certeza da química exata. Miller coloca de novo os braços em volta dos ombros de Wallace, se aproxima das suas costas. Suas peles úmidas grudam um pouco. A luz do espelho, de um amarelo opaco, se espalha pela cortina do chuveiro. Wallace consegue sentir novamente, através da parede de água e vapor, o peso dos lábios de Miller no seu pescoço, passando pelos locais onde os hematomas incham como se ele pudesse desinflamá-los para sempre com um ato de ternura.

O álcool ainda está em Miller, saindo por sua pele, principalmente agora que eles estão transpirando no chuveiro. Wallace vira-se para ele. A água ensopa seu cabelo e atinge a garganta de Miller, que vai ficando vermelha com o impacto. Miller ri e olha para ele. Ele tem que dobrar um pouco os joelhos. Ele é alto demais.

"Isso é mais complicado do que eu achei que seria", diz ele.

"Sempre é."

"Acho que é verdade", diz Miller. Wallace espalma os dedos sobre a barriga de Miller. Miller chacoalha a cabeça e voa água para todo lado, batendo na cortina. Não dá para ficar mais limpos do que já estão, então Wallace fecha a água e eles saem. Há apenas uma toalha de banho, então Wallace se seca primeiro e a passa para Miller. Wallace está sentado na bancada da pia assistindo a Miller passar a toalha por seus longos membros, seu corpo de alguma maneira mais impressionante agora neste banheiro que parece muito pequeno para contê-lo. Agora que Miller lavou a sujeira e o sangue, Wallace consegue localizar o roxo escuro onde seu punho bateu e também o corte que já está cicatrizando ao longo da bochecha de Miller, onde o cara do bar deve tê-lo socado. Seu lábio está partido e inchado. E há um hematoma alongado, paralelo à sua espinha. É feio, pensa Wallace, e parece o fotonegativo de outra coisa, a impressão de algo ainda não dito entre eles. Miller olha para ele, enrolando a toalha na cintura, e tem algo parecido com um sorriso nos lábios, mas que perde a forma quase imediatamente, tornando-se mais triste, ou pelo menos mais contido, mais sombrio.

O banheiro está úmido. Miller acomoda seu peso contra a bancada, apoiando os dedos com força nos dois lados da pia. Seu reflexo está bloqueado pela névoa no espelho. Wallace deixa sua pele nua encostar no vidro.

Está frio e úmido, apesar do ar morno no ambiente.

9

JÁ BEM TARDE, um pouco antes de começar a clarear, Miller e Wallace acordam em sua cama novamente.

"Estou com fome", diz Miller.

"Certo. Vamos dar de comer ao lobo", diz Wallace. Miller rosna, mas já não há ameaça nisso.

Na cozinha, eles assumem posturas familiares. Miller senta em uma das cadeiras altas, os cotovelos na bancada. Wallace fica de pé atrás do balcão, vendo o que tem na geladeira. A comida que ele rejeitara no sábado agora adquire novo potencial, porque ele não está cozinhando para muita gente e não precisa mapear a paisagem das preferências. É tarde, então ele só precisar levar em conta a topologia da fome, a redução do vazio. Miller provavelmente cresceu comendo o mesmo tipo de comida que Wallace — carne e vegetais, amido, montes de óleo e gordura, o tipo de comida que seus amigos desprezam porque não tem elegância e é desmedida. Mas aqui, na escuridão fria de sua cozinha, ele pode preparar o que quiser para os dois, não tem de considerar como o paladar dos demais pode divergir. Wallace põe as mãos no quadril e bate os dedos dos pés contra o chão, pensando, olhando para o interior frio e luminoso da geladeira.

"Sabe, na noite passada", ele começa. "Quer dizer, sexta-feira, eu pensei em fazer um jantar para você."

"Pensou? Por quê?", pergunta Miller, e, embora Wallace não esteja olhando para ele, ele sabe que há um sorriso se abrindo.

"Porque você disse que estava com fome. E Yngve estava criando dificuldades. Deu pena de você. Eu pensei, *eu poderia preparar algo para ele*. Mas então pensei melhor." Wallace tira um pouco de peixe do congelador. Pega ovos da geladeira e farinha na prateleira do armário. Agacha-se e tira do armário de baixo um pouco de óleo vegetal, o recipiente escorregadio e coberto de gordura.

"Por que você não ofereceu?", Miller pergunta, e Wallace dá de ombros enquanto levanta-se e coloca o óleo ao lado dos outros ingredientes em cima do balcão.

"Não sei... Acho que estava com medo de você descobrir que eu gostava de você. Parecia meio..." A voz de Wallace silencia e ele tira uma frigideira grande e funda de debaixo do forno. Ele passa o dedo em volta dela e encontra sua superfície seca e lisa, sem vestígios de óleo. Bom. Ele fez um bom trabalho de limpeza antes. Fica feliz com isso. O que ele estava prestes a dizer era que tal demonstração pareceria meio vulgar, que fazer uma declaração tão clara sobre seus sentimentos, ou sua atitude, pareceria muito direto, muito intrusivo. O afeto é sempre assim para ele, como um fardo indevido, como depositar um peso e uma expectativa sobre outra pessoa. Como se o afeto também fosse uma forma de crueldade.

"Mas agora você está cozinhando para mim."

"Sim, estou", diz Wallace, empurrando a caixa de ovos e uma tigela azul na direção de Miller. "Por favor, quebra uns três ou quatro ovos aqui. E bate eles, não muito forte, dá só uma boa misturada, por favor."

Miller concorda com a cabeça, aceita a tarefa. Wallace enxágua os dedos em um rápido jorro de água e abre o saco de farinha. Ele o inclina de modo que um bloco de farinha se desprende do todo e tomba numa tigela de madeira com um ruído suave. A farinha sobe no ar, dá voltas como se gesticulasse lentamente. Wallace pensa em colocar os filés de peixe em água morna, embora saiba que não é o mais correto a se fazer. Você deve aquecer a carne lentamente na geladeira, deixando a temperatura subir de forma gradual e uniforme, sem o risco de contaminação bacteriana.

Wallace olha para os pedaços congelados de tilápia em suas embalagens individuais supergeladas. Pensa em colocá-los no micro-ondas, esquentá-los um pouco e depois passá-los na massa e no óleo. Ele pensa nos riscos relativos, pensa no acúmulo de bactérias, na possibilidade de essas bactérias colonizarem o interior de seus corpos, adoecê-los, fazê-los vomitar, fazê-los cagar.

Ele mergulha o peixe na água. Não vai ter problema. Deixa-os boiando na tigela grande. Eles vão descongelar rápido. Afinal, são finos, e não como os peixes gordos que eles pegavam, estripavam e limpavam no Alabama. Esses peixes nunca viram um rio ou um lago na vida. Eles foram criados para engordar alegres em tanques, criados expressamente para serem comidos, como as pessoas que vivem nesta cidade, suas vidas uma série de tubos construídos uns perto dos outros, cheios de água rica em nutrientes que eles consomem sem mesmo ter de pensar a respeito. No final, é isso o que uma cultura é, os nutrientes que permeiam o ar que respiramos, difundindo-se para dentro e para fora das pessoas, em processo passivo.

É nessa cultura que ele deve se desenvolver? Nas estreitas, turvas águas da vida real? Ele se lembra de Simone, inclinando-se para ele, o mundo vasto e azul do lado de fora da janela, a gentileza em seu rosto quando ela disse que ele precisava pensar sobre o que quer da vida. Ele se lembra da suavidade de sua voz, o terrível horror daquela suavidade. Ele poderia ficar em seu laboratório e na pós-graduação. Ele poderia viver sua vida do outro lado do vidro, vendo a vida real passar por ele. Ficar seria muito simples, não exigindo nenhum esforço, exceto baixar a cabeça como se estivesse fazendo uma oração e deixar o pior passar por ele.

Por que ficar lá fora para ser como esses peixes, como as pessoas do cais, inchadas e prontas para o consumo e com tão poucos desejos na vida além de ver o dia seguinte, apenas a pura biologia das coisas, a parte da vida que deve, por necessidade, resistir à morte, encadeando dia após dia após dia, como água, sem dar importância ao tempo?

Mas ficar na pós-graduação, ficar onde está, significa aceitar a futilidade de seus esforços para se integrar totalmente com as pessoas em volta. É passar a vida nadando contra a corrente, se debatendo contra a crueldade alheia. Pensar nisso o irrita, o sufocamento da parte dele que agora lateja e se contorce como um novo órgão que sente muito intensamente as limitações de sua vida.

Fique aqui e sofra, ou saia e se afogue, ele pensa.

Ele mergulha o peixe passado na massa no óleo quente, que cospe, estala e espirra. Ele queima a ponta do dedo, mas ela está dormente. Tem quatro pedaços de peixe no óleo agora, todos eles de formas obscuras e vagamente humanas, como bonecas feitas de barro.

Miller ainda está encostado no balcão. Ele pegou um dos suéteres folgados de Wallace e está de shorts sem cueca. O corpo de Miller faz as roupas de Wallace parecerem infantis. As saliências de sua coluna tornam-se visíveis agora que ele se inclina, com os braços dobrados sob o queixo. A jovialidade está de volta em seu rosto.

Wallace frita o peixe rapidamente, virando cada pedaço assim que começa a dourar, para que fique crocante, mas não seco ou queimado. Eles comem o peixe sobre folhas de papel toalha, direto da panela, mordendo a carne branca, que solta vapor no momento em que toca o ar. Eles têm de esperar que esfrie, Wallace sugere, mas Miller, já sem modos, devora, mastiga vorazmente. A gordura escorre pelos seus dedos e pelas palmas das mãos. E Wallace a limpa lambendo, o que faz com que Miller olhe para ele firmemente, seus olhos brilhando de vontade. Eles comem sentados lado a lado no balcão, suas coxas se tocando, comendo porque não precisam falar enquanto suas bocas estão ocupadas com outra coisa. E, de qualquer maneira, do que é que eles falariam?

Esta também poderia ser a vida dele, pensa Wallace. Esse lance com Miller, de comer peixe no meio da madrugada, observando no céu o ar acinzentado da noite sobre o telhado do vizinho. Esta poderia ser a vida deles juntos, cada momento compartilhado, passado de um para o outro como forma de aliviar a pressão, a terrível pressão de ter que manter o tempo para si. Talvez seja sobretudo por isso que as pessoas se juntem. Compartilhar tempo. Compartilhar a responsabilidade de se ancorar no mundo. A vida é menos terrível quando você pode simplesmente descansar um pouco, deixar tudo de lado e esperar sem ter que se preocupar em ser arrastado. As pessoas tomam as mãos uma da outra e se seguram o mais apertado que podem, seguram uma à outra e a si mesmas, e quando afrouxam um pouco não tem problema, porque sabem que a outra pessoa não vai largar.

O peixe está gostoso — quente, amanteigado, suave, sal, pimenta e um pouco de vinagre, que era o segredo de seu pai. Naqueles anos em que viviam juntos, seu pai cuidava de toda a comida e sua mãe trabalhava. Naqueles anos, seu pai cozinhava para ele todo tipo de comida deliciosa. Naqueles anos, seu pai o acalmava com comida, com ovos em conserva tingidos de cor-de-rosa, ou fatias de morango, ou manga, ou mamão. Seu pai o apresentara a todos os tipos de frutas ácidas, enquanto eles se sentavam juntos ao sol de verão na varanda mal construída, a pele deles ficando da cor de argila, comendo em pratos de papel. Como Wallace se esquecera disso? A doçura pegajosa daquelas fatias de manga, a acidez forte do kiwi, como seu pai lhe ensinara a escolher os mais maduros, os que fossem firmes, mas não muito duros, e perfeitamente verdes, que pinicassem a palma da mão no supermercado.

Miller oferece o último pedaço de peixe a Wallace. Wallace limpa a garganta, balança a cabeça.

"Não, tudo bem", diz ele. "Você termina." Ele salta do balcão e lava as mãos na pia. Miller o observa. Wallace consegue sentir os olhos dele deslizando sobre seu corpo, procurando algo, qualquer coisa. Wallace sorri.

"No que você está pensando? Você está a um milhão de quilômetros daqui."

"Estou aqui", diz Wallace. "Estou aqui no mundo." Miller ri dele, mas Wallace só consegue pensar em como isso é verdade, que ele está no mundo. Que ele está aqui em seu corpo com Miller e também em outro lugar, além; que todos os momentos de sua vida estão reunidos neste momento, que tudo foi para isto. Ele está no mundo, em todos os lugares em que ele já esteve e em todos os lugares a que ele ainda irá, simultaneamente. Sim, ele acha, sim.

Miller também desce do balcão e vem por trás dele, coloca os braços em torno de Wallace. Seu abdômen encosta no meio das costas de Wallace. Wallace consegue senti-lo, inteiro.

"Eu também estou no mundo", diz Miller.

"Apesar de seus melhores esforços", diz Wallace.

"O que é que você quer dizer com isso?"

"Nada. Só estou dizendo, eu acho."

"Você acha que eu quero morrer?"

"Não, eu não acho. Bem, talvez você queira. Mas eu não acho."

"Então por que você disse aquilo?"

Wallace pensa sobre isso. Ele está com os dedos sob a água quente, a temperatura subindo abruptamente, queimando as palmas das mãos. Miller o pressiona para a frente até Wallace sentir a borda da pia entrar nele.

"Por que você disse aquilo?", ele pergunta de novo, quase sussurrando, sua voz vindo do fundo do peito. Ele está com os dedos firmes em torno dos ombros de Wallace, volta a envolvê-lo. Medo, líquido, lento, sobe centímetro a centímetro dentro de Wallace como a maré montante. As mãos dele agora estão queimando, ardendo, em carne viva.

"Não sei", diz Wallace, e Miller coloca mais pressão em sua garganta. "Não sei."

"Eu não gosto muito disso", diz Miller, e a barba por fazer em seu queixo arranha o pescoço de Wallace.

"Desculpe", diz Wallace.

"Eu tento estar no mundo", diz Miller. "Tento estar. Estou tentando. Não foi justo você dizer aquilo."

"Não foi", concorda Wallace. Ele fecha a torneira. As mãos dele estão latejando e úmidas. Suas palmas, totalmente vermelhas. Miller pressiona mais as costas de Wallace, coloca o queixo com força no espaço entre seus ombros, uma parte mole, que cede fácil. Wallace solta um gritinho assustado de dor.

"Amanhã é segunda-feira", diz Miller.

"Hoje é segunda-feira", diz Wallace, divagando por dentro. "Já é segunda-feira."

"É mesmo", diz Miller e solta Wallace, que sente que pode novamente respirar. "Você quer ir comigo a um lugar?"

"Onde?", pergunta Wallace, secando os dedos, respirando lenta, profundamente.

"Para o lago."

"É madrugada. Daqui a pouco vai amanhecer."

"Se você não quer ir, então diga."

"Está bem, eu vou."

"Não precisa."

"Está tudo bem", diz Wallace.

Eles calçam os sapatos e saem na noite fria e úmida. Há uma crista de luz acinzentada ao longo do horizonte, como um segundo mundo emergindo do primeiro. O ar está parado. Wallace veste um suéter e shorts, e sapatos macios e flexíveis. Miller está vestindo suas botas pesadas e shorts, quilômetros de perna se exibindo a cada passo. Eles se arrastam pela rua e seguem ao longo das casas que se acomodam perto da margem, até chegarem à escada de pedra.

"Vamos", diz Miller quando Wallace hesita sobre o concreto. Ele está no primeiro degrau, olhando para Wallace. "Vamos."

"O que a gente vai fazer no lago?", pergunta Wallace. "Eu não sei nadar."

"Você não sabe nadar?", pergunta Miller. "Você é da Costa do Golfo. De um estado com praias de verdade."

"Eu não sei nadar", repete Wallace. Sua mãe nunca o deixara aprender. Havia uma piscina pública no bairro perto de sua pré-escola que oferecia aulas gratuitas para toda criança com menos de sete anos. Ele implorara para ela deixá-lo ir, deixá-lo tentar. Ela dissera a ele para não implorar, que implorar torna as pessoas feias.

Uma memória se desloca de algum obscuro continente interior e sobe à superfície de seus pensamentos: Miller sentado à beira do cais de calção azul. Sua pele um pouco queimada. Suas costas musculosas, torso longo. Seu cabelo escuro, sua boca grande e vermelha. Um sorriso malicioso. *Manda ver.* O cheiro de babosa, úmida e transparente. O friozinho do protetor solar na palma da mão. O lago ondulante, o riso dos outros ascendendo, subindo pelo ar. Nuvens no horizonte, brancas e fofas, a península verde e exuberante à distância. Miller, voltando-se para ele, uma gota d'água presa no oco de sua garganta. Aquele sorriso se abrindo. *Manda ver.*

"Eu vou te ensinar", diz Miller, agarrando os dedos de Wallace. "Vem, vou te ensinar a nadar."

Wallace olha para a água cinza que se move e para a escuridão ondulante sob a superfície. A península está ao longe e ele pode ver o contorno de sua curva, a água já brilhando. A fileira de arbustos escuros que faz parte daquele conjunto se agita como se fosse um murmúrio de pássaros, uma ação em cascata.

"Tá bom", diz Wallace, os dedos de Miller ásperos ao redor dos dele. Miller o puxa e eles descem pelo concreto liso e escorregadio da escada. O lago vai subindo pelo corpo de Wallace enquanto ele desce os degraus e em seguida caminha no lago aberto. Miller tem uma braçada fácil, com movimentos uniformes, suaves. Seus membros cortam a água.

Sem peso, Wallace se sente à deriva, fora de controle, mas ele deseja flutuar. Miller segura seus pulsos, úmidos e firmes. Ele puxa Wallace para perto. Coloca os braços em torno de Wallace e diz a ele para respirar, sentir-se cada vez mais leve, mais leve, até tornar-se nada.

Wallace flutua de costas. Ocasionalmente, as ondas cobrem sua boca e nariz e ele entra em pânico, com medo de se afogar, mas Miller o segura firme, com um sorriso fácil.

A água parece viscosa, como se eles estivessem na boca de

um enorme organismo, suas ondas como mil dentes comendo a margem.

"Eu costumava fingir que estava na baleia que engoliu Jonas", diz Miller, flutuando ao lado de Wallace. "Eu ia nadar e fazia de conta que estava na barriga de uma baleia."

"É mais ou menos isso que parece", diz Wallace, a água ecoando em seus ouvidos.

"Sim", diz Miller. "Quando você está na barriga de uma baleia, nada mais importa. O universo todo pode explodir e você nem saberia. Você já está em um universo diferente, eu acho."

"Eu costumava ficar com medo quando pensava na abertura do Mar Vermelho", diz Wallace. "Eu não sei por quê, mas quando contavam essa história na igreja na Páscoa, eu sempre ficava assustado e triste. A ideia daquela água toda suspensa, pairando sobre sua cabeça parece terrível."

"Eu imagino", diz Miller.

"E então toda aquela água despenca. Aqueles soldados que estavam perseguindo os judeus, todos se afogaram na água."

"Pois é."

"Quando tentaram me batizar quando eu era pequeno, eu estava com tanto medo disso — de me afogar, como no Êxodo — que eu chorei e gritei e lutei e finalmente eles desistiram."

"Você não foi batizado?"

"Não", diz Wallace. "Todos menos eu."

"Você acredita em Deus?"

"Eu? Não. Quer dizer. Não, acho que não. Não mais."

"A ciência é meio como Deus", diz Miller.

Wallace fica calado. Em vez disso, pergunta: "Por que é que você queria me trazer aqui?"

"Porque eu queria estar dentro de outro lugar, eu acho."

"Que não fosse o meu apartamento, você quer dizer?"

"Sim. Estava ficando sufocante ali. Acho que eu estava precisando estar em um lugar maior."

"Eu vou para o telhado."

"O que você quer dizer?"

Wallace se vira para ele na água, mas perde o equilíbrio e afunda sob a superfície. Ali embaixo, o mundo é verde e preto. Há algas brotando ao longo de todos os braços do cais, e logo abaixo da água há uma película cor de ferrugem. Miller o puxa para cima e Wallace respira, seus pulmões se enchendo de ar.

"Ah", ele diz.

"Cuidado", diz Miller, com firmeza. "Vê se não vai morrer."

"Vou tentar não morrer", diz Wallace, enxugando a água dos olhos.

"O que você estava falando, antes, sobre o telhado?"

Wallace cospe a água do lago e balança a cabeça para desentupir os ouvidos.

"Eu quis dizer que quando eu sinto que as coisas estão me sufocando, eu vou para o telhado do meu prédio."

Miller acena com a cabeça, pensativamente, então pergunta baixinho: "Você me leva lá?"

"O.k.", diz Wallace. "Tudo bem."

Com os sapatos encharcados e as roupas pingando, eles fazem o caminho de volta, cruzando a rua e entrando no prédio. Entram no elevador cheirando forte a água do lago e algas. O elevador cheira a cerveja e gordura. Os olhos de Miller estão vermelhos, de fadiga, do lago ou de ambos. Eles estão de mãos dadas, pingando no tapete escuro. Agora eles sobem, contra a gravidade. Emergem para um mundo que é mais prateado do que cinza. A manhã está clareando. A cobertura do prédio é metálica e com cascalho, cheia de antenas. Wallace imediatamente tem a sensação de escopo invertido, tão acima do mundo, onde tudo se achata e fica menor. Tão lá no alto — como um pássaro —, que Wallace se sente como se estivesse flutuando. Ele está, o tempo todo, extremamente consciente de sua distância do solo. Nessa altura, ele fica um pouco tonto, mas disfarça o incômodo com um sorriso pálido. Miller solta um assobio de admiração.

"Puta que pariu", diz ele.

"Pois é", diz Wallace, observando enquanto o cascalho no topo do telhado escurece sob suas roupas pingando. Seixos brancos, pedras esmagadas viram pó sob seus pés. Alguém deixou cadeiras de praia e uma mesinha aqui em cima. Tem uma churrasqueira; este é o único lugar do prédio onde o fogo é permitido, o que parece um contrassenso. Por que você quereria ter fogo no mais alto ponto, no local mais difícil de alcançar e de apagar? Mas lá está a churrasqueira, metal preto no canto, perto da lateral do prédio que dá para a cidade e não para o lago.

Atrás deles, toda a água do lago cintila. Miller se dobra sobre a borda do edifício, com a grade na altura da cintura, e olha para baixo, para dentro do mundo.

Wallace senta-se no chão ao lado dele, joelhos contra o peito. Ele geralmente vem aqui sozinho, para pensar e estar consigo mesmo. Ele vem para sentir o estado do mundo ao seu redor, suas correntes de ar sempre inconstantes, a frieza sobre ele, como uma mão que conforta. Ele vem aqui para escapar. Mas aqui está ele com Miller.

Miller se agacha ao lado de Wallace, senta-se a seu lado. Eles ficam sentados assim por um longo tempo, as pedras grudando em suas pernas, primeiro machucando, depois entorpecendo, como qualquer outra coisa. Eles veem o sol nascer, sua luz amarela saturando tudo e, finalmente, dissipando a névoa da manhã. Os dois ainda estão sentados assim quando os primeiros sons de automóveis tomam as ruas abaixo, e o mundo vira-se para si mesmo, para recomeçar.

10

ERA UM DIA EXCEPCIONALMENTE quente em julho quando Wallace chegou ao Meio-Oeste, tendo passado todo o dia anterior apertado em um ônibus vindo do Alabama. Estava dormindo quando eles deixaram o Tennessee sob o manto da escuridão e adentraram aquele estranho reino, onde o país subitamente se achata e se alisa em planícies intermináveis, atravessadas por gelo e montanhas pontiagudas. Ele nunca tinha saído do Sul antes, mas vinha tentando há muito tempo deixá-lo; agora, tendo finalmente feito isso, ele sentia apenas uma sensação de júbilo e liberdade. Ao descer do ônibus, porém, achou o ar tão carregado como o que ele havia deixado no Sul. Não sabia o que esperar, e o ar grudento o deixava inseguro em relação a suas perspectivas. Mas isso tinha sido ontem, e hoje ele estava na beira do cais, olhando em volta para todas aquelas pessoas.

Elas pareciam razoavelmente simpáticas, pensou, como pessoas em qualquer lugar. Elas sorriam para ele e ele sorria para elas. Ele estava de pé, parado no meio da calçada, e elas foram educadas ao pedirem licença para passar por ele. Lá no Alabama, ele tinha ficado à beira do oceano e se maravilhado com o vasto tumulto cinzento das ondas quebrando. Aqui, ele podia ver o horizonte e a margem oposta do lago. Certamente havia lagos no Alabama, mas poucos, e todos menores do que este, que era cercado de coníferas, como pinheiros e cedros. Aqui, a extensão do lago era surpreendente. Não era nenhuma lagoa metida a besta, como tinha pensado de outros lagos antes. Ficar de pé nos degraus de pedra escorregadios o deixava nervoso, inquieto, como se a qualquer momento ele pudesse escorregar e ser engolido.

Ele estava aqui para a orientação. Ou melhor, para conhecer alguns de seus colegas estudantes. Eles começariam a orientação na segunda-feira. Antes disso, porém, alguém sugeriu que todos fossem para a península, para sentar em suas margens de areia e fazer uma fogueira. Ele nunca tinha estado em uma península antes. Nunca tinha estado em um barco antes. Ele ficou perto dos barcos de casco amarelo, passando a mão sobre eles enquanto descansavam amarrados, como animais dormindo. Eles eram lisos, mas pegajosos, e seus dedos grudavam neles. A área toda cheirava a ferrugem e a água de lago e a algo parecido com plantas podres.

Havia gente alta e bonita com a pele brilhante e camisetas sem manga andando em volta dele, falando uns com os outros, como se pertencessem a um mundo além de seu alcance. Isso o lembrou de sua história favorita, sobre a mulher que vai a Madri para forçar a real natureza de sua personalidade a emergir em decorrência do deslocamento, mas se dá conta de que sua capacidade de se integrar com os espanhóis torna seus esforços inúteis. No fundo, ele se considerava um ser do Meio-Oeste, achava que estar no Sul e ser gay eram incompatíveis, que não havia duas coisas em uma pessoa que pudessem ser mais incompatíveis. Mas, parado ali, entre os barcos, timidamente esperando para descobrir as pessoas com quem ele achava que se sentiria à vontade, percebeu a tolice daquilo.

Eles finalmente apareceram, os amigos predestinados, quatro ou cinco pessoas, vindo em sua direção pela calçada. No começo, não pareciam nada com um grupo, mas por fim o ritmo de seus passos lhe disse que eles vinham em sua direção em grupo. Dois deles eram extremamente altos, outro era muito baixo e havia uma mulher com o braço de um homem magro em volta dela. O homem magro tinha um bigode meio engraçado, mas parecia muito sério.

"Você é Wallace?", o de cabelos cor de areia perguntou, estendendo a mão. "Yngve. Prazer."

"Prazer", disse Wallace, sorrindo, porque não conseguia se conter. Esses seriam seus amigos aqui, as pessoas que cuidariam dele. Ele os tinha visto apenas pela internet, seus pequenos retratos e pedaços de vida transmitidos pelo wi-fi instável do tio de Wallace.

"Eu sou o Lukas, com k", disse o ruivo. E então o mais alto acenou com a cabeça na parte de trás do grupo.

"Miller", disse ele um tanto quanto taciturno. Ele era muito bonito, mas havia algo nele que se retraía ao mesmo tempo que avançava. Wallace acenou de volta com a cabeça.

"Eu sou a Emma — e este é o Thom, meu noivo", disse a garota com o cabelo encaracolado. "Estou feliz em finalmente conhecer você."

"Estou feliz também", disse Wallace, como se só conseguisse repetir o que as outras pessoas diziam. Seus olhos estavam úmidos, ele percebeu, com horror. "Ah, Deus. Eu vou chorar." Ele riu e limpou as lágrimas com a mão. "Tenho estado muito cansado ultimamente."

"Eu sei como é", disse Emma, dando um passo à frente para abraçá-lo. "Você está entre amigos agora."

"Olá", alguém gritou de outra direção e todos se viraram. Outro menino, alto e loiro, vinha caminhando rápido até eles. "Eu sou o Cole, oi."

"Olá, Cole", disseram todos.

Eles acabaram pegando um dos barcos pequenos, então fariam várias viagens para levar todo mundo. Wallace se ofereceu para ir por último, tanto porque estava nervoso, quanto para facilitar a vida de todos. No final, foram ele, Yngve e Miller, bem quando o sol se punha. O barco balançava enquanto Miller pilotava até a ponta da península, onde tinha areia cinza, coberta com agulhas de pinheiro.

Eles caminharam ao longo da costa depois de amarrar o barco e então escalaram um barranco para ficarem no meio das árvores. Vozes os alcançavam no escuro; de vez em quando, viam o tremular de uma chama ao passarem por outros pequenos grupos. Yngve caminhava muito rápido na frente deles, carregando uma mochila com comida e outros suprimentos. Wallace e Miller caminhavam rápido, lado a lado, quietos, sem falar nada.

Wallace olhou para ele — tinha cara de bravo. Wallace se sentia tonto, quase enjoado de excitação por estar naquele lugar, entre aquelas pessoas — era a satisfação de um desejo antigo, a realização de um sonho. As árvores gemiam acima, balançando. Ele se sentia em casa entre elas também; as árvores sempre haviam sido suas companheiras.

Eles chegaram à fogueira designada. O fogo estava aceso, e os outros já estavam assando a comida. Yngve tinha trazido pratos e talheres. Wallace sentou ao lado de Cole em um toco e descobriu que ele também amava tênis. Eles conversaram animadamente sobre isso, o fogo espirrando laranja e ouro nos seus rostos.

Alguém quis fazer um brinde. Eles espocaram uma garrafa de champanhe não muito cara. Entreolharam-se. Sorriram. Lukas pigarreou. "Vocês sabem, pessoal, é isso aí. É isso aí. Nossa vida. Começa agora."

"Mas é claro que sim", disse Yngve, colocando a mão nas costas de Lukas. "Isso aí."

"À vida", disse Emma, erguendo seu copo de plástico. Enquanto isso a chama do fogo dançava. Através do líquido Wallace a observava se balançar, se contorcer. Bolhas douradas subiam vibrando para a superfície do champanhe. Ele também ergueu seu copo.

"À vida", disseram todos, baixinho e à sua maneira, e então mais alto, até que estavam repetindo e repetindo, como um mantra. À vida, disseram, imbuindo aquelas palavras com toda a sua esperança e todos os seus desejos para o futuro. Suas risadas ecoaram pela noite e pelas árvores, e na margem que haviam deixado para trás, as pessoas estavam jantando e rindo e chorando e fazendo as coisas como sempre tinham feito e sempre fariam.

Agradecimentos

Agradeço, sem ordem específica, a Meredith Kaffel Simonoff, Cal Morgan, Antonio Byrd, Derrick Austin, Natalie Eilbert, Sarah Fuchs, Emily Shelter, Pam Zhang, Philip Wallén, Noah Ballard, Hux Michaels, Justin Torres, Jeanne Thornton, Monet Thomas, Esmé Weijun Wang, Judith Kimble, Sarah Crittenden, Peggy Kroll-Conner, Kim Haupt, Heaji Shin, Erika Sorrensen- -Kamakian, Hannah Seidel, Sarah Robinson, Aaron Kershner, Elena Sorokin, Scott Aoki, Abbey Thompson e toda a minha turma do IPiB.

A marca FSC® é a garantia de que a madeira utilizada na fabricação do papel deste livro provém de florestas gerenciadas de maneira ambientalmente correta, socialmente justa e economicamente viável e de outras fontes de origem controlada.

Copyright © 2020 Brandon Taylor
Copyright da tradução © 2021 Editora Fósforo
Publicado em acordo com Riverhead Books, uma marca da Penguin Publishing Group, divisão da Penguin Random House LLC

Todos os direitos reservados. Nenhuma parte desta obra pode ser reproduzida, arquivada ou transmitida de nenhuma forma ou por nenhum meio sem a permissão expressa e por escrito da Editora Fósforo.

EDITORAS Rita Mattar e Juliana de A. Rodrigues
ASSISTENTES EDITORIAIS Mariana Correia Santos e Cristiane Avelar
PREPARAÇÃO Tatiana Vieira Allegro
REVISÃO Paula B. P. Mendes, Geuid Dib Jardim e Andrea Souzedo
PRODUÇÃO GRÁFICA Jairo da Rocha
CAPA Flávia Castanheira
IMAGEM DA CAPA Ana Elisa Egreja, *Pia e salamandra*, 2013, óleo sobre tela, 50 x 50 cm. Foto de Filipe Berndt
PROJETO GRÁFICO DO MIOLO Alles Blau
EDITORAÇÃO ELETRÔNICA Página Viva

Dados Internacionais de Catalogação na Publicação (CIP)
(Câmara Brasileira do Livro, SP, Brasil)

Taylor, Brandon
   Mundo real / Brandon Taylor ; tradução Alexandre Vidal Porto. — São Paulo : Fósforo, 2021.

   Título original: Real life
   ISBN: 978-65-89733-20-1

   1. Ficção norte-americana I. Título.

21-71842   CDD – 813

Índice para catálogo sistemático:
1. Ficção : Literatura norte-americana   813

Maria Alice Ferreira — Bibliotecária — CRB/8-7964

Editora Fósforo
Rua 24 de Maio, 270/276
10º andar, salas 1 e 2 — República
01041-001 — São Paulo, SP, Brasil
Tel: (11) 3224.2055
contato@fosforoeditora.com.br
www.fosforoeditora.com.br

Este livro foi composto em GT Alpina
e GT Flexa e impresso pela Ipsis
em papel Pólen da Suzano para a
Editora Fósforo em setembro de 2021.